D0727523

H. G. Wells

La machine à explorer le temps

suivi de

L'île du docteur Moreau

Traduit de l'anglais
par Henry D. Davray

Mercure de France

Titres originaux :

THE TIME MACHINE
et
THE ISLAND OF THE DOCTOR MOREAU

Herbert George Wells est né à Bromley, un faubourg de Londres, en 1866. Il était le fils d'une femme de chambre et d'un jardinier. Il n'a jamais oublié la pauvreté et l'univers féodal du château où il empruntait l'escalier de service. Il va à l'école jusqu'à quatorze ans, un peu dans les conditions qui sont celles de Dickens un tiers de siècle avant lui. Apprenti chez divers commerçants, il se fait renvoyer et trouve une place de surveillant dans une école, qui lui permet de reprendre ses études. Il est reçu comme boursier à l'École normale des sciences de Londres. Cette enfance marquée par la misère et l'injustice le conduit à l'athéisme et au socialisme. Il milite et échoue à ses examens. Après avoir essayé sans succès de placer dans les revues des articles scientifiques, il décide de se consacrer à l'enseignement et il épouse son amour d'enfance, sa cousine Isabel. Une maladie lui donne le loisir d'écrire son premier livre : *La Machine à explorer le temps*. Il y montre déjà tout ce qui fera son originalité : humour discret, habileté à présenter des personnages très quotidiens lancés dans des aventures fantastiques. Le succès de ce voyage dans la quatrième dimension est très grand à l'époque ; le livre est resté célèbre et a trouvé de tout temps de nouveaux lecteurs.

Au même moment, une étudiante phtisique, Catherine Robbins, entre dans la vie de Wells. Elle deviendra sa seconde femme.

Préparé par sa formation scientifique, Wells continue à écrire des romans d'anticipation comme *L'Ile du docteur Moreau*, *L'Homme invisible*, *La Guerre des mondes*, *Les Premiers Hommes dans la Lune*. Ces livres sont encore plus l'œuvre d'un moraliste et d'un prophète des temps nouveaux, prévoyant les cataclysmes vers lesquels l'humanité se précipite, par égoïsme. Wells finit d'ailleurs par se détourner du roman fantastique pour entrer dans ce qu'il appelle *La Conspiration au grand jour*. Il rêve d'une République nouvelle et redoute les guerres qui viennent. Il s'exprime alors par des romans psychologiques et sociaux comme *Ann Veronica* et *L'Histoire de Mr. Polly*. Il pense que l'histoire de l'humanité est une course entre l'éducation et la catastrophe. Il prévoit la guerre atomique et pense que seul un État mondial peut assurer la paix.

Peu avant sa mort, en 1946, il publie *L'Esprit au bout de son rouleau*, testament désespéré d'un homme accablé par la folie du monde et conscient de la vanité de ses espoirs.

LA MACHINE
À EXPLORER
LE TEMPS

CHAPITRE PREMIER

INITIATION

L'Explorateur du Temps (car c'est ainsi que pour plus de commodité nous l'appellerons) nous exposait un mystérieux problème. Ses yeux gris et vifs étincelaient, et son visage, habituellement pâle, était rouge et animé. Dans la cheminée la flamme brûlait joyeusement et la lumière douce des lampes à incandescence, en forme de lis d'argent, se reflétait dans les bulles qui montaient brillantes dans nos verres. Nos fauteuils, dessinés d'après ses modèles, nous embrassaient et nous caressaient au lieu de se soumettre à regret à nos séants ; il régnait cette voluptueuse atmosphère d'après-dîner où les pensées vagabondent gracieusement, libres des entraves de la précision. Et il nous expliqua la chose de cette façon — insistant sur certains points avec son index maigre — tandis que, renversés dans nos fauteuils, nous admirions son ardeur et son abondance d'idées pour soutenir ce que nous croyions alors un de ses nouveaux paradoxes.

« Suivez-moi bien. Il va falloir me discuter une

ou deux idées qui sont universellement acceptées. Ainsi, par exemple, la géographie qu'on vous a enseignée dans vos classes est fondée sur un malentendu.

— Est-ce que ce n'est pas là entrer en matière avec une bien grosse question ? demanda Filby, raisonneur à la chevelure rousse.

— Je n'ai pas l'intention de vous demander d'accepter quoi que ce soit sans argument raisonnable. Vous admettrez bientôt tout ce que je veux de vous. Vous savez, n'est-ce pas, qu'une ligne mathématique, une ligne de dimension nulle, n'a pas d'existence réelle. On vous a enseigné cela ? De même pour un plan mathématique. Ces choses sont de simples abstractions.

— Parfait, dit le Psychologue.

— De même, un cube n'ayant que longueur, largeur et épaisseur, peut-il avoir une existence réelle ?

— Ici, j'objecte, dit Filby ; certes, un corps solide existe. Toutes choses réelles...

— C'est ce que croient la plupart des gens. Mais attendez un peu. Est-ce qu'il peut exister un cube *instantané* ?

— Je n'y suis pas, dit Filby.

— Est-ce qu'un cube peut avoir une existence réelle sans durer pendant un espace de temps quelconque ? »

Filby devint pensif.

« Manifestement, continua l'Explorateur du Temps, tout corps réel doit s'étendre dans quatre directions. Il doit avoir Longueur, Largeur, Épaisseur et... Durée. Mais par une infirmité naturelle de la chair, que je vous expliquerai dans un moment, nous inclinons à négliger ce fait. Il y a en réalité quatre dimensions : trois que nous appelons les trois plans de l'Espace, et une quatrième : le Temps. On tend cependant à établir une distinction factice entre les trois premières dimensions et la dernière, parce qu'il se trouve que nous ne prenons conscience de ce qui nous entoure que par intermittences, tandis que le temps s'écoule, du passé vers l'avenir, depuis le commencement jusqu'à la fin de votre vie.

— Ça, dit un très jeune homme qui faisait des efforts spasmodiques pour rallumer son cigare au-dessus de la lampe, ça... très clair... vraiment.

— Or, n'est-il pas remarquable que l'on néglige une telle vérité ? continua l'Explorateur du Temps avec un léger accès de bonne humeur. Voici ce que signifie réellement la Quatrième Dimension ; beaucoup de gens en parlent sans savoir ce qu'ils disent. Ce n'est qu'une autre manière d'envisager le Temps. *Il n'y a aucune différence entre le Temps, Quatrième Dimension, et l'une quelconque des trois dimensions de l'Espace, sinon que notre conscience se meut avec elle.* Mais quelques imbéciles se sont trompés sur le sens de cette notion. Vous avez tous su ce qu'ils ont trouvé à dire à propos de cette Quatrième Dimension ?

— Non, pas moi, dit le Provincial.

— Simplement ceci : l'Espace, tel que nos mathématiciens l'entendent, est censé avoir trois dimensions, qu'on peut appeler Longueur, Largeur et Épaisseur, et il est toujours définissable par référence à trois plans, chacun à angles droits avec les autres. Mais quelques esprits philosophiques se sont demandé pourquoi exclusivement *trois* dimensions — pourquoi pas une quatrième direction à angles droits avec les trois autres ? — et ils ont même essayé de construire une géométrie à quatre Dimensions. Le professeur Simon Newcomb exposait celle-ci il y a quatre ou cinq semaines à la Société Mathématique de New York. Vous savez comment sur une surface plane qui n'a que deux dimensions on peut représenter la figure d'un solide à trois dimensions. A partir de là ils soutiennent que, en partant d'images à trois dimensions, ils pourraient en représenter une à quatre s'il leur était possible d'en dominer la perspective. Vous comprenez ?

— Je pense que oui », murmura le Provincial, et fronçant les sourcils il se perdit dans des réflexions secrètes, ses lèvres s'agitant comme celles de quelqu'un qui répète des versets magiques.

« Oui, je crois que j'y suis, maintenant, dit-il au bout d'un moment, et sa figure s'éclaira un instant.

— Bien ! Je n'ai pas de raison de vous cacher que depuis un certain temps je me suis occupé de cette géométrie des Quatre Dimensions. J'ai obtenu quelques résultats curieux. Par exemple, voici une série de portraits de la même personne, à huit ans, à quinze ans, à dix-sept ans, un autre à vingt-trois ans, et ainsi de suite. Ils sont évidemment les sections, pour ainsi dire, les représentations sous trois dimensions d'un être à quatre dimensions qui est fixe et inaltérable.

« Les hommes de science, continua l'Explorateur du Temps après nous avoir laissé le loisir d'assimiler ses derniers mots, savent parfaitement que le Temps n'est qu'une sorte d'Espace. Voici un diagramme scientifique bien connu : cette ligne, que suit mon doigt, indique les mouvements du baromètre. Hier il est monté jusqu'ici, hier soir il est descendu jusque-là, puis ce matin il s'élève de nouveau et doucement il arrive jusqu'ici. A coup sûr, le mercure n'a tracé cette ligne dans aucune des dimensions de l'Espace généralement reconnues ; il est cependant certain que cette ligne a été tracée, et nous devons donc en conclure qu'elle fut tracée au long de la dimension du Temps.

— Mais, dit le Docteur en regardant fixement brûler la houille, si le Temps n'est réellement qu'une quatrième dimension de l'Espace, pourquoi l'a-t-on considéré et le considère-t-on encore comme différent ? Et pourquoi ne pouvons-nous pas nous mouvoir çà et là dans le Temps, comme nous nous mouvons çà et là dans les autres dimensions de l'Espace ? »

L'Explorateur du Temps sourit :

« Êtes-vous bien sûr que nous pouvons nous mouvoir librement dans l'Espace ? Nous pouvons aller à gauche et à droite, en avant et en arrière, assez librement, et on l'a toujours fait. J'admets que nous nous mouvons librement dans deux dimensions. Mais que direz-vous des mouvements de haut en bas et de bas en haut ? Il semble qu'alors la gravitation nous limite singulièrement.

— Pas précisément, dit le Docteur, il y a les ballons.

— Mais avant les ballons, et si l'on excepte les bonds spasmodiques et les inégalités de surface, l'homme est tout à fait incapable du mouvement vertical.

— Toutefois, il peut se mouvoir quelque peu de haut en bas et de bas en haut.

— Plus facilement, beaucoup plus facilement de haut en bas que de bas en haut.

— Et vous ne pouvez nullement vous mouvoir dans le Temps ; il vous est impossible de vous éloigner du moment présent.

— Mon cher ami, c'est là justement ce qui vous trompe. C'est là justement que le monde entier est dans l'erreur. Nous nous éloignons incessamment du moment présent. Nos existences mentales, qui sont immatérielles et n'ont pas de dimensions, se déroulent au long de la dimension du Temps avec une vélocité uniforme, du berceau jusqu'à la tombe, de la même façon que nous voyagerions *vers le bas* si nous com-

mencions nos existences cinquante kilomètres au-
dessus de la surface de la terre.

— Mais la grande difficulté est celle-ci, interrompit le Psychologue : vous pouvez aller, de-ci,
de-là, dans toutes les directions de l'Espace, mais
vous ne pouvez aller de-ci, de-là dans le Temps.

— C'est là justement le germe de ma grande
découverte. Mais vous avez tort de dire que nous
ne pouvons pas nous mouvoir dans tous les sens
du Temps. Par exemple, si je me rappelle très
vivement quelque incident, je retourne au
moment où il s'est produit. Je suis distrait, j'ai
l'esprit absent comme vous dites. Je fais un saut
en arrière pendant un moment. Naturellement,
nous n'avons pas la faculté de demeurer en arrière
pour une longueur indéfinie de Temps, pas plus
qu'un sauvage ou un animal ne peut se maintenir
à deux mètres en l'air. Mais l'homme civilisé est à
cet égard mieux pourvu que le sauvage. Il peut
s'élever dans un ballon en dépit de la gravitation,
et pourquoi ne pourrait-il espérer que finalement
il lui sera permis d'arrêter ou d'accélérer son
impulsion au long de la dimension du Temps, ou
même de se retourner et de voyager dans l'autre
sens ?

— Oh ! ça, par exemple, commença Filby,
c'est...

— Pourquoi pas ? demanda l'Explorateur du
Temps.

— C'est contre la raison, acheva Filby.

— Quelle raison ? dit l'Explorateur du Temps.

— Vous pouvez par toutes sortes d'arguments démontrer que le blanc est noir et que le noir est blanc, dit Filby, mais vous ne me convaincrez jamais.

— Peut-être bien, dit l'Explorateur du Temps, mais vous commencez à voir maintenant quel fut l'objet de mes investigations dans la géométrie des quatre Dimensions. Il y a longtemps que j'avais une vague idée d'une machine...

— Pour voyager à travers le Temps ! s'exclama le Très Jeune Homme.

— ... qui voyagera indifféremment dans toutes les directions de l'Espace et du Temps, au gré de celui qui la dirige. »

Filby se contenta de rire.

« Mais j'en ai la vérification expérimentale, dit l'Explorateur du Temps.

— Voilà qui serait fameusement commode pour un historien, suggéra le Psychologue. On pourrait retourner en arrière et vérifier par exemple les récits qu'on nous donne de la bataille de Hastings.

— Ne pensez-vous pas que vous attireriez l'attention ? dit le Médecin. Nos ancêtres ne toléraient guère l'anachronisme.

— On pourrait apprendre le grec des lèvres mêmes d'Homère et de Platon, pensa le Très Jeune Homme.

— Dans ce cas, ils vous feraient coller certainement à votre premier examen. Les savants allemands ont tellement perfectionné le grec !

— C'est là qu'est l'avenir ! dit le Très Jeune Homme. Pensez donc ! On pourrait placer tout son argent, le laisser s'accumuler à intérêts composés et se lancer en avant !

— A la découverte d'une société édifiée sur une base strictement communiste, dis-je.

— De toutes les théories extravagantes ou fantaisistes... commença le Psychologue.

— Oui, c'est ce qu'il me semblait ; aussi je n'en ai jamais parlé jusqu'à...

— La vérification expérimentale, m'écriai-je. Allez-vous vraiment vérifier cela ?

— L'expérience ! cria Filby qui se sentait la cervelle fatiguée.

— Eh bien, faites-nous voir votre expérience, dit le Psychologue, bien que tout cela ne soit qu'une farce, vous savez ! »

L'Explorateur du Temps nous regarda tour à tour en souriant. Puis, toujours avec son léger sourire, et les mains enfoncées dans les poches de son pantalon, il sortit lentement du salon et nous entendîmes ses pantoufles traîner dans le long passage qui conduisait à son laboratoire.

Le Psychologue nous regarda :

« Je me demande ce qu'il va faire.

— Quelque tour de passe-passe ou d'escamotage », dit le Docteur.

Puis Filby entama l'histoire d'un prestidigitateur qu'il avait vu à Burslem : mais avant même qu'il eût terminé son introduction, l'Explorateur du Temps revint, et l'anecdote en resta là.

CHAPITRE II

LA MACHINE

L'objet que l'Explorateur du Temps tenait à la main était une espèce de mécanique en métal brillant, à peine plus grande qu'une petite horloge, et très délicatement faite. Certaines parties étaient en ivoire, d'autres en une substance cristalline et transparente.

Il me faut tâcher maintenant d'être extrêmement précis, car ce qui suit — à moins d'accepter sans discussion les théories de l'Explorateur du Temps — est une chose absolument inexplicable. Il prit l'une des petites tables octogonales qui se trouvaient dans tous les coins de la pièce et il la plaça devant la cheminée, avec deux de ses pieds sur le devant du foyer. Sur cette table il plaça son mécanisme. Puis il approcha une chaise et s'assit.

Le seul autre objet sur la table était une petite lampe à abat-jour dont la vive clarté éclairait en plein la machine. Il y avait là aussi une douzaine de bougies, deux dans des appliques, de chaque côté de la cheminée, et plusieurs autres dans des candélabres, de sorte que la pièce était brillamment illuminée. Je m'assis moi-même dans un fauteuil bas, tout près du feu, et je l'attirai en avant, de façon à me trouver presque entre l'Explorateur du Temps et le foyer. Filby s'était assis derrière lui, regardant par-dessus son épaule. Le Docteur et le Provincial l'observaient par côté et à droite ; le Psychologue, à gauche ; le Très Jeune Homme se tenait derrière le Psychologue. Nous étions tous sur le qui-vive ; et il me semble impossible que, dans ces conditions, nous ayons pu être dupes de quelque supercherie.

L'Explorateur du Temps nous regarda tour à tour, puis il considéra sa machine.

« Eh bien ? dit le Psychologue.

— Ce petit objet n'est qu'une maquette, dit l'Explorateur du Temps en posant ses coudes sur la table et joignant ses mains au-dessus de l'appareil. C'est le projet que j'ai fait d'une machine pour voyager à travers le Temps. Vous remarquerez qu'elle a l'air singulièrement louche, et que cette barre scintillante a un aspect bizarre, en quelque sorte irréel — il indiqua la barre avec son doigt. Voici encore ici un petit levier blanc, et là en voilà un autre. »

Le Docteur se leva et examina curieusement la chose.

« C'est admirablement construit, dit-il.

— J'ai mis deux ans à la faire », répondit l'Explorateur du Temps.

Puis, lorsque nous eûmes tous imité le Docteur, il continua :

« Il vous faut maintenant comprendre nettement que ce levier, si on appuie dessus, envoie la
machine glisser dans le futur, et que cet autre
renverse le mouvement. Cette selle représente le
siège de l'Explorateur du Temps. Tout à l'heure je
presserai le levier, et la machine partira. Elle
s'évanouira, passera dans les temps futurs et ne
reparaîtra plus. Regardez-la bien. Examinez aussi
la table et rendez-vous compte qu'il n'y a ici
aucune supercherie. Je n'ai pas envie de perdre ce
modèle pour m'entendre ensuite traiter de charla-
tan. »

Il y eut un silence d'une minute peut-être. Le
Psychologue fut sur le point de me parler, mais il
se ravisa. Alors l'Explorateur du Temps avança
son doigt vers le levier.

« Non, dit-il tout à coup. Donnez-moi votre
main. »

Et se tournant vers le Psychologue, il lui prit la
main et lui dit d'étendre l'index. De sorte que ce
fut le Psychologue qui, lui-même, mit en route
pour son interminable voyage le modèle de la
Machine du Temps. Nous vîmes tous le levier
s'abaisser. Je suis absolument sûr qu'il n'y eut
aucune supercherie. On entendit un petit sifflement et la flamme de la lampe fila. Une des
bougies de la cheminée s'éteignit et la petite
machine tout à coup oscilla, tourna sur elle-
même, devint indistincte, apparut comme un
fantôme pendant une seconde peut-être, comme
un tourbillon de cuivre scintillant faiblement,

puis elle disparut... Sur la table il ne restait plus que la lampe.

Pendant un moment chacun resta silencieux. Puis Filby jura.

Le Psychologue revint de sa stupeur, et tout à coup regarda sous la table. L'Explorateur du Temps éclata de rire gaiement.

« Eh bien ? » dit-il du même ton que le Psychologue. Puis, se levant, il alla vers le pot à tabac sur la cheminée et commença à bourrer sa pipe en nous tournant le dos.

Nous nous regardions tous avec étonnement.

« Dites donc, est-ce que tout cela est sérieux ? dit le Docteur. Croyez-vous sérieusement que cette machine est en train de voyager dans le Temps ?

— Certainement », dit notre ami, en se baissant vers la cheminée pour enflammer une allumette. Puis il se retourna, en allumant sa pipe, pour regarder en face le Psychologue. Celui-ci, pour bien montrer qu'il n'était nullement troublé, prit un cigare et essaya de l'allumer, sans l'avoir coupé.

« Bien plus, j'ai ici, dit-il en indiquant le laboratoire, une grande machine presque terminée, et quand elle sera complètement montée, j'ai l'intention de faire moi-même avec elle un petit voyage.

— Vous prétendez que votre machine voyage dans l'avenir ? demanda Filby.

— Dans les temps à venir ou dans les temps passés ; ma foi, je ne sais pas bien lesquels. »

Un instant après, le Psychologue eut une inspiration.

« Si elle est allée quelque part, ce doit être dans le passé.

— Pourquoi ? demanda l'Explorateur du Temps.

— Parce que je présume qu'elle ne s'est pas mue dans l'Espace, et si elle voyageait dans l'avenir, elle serait encore ici dans ce moment, puisqu'il faudrait parcourir ce moment-ci.

— Mais, dis-je, si elle voyageait dans le passé, elle aurait dû être visible quand nous sommes entrés tout à l'heure dans cette pièce ; de même que jeudi dernier et le jeudi d'avant et ainsi de suite.

— Objections sérieuses, remarqua d'un air d'impartialité le Provincial, en se tournant vers l'Explorateur du Temps.

— Pas du tout », répondit celui-ci.

Puis s'adressant au Psychologue :

« Vous qui êtes un penseur, vous pouvez expliquer cela. C'est du domaine de l'inconscient, de la perception affaiblie.

— Certes oui, dit le Psychologue en nous rassurant. C'est là un point très simple de psychologie. J'aurais dû y penser ; c'est assez évident et cela soutient merveilleusement le paradoxe. Nous ne pouvons pas plus voir ni apprécier cette machine que nous ne pouvons voir les rayons d'une roue lancée à toute vitesse ou un boulet lancé à travers l'espace. Si elle s'avance dans le Temps cinquante fois ou cent fois plus vite que nous, si elle parcourt une minute pendant que nous parcourons une seconde, l'impression produite sera naturellement un cinquantième ou un centième de ce qu'elle serait si la machine ne voyageait pas dans le Temps. C'est bien évident. »

Il passa sa main à la place où avait été la machine.

« Comprenez-vous ? » demanda-t-il en riant.

Nous restâmes assis, les yeux fixés sur la table vide, jusqu'à ce que notre ami nous eût demandé ce que nous pensions de tout cela.

« Ça me semble assez plausible, ce soir, dit le Docteur ; mais attendons jusqu'à demain, attendons le bon sens matinal.

— Voulez-vous voir la machine elle-même ? » demanda notre ami.

En disant cela, il prit une lampe et nous entraîna au long du corridor, exposé aux courants d'air, qui menait à son laboratoire. Je me rappelle très vivement la lumière tremblotante, la silhouette de sa grosse tête étrange, la danse des ombres, notre défilé à sa suite, tous ahuris mais incrédules ; et comment aussi nous aperçûmes dans le laboratoire une machine beaucoup plus grande que le petit mécanisme que nous avions vu disparaître sous nos yeux. Elle comprenait des parties de nickel, d'ivoire ; d'autres avaient été limées ou sciées dans le cristal de roche. L'ensemble était à peu près complet, sauf des barres de cristal torses qui restaient inachevées sur un établi, à côté de quelques esquisses et plans ; et j'en pris une pour mieux l'examiner : elle semblait être de quartz.

« Voyons ! dit le Docteur, parlez-vous tout à fait sérieusement ! ou bien n'est-ce qu'une supercherie, comme ce fantôme que vous nous avez fait voir à Noël ?

— J'espère bien, dit notre ami en élevant la lampe, explorer le Temps sur cette machine. Est-ce clair ? Je n'ai jamais été si sérieux de ma vie. »

Aucun de nous ne savait comment prendre cela.

Je rencontrai le regard de Filby par-dessus l'épaule du Docteur ; il eut un solennel clignement de paupières.

CHAPITRE III

L'EXPLORATEUR REVIENT

Je crois qu'aucun de nous ne crut alors à la machine. Le fait est que notre ami était un de ces hommes qui sont trop intelligents, trop habiles ou trop adroits pour qu'on les croie ; on avait avec lui l'impression qu'on ne le voyait jamais en entier ; on suspectait toujours quelque subtile réserve, quelque ingénuité en embuscade, derrière sa lucide franchise. Si c'eût été Filby qui nous eût montré le modèle et expliqué la chose, nous eussions été à son égard beaucoup moins sceptiques. Car nous nous serions rendu compte de ses motifs : un charcutier comprendrait Filby. Mais l'Explorateur du Temps avait plus qu'un soupçon de fantaisie parmi ses éléments constitutifs, et nous nous défiions de lui. Des choses qui auraient fait la renommée d'hommes beaucoup moins capables semblaient entre ses mains des supercheries. C'est une erreur de faire les choses trop facilement. Les gens graves qui le prenaient au sérieux ne se sentaient jamais sûrs de sa manière de faire. Ils semblaient en quelque sorte

sentir qu'engager leurs réputations de sain juge-
ment avec lui, c'était meubler une école avec des
objets de porcelaine coquille d'œuf. Aussi je ne
pense pas qu'aucun de nous ait beaucoup parlé de
l'Explorateur du Temps dans l'intervalle qui
sépara ce jeudi-là du suivant, bien que tout ce
qu'il comportait de virtualités bizarres hantât
sans aucun doute la plupart de nos esprits : ses
éventualités, c'est-à-dire tout ce qu'il y avait de
pratiquement incroyable, les curieuses possibilités d'anachronisme et de complète confusion
qu'il suggérait. Pour ma part, j'étais particulièrement préoccupé par l'escamotage de la maquette.
Je me rappelle en avoir discuté avec le Docteur
que je rencontrai le vendredi au Linnœan. Il me
dit avoir vu une semblable mystification à Tübin-
gen, et il attachait une grande importance à la
bougie soufflée. Mais il ne pouvait expliquer de
quelle façon le tour se jouait.

Le jeudi suivant, je me rendis à Richmond
— car j'étais, je crois, un des hôtes les plus assidus
de l'Explorateur du Temps — et, arrivant un peu
tard, je trouvai quatre ou cinq amis déjà réunis au
salon. Le Docteur était adossé à la cheminée, une
feuille de papier dans une main et sa montre dans
l'autre. Je cherchai des yeux l'Explorateur du
Temps.

« Il est maintenant sept heures et demie, dit le
Docteur ; je crois que nous ferons mieux de dîner.

— Où est-il ? dis-je en nommant notre hôte.

— C'est vrai, vous ne faites qu'arriver. C'est

singulier. Il a été retenu sans pouvoir se dégager ; il a laissé ce mot pour nous inviter à nous mettre à table à sept heures s'il n'était pas là. Il ajoute qu'il expliquera son retard quand il rentrera.

— En effet, c'est pitoyable de laisser gâter le dîner », dit le Rédacteur en chef d'un journal quotidien bien connu ; et là-dessus, le Docteur sonna le dîner.

Le Psychologue, le Docteur et moi étions les seuls qui eussions assisté au dîner précédent. Les autres étaient Blank, directeur du journal déjà mentionné, un certain journaliste et un autre personnage — tranquille, timide et barbu — que je ne connaissais pas et qui, autant que je pus l'observer, ne desserra pas les dents de toute la soirée. On fit à table maintes conjectures sur l'absence du maître de maison, et par plaisanterie je suggérai qu'il explorait peut-être sa quatrième dimension. Le Rédacteur en chef demanda une explication, et le Psychologue lui fit de bonne grâce un rapide récit du paradoxal et ingénieux subterfuge dont il avait été témoin huit jours auparavant. Au milieu de son explication, la porte du corridor s'ouvrit lentement et sans bruit. J'étais assis face à la porte et, le premier, je la vis s'ouvrir.

« Eh bien ! tout de même ! » m'écriai-je.

La porte s'ouvrit plus grande et l'Explorateur du Temps était devant nous. Je poussai un cri de surprise.

« Grand Dieu ! mais qu'arrive-t-il ? » demanda le Docteur qui l'aperçut ensuite.

Et tous les convives se tournèrent vers la porte.

Notre ami était dans un état surprenant. Son vêtement était poussiéreux et sale, souillé de taches verdâtres aux manches ; sa chevelure était emmêlée et elle me sembla plus grise — soit à cause de la poussière, soit que sa couleur ait réellement changé. Son visage était affreusement pâle. Il avait une profonde coupure au menton — une coupure à demi refermée. Il avait les traits tirés et l'air hagard de ceux qui sont en proie à une intense souffrance. Il hésita un instant, ébloui sans doute par la clarté. Puis il entra en boitant, tout comme eût fait un vagabond aux pieds endoloris. Nous le regardions en silence, attendant qu'il parlât.

Il n'ouvrit pas la bouche, mais s'avança péniblement jusqu'à la table, et fit un mouvement pour atteindre le vin. Le Rédacteur en chef remplit une coupe de champagne et la lui présenta. Il la vida jusqu'à la dernière goutte et parut se sentir mieux, car son regard fit le tour de la table et l'ombre de son sourire habituel erra sur ses lèvres.

« Que diable avez-vous bien pu faire ? » dit le Docteur.

L'Explorateur du Temps ne sembla pas entendre.

« Que je ne vous interrompe pas, surtout ! dit-il d'une voix mal assurée, je suis très bien. »

Il s'arrêta, tendit son verre pour qu'on le remplît et le vida d'un seul trait.

« Cela fait du bien ! » dit-il.

Ses yeux s'éclairèrent et une rougeur légère lui monta aux joues. Son regard parcourut rapidement nos visages avec une sorte de morne approbation et fit ensuite le tour de la salle chaude et confortable. Puis de nouveau il parla, comme s'il cherchait encore son chemin à travers ses mots.

« Je vais me laver et me changer, puis je redescendrai et vous donnerai les explications promises... Gardez-moi quelques tranches de mouton. Je meurs littéralement de faim. »

Il reconnut tout à coup le Rédacteur en chef, qui était un convive assez rare, et lui souhaita la bienvenue. Le Rédacteur commença une question.

« Je vous répondrai tout à l'heure, dit l'Explorateur du Temps. Je me sens un peu... drôle. Ça ira très bien dans un moment. »

Il posa son verre, et se dirigea vers la porte de l'escalier. Je remarquai à nouveau qu'il boitait et que son pied frappait lourdement le plancher, et en me levant un peu je pus voir ses pieds pendant qu'il sortait : il était simplement chaussé d'une paire de chaussettes déchirées et tachées de sang. Puis la porte se referma sur lui. J'avais bien envie de le suivre, mais je me rappelai combien il détestait qu'on fît des embarras à son endroit. Pendant un moment mon esprit battit la campagne. Puis j'entendis le Rédacteur en chef qui disait : *Singulière conduite d'un savant fameux* ; suivant son habitude il pensait en titres d'articles.

Et cela ramena mon attention vers la table étincelante.

« Quelle est cette farce ? dit le Journaliste. Est-ce qu'il aurait eu la fantaisie d'aller faire le coltineur-amateur ? Je n'y comprends rien. »

Mes yeux rencontrèrent ceux du Psychologue et ils y lurent ma propre interprétation. Je pensai à notre ami se hissant péniblement dans les escaliers. Je ne crois pas que personne d'autre eût remarqué qu'il boitait.

Le premier à revenir complètement de sa surprise fut le Docteur, qui sonna pour la suite du service — car notre ami ne pouvait pas supporter les domestiques sans cesse présents au dîner. Sur ce, le Rédacteur en chef prit son couteau et sa fourchette avec un grognement ; le personnage silencieux imita son exemple et l'on se remit à dîner. Tout d'abord la conversation se borna à quelques exclamations étonnées ; puis la curiosité du Rédacteur en chef devint pressante.

« Est-ce que notre ami augmente son modeste revenu en allant balayer les rues ? Ou bien subit-il des transformations à la Nabuchodonosor ?

— Je suis sûr, dis-je, que c'est encore cette histoire de la Machine du Temps. »

Je repris où le Psychologue l'avait laissé le récit de notre précédente réunion. Les nouveaux convives étaient franchement incrédules. Le Rédacteur en chef soulevait des objections : Qu'est ce que c'était que ça, l'Exploration du Temps ? Est-ce qu'un homme se couvre de poussière à se rouler dans un paradoxe, voyons ? Puis comme il se familiarisait avec l'idée, il eut recours à la plaisanterie : Est-ce qu'il n'y avait donc plus de brosses à habit dans le Futur ? Le Journaliste, lui aussi, ne voulait croire à aucun prix et se joignait au Rédacteur en chef dans la tâche facile de ridiculiser toute l'affaire. L'un et l'autre appartenaient à la nouvelle espèce de journalistes — jeunes gens joyeux et très irrespectueux. « Le correspondant spécial que nous avons envoyé dans la semaine prochaine nous annonce... » disait, ou plutôt clamait, le Journaliste, lorsque l'Explorateur du Temps réapparut. Il s'était mis en habit et rien — sinon ses yeux hagards — ne restait du changement qui m'avait d'abord effrayé.

« Dites donc, lui demanda en riant le Rédacteur en chef, voilà qu'on me raconte que vous revenez d'un voyage dans le milieu de la semaine prochaine ! Révélez-nous les intentions du gouvernement, n'est-ce pas ? Combien voulez-vous pour l'article ? »

L'Explorateur du Temps vint s'asseoir sans dire un mot. Il souriait tranquillement à sa façon accoutumée.

« Où est ma part ? dit-il. Quel plaisir d'enfoncer encore une fourchette dans cette viande !

— Quelle blague ! dit le Rédacteur en chef.

— Au diable la blague ! dit l'Explorateur du Temps. J'ai besoin de manger, et je ne dirai pas un mot avant d'avoir remis un peu de peptones dans mon organisme. Merci. Passez-moi le sel.

— Un seul mot, dis-je. Vous revenez d'exploration ?

— Oui ! dit-il, la bouche pleine et en secouant la tête.

— Je donne un shilling la ligne pour un compte rendu *in extenso* », dit le Rédacteur en chef.

L'Explorateur poussa son verre du côté de l'Homme silencieux, et le fit tinter d'un coup d'ongle ; sur ce, l'Homme silencieux, qui le fixait avec ébahissement, sursauta et lui versa du vin. Le dîner s'acheva dans un malaise général. Pour ma part, de soudaines questions me venaient incessamment aux lèvres et je suis sûr qu'il en était de même pour les autres. Le Journaliste essaya de diminuer la tension des esprits en contant des anecdotes. Notre ami donnait toute son attention à son dîner et semblait ne pas avoir mangé depuis une semaine. Le Docteur fumait une cigarette et considérait l'Explorateur à travers ses paupières mi-closes. L'Homme silencieux semblait encore plus gauche que d'habitude et vida sa coupe de champagne avec une régularité et une détermination purement nerveuses. Enfin notre hôte repoussa son assiette, et nous regarda.

« Je vous dois des excuses, dit-il. Je mourais tout bonnement de faim. Mais j'ai passé quelques moments bien surprenants. »

Il atteignit un cigare dont il coupa le bout.

« Mais venez au fumoir. C'est une histoire trop

longue pour la raconter au milieu de vaisselle sale. »

Puis il sonna en se levant et nous conduisit dans la chambre attenante.

« Vous avez parlé de la Machine à Blank et aux autres ? me dit-il, en se renversant dans son fauteuil.

— Mais ce n'est qu'un paradoxe ! dit le Rédacteur en chef.

— Je ne puis pas discuter ce soir. Je veux bien vous raconter l'histoire, mais non pas la discuter. Je vais, continua-t-il, vous faire le récit de ce qui m'est arrivé, si vous y tenez, mais il faudra vous abstenir de m'interrompre. J'ai besoin de raconter, absolument. La plus grande partie vous semblera pure invention ; soit ! Mais tout est vrai du premier au dernier mot. J'étais dans mon laboratoire à quatre heures et depuis lors... j'ai vécu huit jours... des jours tels qu'aucun être humain n'en a vécu auparavant ! Je suis presque épuisé, mais je ne veux pas dormir avant de vous avoir conté la chose d'un bout à l'autre. Après cela, j'irai me reposer. Mais pas d'interruption ! Est-ce convenu ?

— Convenu ! » dit le Rédacteur en chef.

Et tous nous répétâmes : « Convenu ! »

Alors l'Explorateur du Temps raconta son histoire telle que je la transcris plus loin. Il s'enfonça d'abord dans son fauteuil, et parla du ton d'un homme fatigué ; peu à peu il s'anima. En l'écrivant, je ne sens que trop vivement l'insuffi-

sance de la plume et du papier et surtout ma
propre insuffisance pour l'exprimer avec toute sa
valeur. Vous lirez, sans doute, avec attention ;
mais vous ne pourrez voir, dans le cercle brillant
de la petite lampe, la face pâle et franche du
conteur, et vous n'entendrez pas les inflexions de
sa voix. Vous ne saurez pas combien son expression suivait les phases de son récit ! La plupart
d'entre nous, qui écoutions, étions dans l'ombre,
car les bougies des candélabres du fumoir
n'avaient pas été allumées, et seules la face du
Journaliste et les jambes de l'Homme silencieux
étaient éclairées. D'abord nous nous regardions
les uns les autres de temps en temps. Puis au bout
d'un moment nous cessâmes de le faire pour
rester les regards fixés sur le visage de l'Explorateur du Temps.

CHAPITRE IV

LE VOYAGE

« J'ai déjà exposé, jeudi dernier, à quelques-uns d'entre vous, les principes de ma machine pour voyager dans le Temps, et je vous l'ai montrée telle qu'elle était, mais inachevée et sur le métier. Elle y est encore maintenant, quelque peu fatiguée par le voyage, à vrai dire ; l'une des barres d'ivoire est fendue, et une traverse de cuivre est faussée ; mais le reste est encore assez solide. Je pensais l'avoir terminée le vendredi ; mais vendredi, quand le montage fut presque fini, je m'aperçus qu'un des barreaux de nickel était trop court de deux centimètres et demi exactement, et je dus le refaire, de sorte que la machine ne fut entièrement achevée que ce matin. C'est donc aujourd'hui à dix heures que la première de toutes les machines de ce genre commença sa carrière. Je l'examinai une dernière fois, m'assurai de la solidité des écrous, mis encore une goutte d'huile à la tringle de quartz et m'installai sur la selle. Je suppose que celui qui va se suicider et qui tient contre son crâne un pistolet doit éprouver le même sentiment que j'éprouvai alors de curiosité pour ce qui va se passer immédiatement après. Je pris dans une main le levier de mise en marche et dans l'autre le levier d'arrêt — j'appuyai sur le premier et presque immédiatement sur le second. Je crus chanceler, puis j'eus une sensation de chute comme dans un cauchemar. Alors, regardant autour de moi, je vis mon laboratoire tel qu'à l'ordinaire. S'était-il passé quelque chose ? Un moment je soupçonnai mon intellect de m'avoir joué quelque tour. Je remarquai alors la pendule ; le moment d'avant elle marquait, m'avait-il semblé, une minute ou deux après dix heures ; maintenant il était presque trois heures et demie !

« Je respirai, serrai les dents, empoignai des deux mains le levier de mise en train et partis d'un seul coup. Le laboratoire devint brumeux, puis sombre. La servante entra, et se dirigea, sans paraître me voir, vers la porte donnant sur le jardin. Je suppose qu'il lui fallut une minute ou deux pour traverser la pièce, mais il me sembla qu'elle était lancée d'une porte à l'autre comme une fusée. J'appuyai sur le levier jusqu'à sa position extrême. La nuit vint comme on éteint une lampe ; et un moment après, demain était là. Le laboratoire devint confus et brumeux, et à chaque moment de plus en plus confus. Demain soir arriva tout obscur, puis le jour encore, puis une nuit, puis des jours et des nuits de plus en plus précipités ! Une murmure vertigineux emplissait mes oreilles, une mystérieuse confusion descendait sur mon esprit.

« Je crains de ne pouvoir exprimer les singulières sensations d'un voyage à travers le Temps. Elles sont excessivement déplaisantes. On éprouve exactement la même chose que sur les montagnes russes, dans les foires : un irrésistible élan, tête baissée ! J'éprouvais aussi l'horrible pressentiment d'un écrasement inévitable et imminent. Pendant cette course, la nuit suivait le jour comme le battement d'une grande aile noire. L'obscure perception du laboratoire disparut bientôt et je vis le soleil sauter précipitamment à travers le ciel, bondissant à chaque minute, et chaque minute marquant un jour. Je pensai que le laboratoire avait dû être détruit et que j'étais maintenant en plein air. J'eus la vague impression d'escalader des échafaudages, mais j'allais déjà beaucoup trop vite pour avoir conscience des mouvements qui m'entouraient. L'escargot le plus lent qui rampa jamais bondissait trop vite pour que je le visse. La scintillante succession de la clarté et des ténèbres était extrêmement pénible à l'œil. Puis, dans les ténèbres intermittentes, je voyais la lune parcourir rapidement ses phases et j'entrevoyais faiblement les révolutions des étoiles. Bientôt, tandis que j'avançais avec une vélocité croissante, la palpitation du jour et de la nuit se fondit en une teinte grise continue. Le ciel revêtit une admirable profondeur bleue, une splendide nuance lumineuse comme celle des

premières lueurs du crépuscule ; le soleil bondissant devint une traînée de feu, un arc lumineux
dans l'espace ; la lune, une bande ondoyante et
plus faible, et je ne voyais plus rien des étoiles,
sinon de temps en temps un cercle brillant qui
tremblotait.

« Le paysage était brumeux et vague ; j'étais
toujours au flanc de la colline sur laquelle est
bâtie cette maison, et la pente s'élevait au-dessus
de moi, grise et confuse. Je vis des arbres croître
et changer comme des bouffées de vapeur ; tantôt
roux, tantôt verts ; ils croissaient, s'étendaient, se
brisaient et disparaissaient. Je vis d'immenses
édifices s'élever, vagues et splendides, et passer
comme des rêves. Toute la surface de la terre
semblait changée — ondoyant et s'évanouissant
sous mes yeux. Les petites aiguilles, sur les
cadrans qui enregistraient ma vitesse, couraient
de plus en plus vite. Bientôt je remarquai que le
cercle lumineux du soleil montait et descendait,
d'un solstice à l'autre, en moins d'une minute, et
que par conséquent j'allais à une vitesse de plus
d'une année par minute ; et de minute en minute
la neige blanche apparaissait sur le monde et
s'évanouissait pour être suivie par la verdure
brillante et courte du printemps.

« Les sensations désagréables du départ étaient
maintenant moins poignantes. Elles se fondirent
bientôt en une sorte d'euphorie nerveuse. Je
remarquai cependant un balancement lourd de la
machine, dont je ne pouvais m'expliquer la cause.

Mais mon esprit était trop confus pour y faire grande attention, si bien que je me lançais dans l'avenir avec une sorte de folie croissante. D'abord, à peine pensai-je à m'arrêter, à peine pensai-je à autre chose qu'à ces sensations nouvelles. Mais bientôt une autre série d'impressions me vint à l'esprit — une certaine curiosité et avec elle une certaine crainte —, jusqu'à ce qu'enfin elles se fussent complètement emparées de moi. Quels étranges développements de l'humanité, quelles merveilleuses avances sur notre civilisation rudimentaire n'allais-je pas apercevoir quand j'en arriverais à regarder de près ce monde vague et illusoire qui se déroulait et ondoyait devant mes yeux ! Je voyais des monuments d'une grande et splendide architecture s'élever autour de moi, plus massifs qu'aucun des édifices de notre époque, et cependant, me semblait-il, bâtis de brume et de faible clarté. Je vis un vert plus riche s'étendre sur la colline et demeurer là sans aucun intervalle d'hiver. Même à travers le voile qui noyait les choses, la terre semblait très belle. C'est alors que l'idée me vint d'arrêter la machine.

« Le risque que je courais était de trouver quelque nouvel objet à la place que la machine et moi occupions. Aussi longtemps que je voyageais à toute vitesse, cela importait fort peu. J'étais pour ainsi dire désintégré — je glissais comme un éther à travers les interstices des substances interposées ! Mais s'arrêter impliquait peut-être mon écrasement, molécule par molécule, dans ce qui pouvait se trouver sur mon passage, comportait un contact si intime de mes atomes avec ceux de l'obstacle qu'il en résulterait une profonde réaction chimique — peut-être une explosion formidable, qui m'enverrait, mon appareil et moi, hors de toute dimension possible... dans l'Inconnu. Cette possibilité s'était bien souvent présentée à mon esprit pendant que je construisais la machine ; mais alors je l'avais de bon cœur envisagée comme un risque nécessaire — un de ces risques qu'un homme doit toujours accepter. Maintenant qu'il était inévitable, je ne le voyais plus du tout sous le même jour. Le fait est que, insensiblement, l'absolue étrangeté de toute chose, le balancement ou l'ébranlement écœurant de la machine, par-dessus tout la sensation de chute prolongée, avait absolument bouleversé mes nerfs. Je me disais que je ne pouvais plus m'arrêter et, dans un sursaut nerveux, je résolus de m'arrêter sur-le-champ. Avec une impatience d'insensé, je tirai sur le levier ; aussitôt la machine se mit à ballotter, et je dégringolai la tête la première dans le vide.

« Il y eut un bruit de tonnerre dans mes oreilles ; je dus rester étourdi un moment. Une grêle impitoyable sifflait autour de moi, et je me trouvai assis, sur un sol mou, devant la machine renversée. Toutes choses me paraissaient encore grises, mais je remarquai bientôt que le bruit confus dans mes oreilles s'était tu. Je regardai autour de moi. J'étais sur ce qui pouvait sembler une petite pelouse, dans un jardin, entouré de massifs de rhododendrons dont les pétales mauves et pourpres tombaient en pluie sous les volées de grêlons. La grêle dansante et rebondissante s'abattait sur la machine et descendait sur le sol comme une fumée. En un instant, je fus trempé jusqu'aux os :

« — Excellente hospitalité, dis-je, envers un homme qui vient de parcourir d'innombrables années pour vous voir !

« Enfin je songeai qu'il était stupide de se laisser tremper ; je me levai et je cherchai des yeux où me réfugier. Une figure colossale, taillée apparemment dans quelque pierre blanche, apparaissait, incertaine, au-delà des rhododendrons, à travers l'averse brumeuse. Mais le reste du monde était invisible.

« Il serait malaisé de décrire mes sensations. Comme la grêle s'éclaircissait, j'aperçus plus distinctement la figure blanche. Elle devait être fort grande, car un bouleau ne lui allait qu'à l'épaule. Elle était de marbre blanc, et rappelait par sa forme quelque sphinx ailé, mais les ailes, au lieu d'être repliées verticalement, étaient étendues de sorte qu'elle semblait planer. Le piédestal, me sembla-t-il, était de bronze et couvert d'une épaisse couche de vert-de-gris. Il se trouva que la face était de mon côté, les yeux sans regard paraissaient m'épier ; il y avait sur les lèvres l'ombre affaiblie d'un sourire. L'ensemble était détérioré par les intempéries et donnait l'idée désagréable d'être rongé par une maladie. Je restai là à l'examiner pendant un certain temps — une demi-minute peut-être ou une demi-heure. Elle semblait reculer ou avancer suivant que la grêle tombait entre elle et moi plus ou moins dense. A la fin je détournai mes yeux, et je vis que les nuages s'éclaircissaient et que le ciel s'éclairait de la promesse du soleil.

« Je reportai mes yeux vers la forme blanche accroupie, et toute la témérité de mon voyage m'apparut subitement. Qu'allait-il survenir lorsque le rideau brumeux qui m'avait dissimulé jusque-là serait entièrement dissipé ? Qu'avait-il pu arriver aux hommes ? Que faire si la cruauté était devenue une passion commune ? Que faire si, dans cet intervalle, la race avait perdu son humanité, et s'était développée dans la malfaisance, la haine et une volonté farouche de puissance ? Je pourrais sembler quelque animal sauvage du vieux monde, d'autant plus horrible et dégoûtant que j'avais déjà leur conformation — un être mauvais qu'il fallait immédiatement supprimer.

« Déjà j'apercevais d'autres vastes formes, d'immenses édifices avec des parapets compliqués et de hautes colonnes, au flanc d'une colline boisée qui descendait doucement jusqu'à moi à travers l'orage apaisé. Je fus saisi d'une terreur panique. Je courus éperdument jusqu'à la machine et fis de violents efforts pour la remettre debout. Pendant ce temps, les rayons du soleil percèrent l'amoncellement des nuages. La pluie torrentielle passa et s'évanouit comme le vêtement traînant d'un fantôme. Au-dessus de moi, dans le bleu intense du ciel d'été, quelques légers et sombres lambeaux de nuages tourbillonnaient en se désagrégeant. Les grands édifices qui m'entouraient s'élevaient clairs et distincts, brillant sous l'éclat de l'averse récente, et ressortant en blanc avec des grêlons non fondus, amoncelés au long de leurs assises. Je me sentais comme nu dans un monde étrange. J'éprouvais ce que, peut-être, ressent l'oiseau dans l'air clair, lorsqu'il sait que le vautour plane et va s'abattre sur lui. Ma peur devenait de la frénésie. Je respirai fortement, serrai les dents, et en vins aux prises, furieusement, des poignets et des genoux, avec la machine : à mon effort désespéré, elle céda et se redressa, en venant me frapper violemment au menton. Une main sur la selle, l'autre sur le levier, je restai là, haletant sourdement, prêt à repartir.

« Mais avec l'espoir d'une prompte retraite, le courage me revint. Je considérai plus curieusement, et avec moins de crainte, ce monde d'un avenir éloigné. Dans une fenêtre ronde, très haut dans le mur du plus proche édifice, je vis un groupe d'êtres revêtus de riches et souples robes. Ils m'avaient vu, car leurs visages étaient tournés vers moi.

« J'entendis alors des voix qui approchaient.

Venant à travers les massifs qui entouraient le Sphinx Blanc, je voyais les têtes et les épaules d'hommes qui couraient. L'un d'eux déboucha d'un sentier qui menait droit à la petite pelouse sur laquelle je me trouvais avec ma machine. C'était une délicate créature, haute d'environ un mètre vingt, vêtue d'une tunique de pourpre retenue à la taille par une ceinture de cuir. Des sandales ou des brodequins (je ne pus voir distinctement) recouvraient ses pieds ; ses jambes étaient nues depuis les genoux ; elle ne portait aucune coiffure. En faisant ces remarques, je m'aperçus pour la première fois de la douceur extrême de l'air.

« Je fus frappé par l'aspect de cette créature très belle et gracieuse, mais étonnamment frêle. Ses joues roses me rappelaient ces beaux visages de phtisiques — cette beauté hectique dont on nous a tant parlé. A sa vue, je repris soudainement confiance, et mes mains abandonnèrent la machine. »

CHAPITRE V

DANS L'ÂGE D'OR

« En un instant nous étions face à face, cet être fragile et moi. Il s'avança sans hésiter et se mit à me rire au nez. L'absence de tout signe de crainte dans sa contenance me frappa tout à coup. Puis il se tourna vers les deux autres qui le suivaient et leur parla dans une langue étrange, harmonieuse et très douce.

« D'autres encore arrivèrent et j'eus bientôt autour de moi un groupe d'environ huit ou dix de ces êtres exquis. L'un d'eux m'adressa la parole. Il me vint à l'esprit, assez bizarrement, que ma voix était trop rude et trop profonde pour eux. Aussi je hochai la tête et, lui montrant mes oreilles, je la hochai de nouveau. Il fit un pas en avant, hésita et puis toucha ma main. Je sentis alors d'autres petits et tendres tentacules sur mon dos et mes épaules. Ils voulaient se rendre compte si j'étais bien réel. Il n'y avait rien d'alarmant à tout cela. De fait, il y avait dans les manières de ces jolis petits êtres quelque chose qui inspirait la confiance, une gracieuse gentillesse, une certaine

aisance puérile. Et d'ailleurs ils paraissaient si
frêles que je me figurais pouvoir renverser le
groupe entier comme un jeu de quilles. Mais je fis
un brusque mouvement pour les prévenir, lorsque je vis leurs petites mains roses tâter la
machine. Heureusement, et alors qu'il n'était pas
trop tard, j'aperçus un danger auquel jusqu'alors
je n'avais pas pensé. J'atteignis les barres de la
machine, je dévissai les petits leviers qui l'auraient
mise en mouvement, et je les mis dans ma poche.
Puis je cherchai à nouveau ce qu'il y aurait à faire
pour communiquer avec mes hôtes.

« Alors, examinant de plus près leurs traits,
j'aperçus de nouvelles particularités dans leur
genre de joliesse de porcelaine de Saxe. Leur
chevelure, qui était uniformément bouclée, se
terminait brusquement sur les joues et le cou ; il
n'y avait pas le moindre indice de système pileux
sur la figure, et leurs oreilles étaient singulièrement menues. Leur bouche était petite, avec des
lèvres d'un rouge vif, mais plutôt minces ; et leurs
petits mentons finissaient en pointe. Leurs yeux
étaient larges et doux et (ceci peut sembler égoïste
de ma part) je me figurai même alors qu'il leur
manquait une partie de l'attrait que je leur avais
supposé tout d'abord.

« Comme ils ne faisaient aucun effort pour
communiquer avec moi, mais simplement
m'entouraient, souriant et conversant entre eux
avec des intonations douces et caressantes, j'essayai d'entamer la conversation. Je leur indiquai

du doigt la machine, puis moi-même ; ensuite, me demandant un instant comment j'exprimerais l'idée de Temps, je montrai du doigt le soleil. Aussitôt un gracieux et joli petit être, vêtu d'une étoffe bigarrée de pourpre et de blanc, suivit mon geste, et à mon grand étonnement imita le bruit du tonnerre.

« Un instant je fus stupéfait, encore que la signification de son geste m'apparût suffisamment claire. Une question s'était posée subitement à moi : Est-ce que ces êtres étaient fous ? Vous pouvez difficilement vous figurer comment cette idée me vint. Vous savez que j'ai toujours cru que les gens qui vivront en l'année 802000 et quelques nous auraient surpassés d'une façon incroyable, en science, en art et en toute chose. Et voilà que l'un d'eux me posait tout à coup une question qui le plaçait au niveau intellectuel d'un enfant de cinq ans — l'un d'eux qui me demandait, en fait, si j'étais venu du soleil avec l'orage ! Cela gâta l'opinion que je m'étais faite d'eux d'après leurs vêtements, leurs membres frêles et légers et leurs traits fragiles. Je fus fortement déçu. Pendant un moment, je crus que j'avais inutilement inventé la Machine du Temps.

« J'inclinai la tête, indiquai de nouveau le soleil et parvins à imiter si parfaitement un coup de tonnerre qu'ils en tressaillirent. Ils reculèrent tous de quelques pas et s'inclinèrent. Alors l'un d'eux s'avança en riant vers moi, portant une guirlande de fleurs magnifiques et entièrement nouvelles pour moi, et il me la passa autour du cou. Son geste fut accueilli par un mélodieux applaudisse-ment : et bientôt ils se mirent tous à courir de-ci, de-là, en cueillant des fleurs et en me les jetant avec des rires, jusqu'à ce que je fusse littéralement étouffé sous le flot. Vous qui n'avez jamais rien vu de semblable, vous ne pouvez guère vous imaginer quelles fleurs délicates et merveilleuses d'innombrables années de culture peuvent créer. Alors l'un d'eux suggéra que leur jouet devait être exhibé dans le plus proche édifice ; ainsi je fus conduit vers un vaste monument de pierre grise et effritée, de l'autre côté du Sphinx de marbre blanc, qui, tout ce temps, avait semblé m'obser-ver, en souriant de mon étonnement. Tandis que je les suivais, le souvenir de mes confiantes prévisions d'une postérité profondément grave et intellectuelle me revint à l'esprit et me divertit fort.

« L'édifice, de dimensions colossales, avait une large entrée. J'étais naturellement tout occupé de la foule croissante des petits êtres et des grands portails ouverts qui béaient devant moi, obscurs et mystérieux. Mon impression générale du monde ambiant était celle d'un gaspillage inextri-cable d'arbustes et de fleurs admirables, d'un jardin longtemps négligé et cependant sans mau-vaises herbes. Je vis un grand nombre d'étranges fleurs blanches, en longs épis, avec des pétales de cire de près de quarante centimètres. Elles crois-saient éparses, comme sauvages, parmi les arbustes variés, mais, comme je l'ai dit, je ne pus les examiner attentivement cette fois-là. La machine fut abandonnée sur la pelouse parmi les rhododendrons.

« L'arche de l'entrée était richement sculptée, mais je ne pus naturellement pas observer de très près les sculptures, encore que j'aie cru apercevoir, en passant, divers motifs d'antiques décorations phéniciennes, frappé de les voir si usées et mutilées. Je rencontrai sur le seuil du porche plusieurs êtres plus brillamment vêtus et nous entrâmes ainsi, moi habillé des ternes habits du XIXe siècle, d'aspect assez grotesque, entouré de cette masse tourbillonnante de robes aux nuances brillantes et douces et de membres délicats et blancs, dans un bruit confus de rires et d'exclamations joyeuses.

« Le grand portail menait dans une salle relativement vaste, tendue d'étoffes sombres. Le plafond était dans l'obscurité et les fenêtres, garnies en partie de vitraux de couleur, laissaient pénétrer une lumière délicate. Le sol était formé de grands blocs d'un métal très blanc et dur — ni plaques, ni dalles mais des blocs —, et il était si usé, par les pas, pensai-je, d'innombrables générations, que les passages les plus fréquentés étaient profondément creusés. Perpendiculaires à la longueur, il y avait une multitude de tables de pierre polie, hautes peut-être de quarante centimètres, sur lesquelles s'entassaient des fruits. J'en reconnus quelques-uns comme des espèces de framboises et d'oranges hypertrophiées, mais la plupart me paraissaient étranges.

« Entre les tables, les passages étaient jonchés de coussins sur lesquels s'assirent mes conducteurs en me faisant signe d'en faire autant. En une agréable absence de cérémonie, ils commencèrent à manger des fruits avec leurs mains, en jetant les pelures, les queues et tous leurs restes dans des ouvertures rondes pratiquées sur les côtés des tables. Je ne fus pas long à suivre leur exemple, car j'avais faim et soif ; et en mangeant je pus à loisir examiner la salle.

« La chose qui peut-être me frappa le plus fut son délabrement. Les vitraux, représentant des dessins géométriques, étaient brisés en maints endroits ; les rideaux qui cachaient l'extrémité inférieure de la salle étaient couverts de poussière, et je vis aussi que le coin de la table de marbre sur laquelle je mangeais était cassé. Néanmoins l'effet général restait extrêmement riche et pittoresque. Il y avait environ deux cents de ces êtres dînant dans la salle, et la plupart d'entre eux, qui étaient venus s'asseoir aussi près de moi qu'ils avaient pu, m'observaient avec intérêt, les yeux brillants de plaisir, en mangeant leurs fruits. Tous étaient vêtus de la même étoffe soyeuse, douce et cependant solide.

« Les fruits, d'ailleurs, composaient exclusivement leur nourriture. Ces gens d'un si lointain avenir étaient de stricts végétariens, et tant que je fus avec eux, malgré mes envies de viande, il me

fallut aussi être frugivore. A vrai dire, je m'aperçus peu après que les chevaux, le bétail, les
moutons, les chiens avaient rejoint l'ichtyosaure
parmi les espèces disparues. Mais les fruits étaient
délicieux ; l'un d'eux en particulier, qui parut être
de saison tant que je fus là, à la chair farineuse
dans une cosse triangulaire, était remarquable-
ment bon et j'en fis mon mets favori. Je fus
d'abord assez embarrassé par ces fruits et ces
fleurs étranges, mais plus tard je commençai à
apprécier leur valeur.

« En voilà assez sur ce dîner frugal. Aussitôt
que je fus un peu restauré, je me décidai à tenter
résolument d'apprendre tout ce que je pourrais
du langage de mes nouveaux compagnons. C'était
évidemment la première chose à faire. Les fruits
mêmes du repas me semblèrent convenir parfaitement pour une entrée en matière, et j'en pris un
que j'élevai, en essayant une série de sons et de
gestes interrogatifs. J'éprouvai une difficulté
considérable à faire comprendre mon intention.
Tout d'abord mes efforts ne rencontrèrent que
des regards d'ébahissement ou des rires inextin-
guibles, mais tout à coup une petite créature
sembla saisir l'objet de ma mimique et répéta un
nom. Ils durent babiller et s'expliquer fort longuement la chose entre eux, et mes premières
tentatives d'imiter les sons exquis de leur doux
langage parurent les amuser énormément, d'une
façon dénuée de toute affectation, encore qu'elle
ne fût guère civile. Cependant je me faisais l'effet

d'un maître d'école au milieu de jeunes enfants et je persistai si bien que je me trouvai bientôt en possession d'une vingtaine de mots au moins ; puis j'en arrivai aux pronoms démonstratifs et même au verbe manger. Mais ce fut long ; les petits êtres furent bientôt fatigués et éprouvèrent le besoin de fuir mes interrogations ; de sorte que je résolus, par nécessité, de prendre mes leçons par petites doses quand cela leur conviendrait. Je m'aperçus vite que ce serait par très petites doses ; car je n'ai jamais vu de gens plus indolents et plus facilement fatigués. »

CHAPITRE VI

LE CRÉPUSCULE DE L'HUMANITÉ

« Bientôt je fis l'étrange découverte que mes petits hôtes ne s'intéressaient réellement à rien. Comme des enfants, ils s'approchaient de moi pleins d'empressement, avec des cris de surprise, mais, comme des enfants aussi, ils cessaient bien vite de m'examiner et s'éloignaient en quête de quelque autre bagatelle. Après le dîner et mes essais de conversation, je remarquai pour la première fois que tous ceux qui m'avaient entouré à mon arrivée étaient partis ; et de même, étrangement, j'arrivai à faire peu de cas de ces petits personnages. Ma faim et ma curiosité étant satisfaites, je retournai, en franchissant le porche, dehors à la clarté du soleil. Sans cesse je rencontrais de nouveaux groupes de ces humains de l'avenir, et ils me suivaient à quelque distance, bavardaient et riaient à mon sujet, puis, après m'avoir souri et fait quelques signaux amicaux, ils m'abandonnaient à mes réflexions.

« Quand je sortis du vaste édifice, le calme du soir descendait sur le monde, et la scène n'était

plus éclairée que par les chaudes rougeurs du
soleil couchant. Toutes choses me paraissaient
bien confuses. Tout était si différent du monde
que je connaissais — même les fleurs. Le grand
édifice que je venais de quitter était situé sur une
pente qui descendait à un large fleuve ; mais la
Tamise s'était transportée à environ un mille de sa
position actuelle. Je résolus de gravir, à un mille
et demi de là, le sommet de la colline, d'où je
pourrais jeter un coup d'œil plus étendu sur cette
partie de notre planète en l'an de grâce huit cent
deux mille sept cent un, car telle était, comme
j'aurais dû le dire déjà, la date qu'indiquaient les
petits cadrans de la Machine.

« En avançant, j'étais attentif à toute impression qui eût pu, en quelque façon, m'expliquer la
condition de splendeur ruinée dans laquelle je
trouvais le monde — car tout avait l'apparence de
ruines. Par exemple, il y avait à peu de distance,
en montant la colline, un amas de blocs de granit,
reliés par des masses d'aluminium, un vaste
labyrinthe de murs à pic et d'entassements
écroulés, parmi lesquels croissaient d'épais buissons de très belles plantes en forme de pagode —
des orties, semblait-il —, mais au feuillage merveilleusement teinté de brun, et ne pouvant
piquer. C'étaient évidemment les restes aban-
donnés de quelque vaste construction, élevée
dans un but que je ne pouvais déterminer. C'était
là que je devais avoir un peu plus tard une bien
étrange expérience — premier indice d'une

découverte encore plus étrange — mais je vous en entretiendrai en temps voulu.

« D'une terrasse où je me reposai un instant, je regardai dans toutes les directions, à une soudaine pensée qui m'était venue, et je n'aperçus nulle part de petites habitations. Apparemment, la maison familiale et peut-être la famille n'existaient plus. Ici et là, dans la verdure, s'élevaient des sortes de palais, mais la maison isolée et le cottage, qui donnent une physionomie si caractéristique au paysage anglais, avaient disparu.

« " C'est le communisme ", me dis-je.

« Et sur les talons de celle-là vint une autre pensée. J'examinai la demi-douzaine de petits êtres qui me suivaient. Alors je m'aperçus brusquement que tous avaient la même forme de costume, le même visage imberbe au teint délicat, et la même mollesse des membres, comme de grandes fillettes. Il peut sans doute vous paraître étrange que je ne l'eusse pas remarqué. Mais tout était si étrange ! Pour le costume et les différences de tissus et de coupe, pour l'aspect et la démarche, qui de nos jours distinguent les sexes, ces humains du futur étaient identiques. Et à mes yeux les enfants semblaient n'être que les miniatures de leurs parents. J'en conclus que les enfants de ce temps étaient extrêmement précoces, physiquement du moins, et je pus par la suite vérifier abondamment cette opinion.

« L'aisance et la sécurité où vivaient ces gens me faisaient admettre que cette étroite ressemblance des sexes était après tout ce à quoi l'on devait s'attendre, car la force de l'homme et la faiblesse de la femme, l'institution de la famille et les différenciations des occupations sont les simples nécessités combatives d'un âge de force physique. Là où la population est abondante et équilibrée, de nombreuses naissances sont pour l'Etat un mal plutôt qu'un bien : là où la violence est rare et où la propagation de l'espèce n'est pas compromise, il y a moins de nécessité — réellement il n'y a aucune nécessité — d'une famille effective, et la spécialisation des sexes, par rapport aux besoins des enfants, disparaît. Nous en observons déjà des indices, et dans cet âge futur c'était un fait accompli. Ceci, je dois vous le rappeler, n'est qu'une simple conjecture que je faisais à ce moment-là. Plus tard, je devais apprécier jusqu'à quel point elle était éloignée de la réalité.

« Tandis que je m'attardais à ces choses, mon attention fut attirée par une jolie petite construction qui ressemblait à un puits sous une coupole. Je songeai, un moment, à la bizarrerie d'un puits au milieu de cette nature renouvelée, et je repris le fil de mes spéculations. Il n'y avait du côté du sommet de la colline aucun grand édifice, et comme mes facultés locomotrices tenaient évidemment du miracle, je me trouvai bientôt seul pour la première fois. Avec une étrange sensation de liberté et d'aventure, je me hâtai vers la crête.

« Je trouvai là un siège, fait d'un métal jaune

que je ne reconnus pas et corrodé par places d'une sorte de rouille rosâtre, à demi recouvert de mousse molle ; les bras modelés et polis représentaient des têtes de griffons. Je m'assis et contemplai le spectacle de notre vieux monde, au soleil couchant de ce long jour. C'était un des plus beaux et agréables spectacles que j'aie jamais vus. Le soleil déjà avait franchi l'horizon, et l'ouest était d'or en flammes, avec des barres horizontables de pourpre et d'écarlate. Au-dessous était la vallée de la Tamise, dans laquelle le fleuve s'étendait comme une bande d'acier poli. J'ai déjà parlé des grands palais qui pointillaient de blanc les verdures variées, quelques-uns en ruine et quelques autres encore occupés. Ici et là s'élevait quelque forme blanche ou argentée dans le jardin désolé de la terre ; ici et là survenait la dure ligne verticale de quelque monument à coupole ou de quelque obélisque. Nulles haies ; nul signe de propriété, nulle apparence d'agriculture ; la terre entière était devenue un jardin.

« Observant tous ces faits, je commençai à les coordonner et voici, sous la forme qu'elle prit ce soir-là, quel fut le sens de mon interprétation. Par la suite, je m'aperçus que je n'avais trouvé qu'une demi-vérité et n'avais même entrevu qu'une facette de la vérité.

« Je croyais être parvenu à l'époque du déclin du monde. Le crépuscule rougeâtre m'évoqua le crépuscule de l'humanité. Pour la première fois, je commençai à concevoir une conséquence bizarre de l'effort social où nous sommes actuellement engagés. Et cependant, remarquez-le, c'est une conséquence assez logique. La force est le produit de la nécessité : la sécurité entretient et encourage la faiblesse. L'œuvre d'amélioration des conditions de l'existence — le vrai progrès civilisant qui assure de plus en plus le confort et diminue l'inquiétude de la vie — était tranquillement arrivée à son point culminant. Les triomphes de l'humanité unie sur la nature s'étaient succédé sans cesse. Des choses qui ne sont, à notre époque, que des rêves étaient devenues des réalités. Et ce que je voyais en était les fruits !

« Après tout, l'activité d'aujourd'hui, les conditions sanitaires et l'agriculture en sont encore à l'âge rudimentaire. La science de notre époque ne s'est attaquée qu'à un minuscule secteur du champ des maladies humaines, mais malgré cela elle étend ses opérations d'une allure ferme et persistante. Notre agriculture et notre horticulture détruisent à peine une mauvaise herbe ici et là, et cultivent peut-être une vingtaine de plantes saines, laissant les plus nombreuses compenser, comme elles peuvent, les mauvaises. Nous améliorons nos plantes et nos animaux favoris — et nous en avons si peu ! — par la sélection et l'élevage ; tantôt une pêche nouvelle et meilleure, tantôt une grappe sans pépins, tantôt une fleur plus belle et plus parfumée, tantôt une espèce de bétail mieux adaptée à nos besoins.

Nous les améliorons graduellement, parce que nos vues sont vagues et hésitantes, et notre connaissance des choses très limitée ; parce que aussi la Nature est timide et lente dans nos mains malhabiles. Un jour tout cela ira de mieux en mieux. Tel est le sens du courant, en dépit des reflux. Le monde entier sera intelligent, instruit et recherchera la coopération ; toutes choses iront de plus en plus vite vers la soumission de la Nature. A la fin, sagement et soigneusement nous réajusterons l'équilibre de la vie animale et de la vie végétale pour qu'elles s'adaptent à nos besoins humains.

« " Ce réajustement, me disais-je, doit avoir été fait et bien fait " : fait, à vrai dire, une fois pour toutes, dans l'espace du temps à travers lequel ma machine avait bondi. Dans l'air, ni moucherons, ni moustiques ; sur le sol, ni mauvaises herbes, ni fongosités ; des papillons brillants voltigeaient de-ci, de-là. L'idéal de la médecine préventive était atteint. Les maladies avaient été exterminées. Je ne vis aucun indice de maladie contagieuse quelconque pendant tout mon séjour. Et j'aurai à vous dire plus tard que les processus de putréfaction et de corruption eux-mêmes avaient été profondément affectés par ces changements.

« Des triomphes sociaux avaient été obtenus. Je voyais l'humanité hébergée en de splendides asiles, somptueusement vêtue, et jusqu'ici je n'avais trouvé personne qui fût occupé à un labeur quelconque. Nul signe, nulle part, de lutte, de contestation sociale ou économique. La boutique, la réclame, le trafic, tout le commerce qui constitue la vie de notre monde n'existait plus. Il était naturel que par cette soirée resplendissante je saisisse avec empressement l'idée d'un paradis social. La difficulté que crée l'accroissement trop rapide de la population avait été surmontée et la population avait cessé de s'accroître.

« Mais avec ce changement des conditions viennent inévitablement les adaptations à ce changement, et à moins que la science biologique ne soit qu'un amas d'erreurs, quelles sont les causes de la vigueur et de l'intelligence humaines ? Les difficultés et la liberté : conditions sous lesquelles les individus actifs, vigoureux et souples, survivent et les plus faibles succombent ; conditions qui favorisent et récompensent l'alliance loyale des gens capables, l'empire sur soi-même, la patience, la décision. L'institution de la famille et les émotions qui en résultent : la jalousie féroce, la tendresse envers la progéniture, le dévouement du père et de la mère, tout cela trouve sa justification et son appui dans les dangers qui menacent les jeunes. *Maintenant*, où sont ces dangers ? Un sentiment nouveau s'élève contre la jalousie conjugale, contre la maternité farouche, contre les passions de toute sorte ; choses maintenant inutiles, qui nous entravent, survivances sauvages et discordantes dans une vie agréable et raffinée.

« Je songeai à la délicatesse physique de ces

gens, à leur manque d'intelligence, à ces ruines énormes et nombreuses, et cela confirma mon opinion d'une conquête parfaite de la nature. Car après la lutte vient la quiétude. L'humanité avait été forte, énergique et intelligente et avait employé toute son abondante vitalité à transformer les conditions dans lesquelles elle vivait. Et maintenant les conditions nouvelles réagissaient à leur tour sur l'humanité.

« Dans cette sécurité et ce confort parfaits, l'incessante énergie qui est notre force doit devenir faiblesse. De notre temps même, certains désirs et tendances, autrefois nécessaires à la survivance, sont des sources constantes de défaillances. Le courage physique et l'amour des combats, par exemple, ne sont pas à l'homme civilisé de grands secours — et peuvent même lui être obstacles. Dans un état d'équilibre physique et de sécurité, la puissance intellectuelle, aussi bien que physique, serait déplacée. J'en conclus que pendant d'innombrables années il n'y avait eu aucun danger de guerre ou de violences isolées, aucun danger de bêtes sauvages, aucune épidémie qui aient requis de vigoureuses constitutions ou un besoin quelconque d'activité. Pour une telle vie, ceux que nous appellerions les faibles sont aussi bien équipés que les forts, et de fait ils ne sont plus faibles. Et même mieux équipés, car les forts seraient tourmentés par un trop-plein d'énergie. Nul doute que l'exquise beauté des édifices que je voyais ne fût le résultat des derniers efforts de l'énergie maintenant sans objet de l'humanité, avant qu'elle eût atteint sa parfaite harmonie avec les conditions dans lesquelles elle vivait — l'épanouissement de ce triomphe qui fut le commencement de l'ultime et grande paix. Ce fut toujours là le sort de l'énergie en sécurité ; elle se porte vers l'art et l'érotisme, et viennent ensuite la langueur et la décadence.

« Cette impulsion artistique elle-même doit à la fin s'affaiblir et disparaître — elle avait presque disparu à l'époque où j'étais. S'orner de fleurs, chanter et danser au soleil, c'était tout ce qui restait de l'esprit artistique ; rien de plus. Même cela devait à la fin faire place à une oisiveté satisfaite. Nous sommes incessamment aiguisés sur la meule de la souffrance et de la nécessité et voilà qu'enfin, me semblait-il, cette odieuse meule était brisée.

« Et je restais là, dans les ténèbres envahissantes, pensant avoir, par cette simple explication, résolu le problème du monde — pénétré le mystère de l'existence de ces délicieux êtres. Il se pouvait que les moyens qu'ils avaient imaginés pour restreindre l'accroissement de la population eussent trop bien réussi, et que leur nombre, au lieu de rester stationnaire, eût plutôt diminué. Cela eût expliqué l'abandon des ruines. Mon explication était très simple, et suffisamment plausible — comme le sont la plupart des théories erronées. »

CHAPITRE VII

UN COUP INATTENDU

« Tandis que je méditais sur ce trop parfait triomphe de l'homme, la pleine lune, jaune et gibbeuse, surgit au nord-est, d'un débordement de lumière argentée. Les brillants petits êtres cessèrent de s'agiter au-dessous de moi, un hibou silencieux voltigea et je frissonnai à l'air frais de la nuit. Je me décidai à descendre et à trouver un endroit où je pourrais dormir.

« Des yeux je cherchai l'édifice que je connaissais. Puis mon regard se prolongea jusqu'au Sphinx Blanc sur son piédestal de bronze, de plus en plus distinct à mesure que la lune montante devenait plus brillante. Je pouvais voir, tout auprès, le bouleau argenté. D'un côté, le fourré enchevêtré des rhododendrons, sombre dans la lumière pâle ; de l'autre, la petite pelouse. Un doute singulier glaça ma satisfaction.

« " Non, me dis-je résolument, ce n'est pas la pelouse. "

« Mais c'était bien la pelouse, car la face lépreuse et blême du Sphinx était tournée de son côté. Imaginez-vous ce que je dus ressentir lorsque j'en eus la parfaite conviction. Mais vous ne le pourrez pas... La Machine avait disparu !

« A ce moment, comme un coup de fouet à travers la face, me vint à l'idée la possibilité de perdre ma propre époque, d'être laissé impuissant dans cet étrange nouveau monde. Cette seule pensée m'était une réelle angoisse physique. Je la sentais m'étreindre la gorge et me couper la respiration. Un instant après, j'étais en proie à un accès de folle crainte et je me mis à dévaler la colline, si bien que je m'étalai par terre de tout mon long et me fis cette coupure au visage. Je ne perdis pas un moment à étancher le sang, mais sautant de nouveau sur mes pieds, je me remis à courir avec, au long des joues et du menton, le petit ruissellement tiède du sang que je perdais. Pendant tout le temps que je courus, j'essayai de me tranquilliser :

« " Ils l'ont changée de place ; ils l'ont poussée sous les buissons, hors du chemin. "

« Néanmoins, je courais de toutes mes forces. Tout le temps, avec cette certitude qui suit parfois une terreur excessive, je savais qu'une pareille assurance était simple folie, je savais instinctivement que la Machine avait été transportée hors de mon atteinte. Je respirais avec peine. Je suppose avoir parcouru la distance entière de la crête de la colline à la petite pelouse, trois kilomètres environ, en dix minutes, et je ne suis plus un jeune homme. En courant, je maudissais tout haut la folle confiance qui m'avait fait abandonner la Machine, et je gaspillais ainsi mon souffle. Je criais de toutes mes forces et personne ne répondait. Aucune créature ne semblait remuer dans ce monde que seule éclairait la clarté lunaire.

« Quand je parvins à la pelouse, mes pires craintes se trouvèrent réalisées. Nulle trace de la Machine. Je me sentis défaillant et glacé lorsque je fus devant l'espace vide, parmi le sombre enchevêtrement des buissons. Courant furieusement, j'en fis le tour, comme si la Machine avait pu être cachée dans quelque coin, puis je m'arrêtai brusquement, m'étreignant la tête de mes mains. Au-dessus de moi, sur son piédestal de bronze, le Sphinx Blanc dominait, lépreux, luisant aux clartés de la lune qui montait. Il paraissait sourire et se railler de ma consternation.

« J'aurais pu me consoler en imaginant que les petits êtres avaient rangé la Machine sous quelque abri, si je n'avais pas été convaincu de leur imperfection physique et intellectuelle. C'est là ce qui me consternait : le sens de quelque pouvoir jusque-là insoupçonné, par l'intervention duquel mon invention avait disparu. Cependant j'étais certain d'une chose : à moins que quelque autre époque n'ait produit son exact duplicata, la Machine ne pouvait s'être mue dans le temps, les attaches des leviers empêchant, quand ceux-ci sont enlevés — je vous en montrerai tout à l'heure la méthode —, que quelqu'un expérimente d'une façon quelconque la Machine. On l'avait emportée et cachée seulement dans l'espace. Mais alors où pouvait-elle bien être ?

« Je crois que je dus être pris de quelque accès de frénésie ; je me rappelle avoir exploré à la clarté de la lune, en une précipitation violente, tous les buissons qui entouraient le Sphinx et avoir effrayé une espèce d'animal blanc, que, dans la clarté confuse, je pris pour un petit daim. Je me rappelle aussi, tard dans la nuit, avoir battu les fourrés avec mes poings fermés jusqu'à ce que, à force de casser les menues branches, mes jointures fussent tailladées et sanglantes. Puis, sanglotant et délirant dans mon angoisse, je descendis jusqu'au grand bâtiment de pierre. La grande salle était obscure, silencieuse et déserte. Je glissai sur le sol inégal et tombai sur l'une des tables de malachite, me brisant presque le tibia. J'allumai une allumette et pénétrai au-delà des rideaux poussiéreux dont je vous ai déjà parlé.

« Là, je trouvai une autre grande salle couverte de coussins, sur lesquels une vingtaine environ de petits êtres dormaient. Je suis sûr qu'ils trouvèrent ma seconde apparition assez étrange, surgissant tout à coup des ténèbres paisibles avec des bruits inarticulés et le craquement et la flamme soudaine d'une allumette. Car ils ne savaient plus ce que c'était que des allumettes.

« " Où est la Machine ? " commençai-je, braillant comme un enfant en colère, les prenant et les secouant tour à tour.

« Cela dut leur sembler fort drôle. Quelques-

uns rirent, la plupart semblaient douloureusement effrayés. Quand je les vis qui m'entouraient,
il me vint à l'esprit que je faisais la pire sottise en
essayant de faire revivre chez eux la sensation de
peur. Car, raisonnant d'après leur façon d'être
pendant le jour, je supposais qu'ils avaient oublié
leurs frayeurs.

« Brusquement, je jetai l'allumette et, heurtant
quelqu'un dans ma course, je sortis en courant à
travers la grande salle à manger jusque dehors
sous la clarté lunaire. J'entendis des cris de terreur
et leurs petits pieds courir et trébucher de-ci, de-
là. Je ne me rappelle pas tout ce que j'ai pu faire
pendant que la lune parcourait le ciel. Je suppose
que c'était la nature imprévue de ma perte qui
m'affolait. Je me sentais sans espoir séparé de
ceux de mon espèce — étrange animal dans un
monde inconnu. Je dus sans doute errer en
divaguant, criant et vociférant contre Dieu et le
Destin. J'ai souvenir d'une horrible fatigue, tandis que la longue nuit de désespoir s'écoulait ; je
me rappelle avoir cherché dans tel ou tel endroit
impossible, tâtonné parmi les ruines et touché
d'étranges créatures dans l'obscurité, et à la fin
m'être étendu près du Sphinx et avoir pleuré
misérablement, car même ma colère d'avoir eu la
folie d'abandonner la Machine était partie avec
mes forces. Il ne me restait rien que ma misère.
Puis je m'endormis ; lorsque je m'éveillai, il faisait
jour et un couple de moineaux sautillait autour de
moi sur le gazon, à portée de ma main.

« Je m'assis, essayant, dans la fraîcheur du matin, de me rappeler comment j'étais venu là et pourquoi j'avais une pareille sensation d'abandon et de désespoir. Alors les choses me revinrent claires à l'esprit. Avec la lumière distincte et raisonnable, je pouvais nettement envisager ma situation. Je compris la folle stupidité de ma frénésie de la veille et je pus me raisonner.

« " Supposons le pire, disais-je. Supposons la Machine définitivement perdue — détruite peut-être ? Il m'est nécessaire d'être calme et patient ; d'apprendre les manières d'être de ces gens ; d'acquérir une idée nette de la façon dont ma perte s'est faite, et les moyens d'obtenir des matériaux et des outils, de façon à pouvoir peut-être, à la fin, faire une autre machine. " Ce devait être là ma seule espérance, une pauvre espérance, sans doute, mais meilleure que le désespoir. Et après tout, c'était un monde curieux et splendide.

« Mais probablement la Machine n'avait été que soustraite. Encore fallait-il être calme et patient, trouver où elle avait été cachée, et la ravoir par ruse ou par force. Je me mis péniblement sur mes pieds et regardai tout autour de moi, me demandant où je pourrais procéder à ma toilette. Je me sentais fatigué, roide et sali par le voyage. La fraîcheur du matin me fit désirer une fraîcheur égale. J'avais épuisé mon émotion. A vrai dire, en cherchant ce qu'il me fallait, je fus surpris de mon excitation de la veille. J'examinai soigneusement le sol de la petite pelouse. Je perdis du temps en questions futiles, faites du mieux que je pus à ceux des petits êtres qui s'approchaient. Aucun ne parvint à comprendre mes gestes ; certains restèrent tout simplement stupides ; d'autres crurent à une plaisanterie et me rirent au nez. Ce fut pour moi la tâche la plus difficile au monde d'empêcher mes mains de gifler leurs jolies faces rieuses. C'était une impulsion absurde, mais le démon engendré par la crainte et la colère aveugle était mal contenu et toujours impatient de prendre avantage de ma perplexité. Le gazon me fut de meilleur conseil. Environ à moitié chemin du piédestal et des empreintes de pas qui signalaient l'endroit où, à mon arrivée, j'avais dû remettre debout la Machine, je trouvai une traînée dans le gazon. Il y avait, à côté, d'autres traces de transport avec d'étroites et bizarres marques de pas comme celles que j'aurais pu imaginer faites par un de ces curieux animaux qu'on appelle des *paresseux*. Cela ramena mon attention plus près du piédestal. Il était de bronze, comme je crois vous l'avoir dit. Ce n'était pas un simple bloc, mais il était fort bien décoré, sur chaque côté, de panneaux profondément encastrés. Je les frappai tour à tour. Le piédestal était creux. En examinant avec soin les panneaux, j'aperçus entre eux et les cadres un étroit intervalle. Il n'y avait ni poignées, ni serrures, mais peut-être que les panneaux, s'ils étaient des portes comme je le supposais, s'ouvraient en dedans. Une chose maintenant était assez claire à mon esprit, et il ne me fallut pas un grand effort mental pour inférer que ma Machine était dans ce piédestal. Mais comment elle y était entrée, c'était une autre question.

« Entre les buissons et sous les pommiers couverts de fleurs, j'aperçus les têtes de deux petites créatures drapées d'étoffes orange, venant vers moi. Je me tournai vers elles en leur souriant et leur faisant signe de s'approcher. Elles vinrent, et leur indiquant le piédestal de bronze, j'essayai de leur faire entendre que je désirais l'ouvrir. Mais dès mes premiers gestes, elles se comportèrent d'une façon très singulière. Je ne sais comment vous rendre leur expression. Supposez que vous fassiez à une dame respectable des gestes grossiers et malséants — elles avaient l'air qu'elle aurait pris. Elles s'éloignèrent comme si elles avaient reçu les pires injures. J'essayai ensuite l'effet de ma mimique sur un petit bonhomme vêtu de blanc et à l'air très doux : le résultat fut exactement le même. En un sens son attitude me rendit tout honteux. Mais vous comprenez, je voulais retrouver la Machine, et je recommençai ; quand je le vis tourner les talons comme les autres, ma mauvaise humeur eut le dessus. En trois enjambées, je l'eus rejoint, attrapé par la partie flottante de son vêtement, autour du cou, et je le traînai du côté du Sphinx. Mais sa figure avait une telle expression d'horreur et de répugnance que je le lâchai.

« Cependant je ne voulais pas encore m'avouer

battu ; je heurtai de mes poings les panneaux de bronze. Je crus entendre quelque agitation à l'intérieur — pour être plus clair, je crus distinguer des rires étouffés — mais je dus me tromper. Alors j'allai chercher au fleuve un gros caillou et me remis à marteler un panneau, jusqu'à ce que j'eusse aplati le relief d'une décoration et que le vert-de-gris fût tombé par plaques poudreuses. Les fragiles petits êtres durent m'entendre frapper à violentes reprises, jusqu'à quinze cents mètres ; mais ils ne se dérangèrent pas. Je pouvais les voir par groupes sur les pentes, jetant de mon côté des regards furtifs. Enfin, essoufflé et fatigué, je m'assis pour surveiller la place. Mais j'étais trop agité pour rester longtemps tranquille. Je suis trop occidental pour une longue faction. Je pourrais travailler au même problème pendant des années, mais rester inactif vingt-quatre heures — c'est une autre affaire.

« Au bout d'un instant je me levai et je me mis à marcher sans but à travers les fourrés et vers la colline.

« " Patience, me disais-je, si tu veux avoir ta Machine, il te faut laisser le Sphinx tranquille. S'ils veulent la garder, il est inutile d'abîmer leurs panneaux de bronze, et s'ils ne veulent pas la garder, ils te la rendront aussitôt que tu pourras la leur réclamer. S'acharner, parmi toutes ces choses inconnues, sur une énigme comme celle-là est désespérant. C'est le chemin de la monomanie. Affronte ce monde nouveau. Apprends ses

mœurs, observe-le, abstiens-toi de conclusion
hâtive quant à ses intentions. A la fin tu trouveras
le fil de tout cela. "

« Alors je m'aperçus tout à coup du comique
de la situation : la pensée des années que j'avais
employées en études et en labeurs pour parvenir
aux âges futurs, et maintenant l'ardente angoisse
d'en sortir. Je m'étais fabriqué le traquenard le
plus compliqué et le plus désespérant qu'un
homme eût jamais imaginé. Bien que ce fût à mes
propres dépens, je ne pouvais m'en empêcher : je
riais aux éclats.

« Comme je traversais le grand palais, il me
sembla que les petits êtres m'évitaient. Était-ce
simple imagination de ma part ? ou l'effet de mes
coups de pierre dans les portes de bronze ? Quoi
qu'il en soit, j'étais à peu près sûr qu'ils me
fuyaient. Je pris soin néanmoins de ne rien laisser
paraître, et de m'abstenir de les poursuivre ; au
bout de deux ou trois jours, les choses se remirent
sur le même pied qu'auparavant. Je fis tous les
progrès que je pus dans leur langage et de plus je
poussai des explorations ici et là. A moins que je
n'eusse pas aperçu quelque point subtil, leur
langue était excessivement simple — presque
exclusivement composée de substantifs concrets
et de verbes. Il ne paraissait pas y avoir beaucoup
— s'il y en avait — de termes abstraits, et ils
employaient peu la langue figurée. Leurs phrases
étaient habituellement très simples, composées de
deux mots, et je ne pouvais leur faire entendre —

et comprendre moi-même — que les plus simples propositions. Je me décidai à laisser l'idée de ma Machine et le mystère des portes de bronze autant que possible à l'écart, jusqu'à ce que mes connaissances augmentées pussent m'y ramener d'une façon naturelle. Cependant un certain sentiment, comme vous pouvez le comprendre, me retenait dans un cercle de quelques kilomètres autour du lieu de mon arrivée. »

CHAPITRE VIII

EXPLORATIONS

« Aussi loin que je pouvais voir, le monde était la même exubérante richesse que la vallée de la Tamise. De chaque colline que je gravis, je pus voir la même abondance d'édifices splendides, infiniment variés de style et de manière ; les mêmes épais taillis de sapins, les mêmes arbres couverts de fleurs et les mêmes fougères géantes. Ici et là, de l'eau brillait comme de l'argent, et au-delà, la campagne s'étendait en bleues ondulations de collines et disparaissait au loin dans la sérénité du ciel. Un trait particulier, qui attira bientôt mon attention, fut la présence de certains puits circulaires, plusieurs, à ce qu'il me sembla, d'une très grande profondeur. L'un d'eux était situé auprès du sentier qui montait la colline, celui que j'avais suivi lors de ma première excursion. Comme les autres, il avait une margelle de bronze curieusement travaillé, et il était protégé de la pluie par une petite coupole. Assis sur le rebord de ces puits, et scrutant leur obscurité profonde, je ne pouvais voir aucun reflet d'eau, ni produire la moindre réflexion avec la flamme de mes allumettes. Mais dans tous j'entendis un certain son : un bruit sourd, par intervalles, comme les battements d'une énorme machine ; et d'après la direction de la flamme de mes allumettes, je découvris qu'un courant d'air régulier était établi dans les puits. En outre, je jetai dans l'orifice de l'un d'eux une feuille de papier, et au lieu de descendre lentement en voltigeant, elle fut immédiatement aspirée et je la perdis de vue.

« En peu de temps, j'en vins à établir un rapport entre ces puits et de hautes tours qui s'élevaient, çà et là, sur les pentes ; car il y avait souvent au-dessus d'elles ce même tremblotement d'air que l'on voit par une journée très chaude au-dessus d'une grève brûlée de soleil. En rassemblant ces observations, j'arrivai à la forte présomption d'un système de ventilation souterraine, dont il m'était difficile d'imaginer le but véritable. Je fus incliné d'abord à l'associer à l'organisation sanitaire de ce monde. C'était une conclusion qui tombait sous le sens, mais elle était absolument fausse.

« Il me faut admettre ici que je n'appris que fort peu de chose des égouts, des horloges, des moyens de transports et autres commodités, pendant mon séjour dans cet avenir réel. Dans quelques-unes des visions d'Utopie et des temps à venir que j'ai lues, il y avait des quantités de détails sur la construction, les arrangements sociaux, et ainsi de suite. Mais ces détails, qui sont assez faciles à obtenir quand le monde entier est contenu dans votre seule imagination, sont absolument inaccessibles à un véritable voyageur, surtout parmi la réalité telle que je la rencontrai là. Imaginez-vous ce qu'un nègre arrivant de l'Afrique centrale raconterait de Londres ou de Paris à son retour dans sa tribu ! Que saurait-il des compagnies de chemin de fer, des mouvements sociaux, du téléphone et du télégraphe, des colis postaux, des mandats-poste et autres choses de ce genre ? Et cependant nous, du moins, lui expliquerions volontiers tout cela ! Et même ce qu'il saurait bien, pourrait-il seulement le faire concevoir à un ami de sa savane ? Et puis, songez au peu de différence qu'il y a entre un nègre et un blanc de notre époque, et quel immense intervalle me séparait de cet âge heureux ! J'avais conscience de côtoyer des choses cachées qui contribuaient à mon confort ; mais, excepté l'impression d'une organisation automatique, je crains de ne pas vous faire suffisamment saisir la différence entre notre civilisation et la leur.

« Pour ce qui est des sépultures, par exemple, je ne pouvais voir aucun signe de crémation, ni rien qui puisse faire penser à des tombes ; mais il me vint à l'idée qu'il pouvait exister des cimetières ou des fours crématoires quelque part au-delà de mon champ d'exploration. Ce fut là une question que je me posai et sur ce point ma curiosité fut absolument mise en déroute. La chose m'embarrassait et je fus amené à faire une remarque ultérieure qui m'embarrassa encore plus : c'est qu'il n'y avait parmi ces gens aucun individu âgé ou infirme.

« Je dois avouer que la satisfaction que j'avais de ma première théorie d'une civilisation automatique et d'une humanité en décadence ne dura pas longtemps. Cependant, je n'en pouvais concevoir d'autre. Laissez-moi vous exposer mes difficultés. Les divers grands palais que j'avais explorés n'étaient que de simples résidences, de grandes salles à manger et d'immenses dortoirs. Je ne pus trouver ni machines, ni matériel d'aucune sorte. Pourtant ces gens étaient vêtus de beaux tissus qu'il fallait bien renouveler de temps à autre, et leurs sandales, quoique sans ornements, étaient des spécimens assez complexes de travail métallique. D'une façon ou d'une autre, il fallait les fabriquer. Et ces petites créatures ne faisaient montre d'aucun vestige de tendances créatrices ; il n'y avait ni boutiques, ni ateliers. Ils passaient tout leur temps à jouer gentiment, à se baigner dans le fleuve, à se faire la cour d'une façon à demi badine, à manger des fruits et à dormir. Je ne pouvais me rendre compte de la manière dont tout cela durait et se maintenait.

« Mais revenons à la Machine du Temps ; quelqu'un, je ne savais qui, l'avait enfermée dans le piédestal creux du Sphinx Blanc. *Pourquoi ?*

« J'étais absolument incapable de l'imaginer, pas plus qu'il ne m'était possible de découvrir l'usage de ces puits sans eau et de ces colonnes de

ventilation. Il me manquait là un fil conducteur.
Je sentais… Comment vous expliquer cela ? Supposez que vous trouviez une inscription, avec des
phrases ici et là claires et écrites en excellent
anglais, mais interpolées, d'autres faites de mots,
de lettres même qui vous soient absolument
inconnues ! Eh bien, le troisième jour de ma
visite, c'est de cette manière que se présentait à
moi le monde de l'an huit cent deux mil sept cent
un.

« Ce jour-là aussi je me fis une amie — en
quelque sorte. Comme je regardais quelques-uns
de ces petits êtres se baigner dans une anse du
fleuve, l'un d'entre eux fut pris de crampes et
dériva au fil de l'eau. Le courant principal était
assez fort, mais peu redoutable, même pour un
nageur ordinaire. Vous aurez une idée de
l'étrange indifférence de ces gens, quand je vous
aurai dit qu'aucun d'eux ne fit le moindre effort
pour aller au secours du petit être qui, en
poussant de faibles cris, se noyait sous leurs yeux.
Quand je m'en aperçus, je défis en hâte mes
vêtements et, entrant dans le fleuve un peu plus
bas, j'attrapai la pauvre créature et la ramenai sur
la berge. Quelques vigoureuses frictions la rani-
mèrent bientôt et j'eus la satisfaction de la voir
complètement remise avant que je ne parte.
J'avais alors si peu d'estime pour ceux de son
espèce que je n'espérais d'elle aucune gratitude.
Cette fois, cependant, j'avais tort.

« Cela s'était passé le matin ; l'après-midi, au

retour d'une exploration, je revis la petite créature, une femme à ce que je pouvais croire, et elle me reçut avec des cris de joie et m'offrit une guirlande de fleurs, évidemment faite à mon intention. Je fus touché de cette attention. Je m'étais senti quelque peu isolé, et je fis de mon mieux pour témoigner combien j'appréciais le don. Bientôt nous fûmes assis sous un bosquet et engagés dans une conversation, composée surtout de sourires. Les témoignages d'amitié de la petite créature m'affectaient exactement comme l'auraient fait ceux d'un enfant. Nous nous présentions des fleurs et elle me baisait les mains. Je baisais aussi les siennes. Puis j'essayai de converser et je sus qu'elle s'appelait Weena, nom qui me sembla suffisamment approprié, encore que je n'eusse la moindre idée de sa signification. Ce fut là le commencement d'une étrange amitié qui dura une semaine et se termina... comme je vous le dirai.

« Elle était absolument comme une enfant. Elle voulait sans cesse être avec moi. Elle tâchait de me suivre partout, et à mon voyage suivant, j'avais le cœur serré de la voir s'épuiser de fatigue et je dus la laisser enfin, à bout de forces et m'appelant plaintivement. Car il me fallait pénétrer les mystères de ce monde. Je n'étais pas venu dans le futur, me disais-je, pour mener à bien un flirt en miniature. Pourtant sa détresse quand je la laissais était grande ; ses plaintes et ses reproches à nos séparations étaient parfois frénétiques et je crois

qu'en somme je retirais de son attachement autant
d'ennuis que de réconfort. Néanmoins elle était
une diversion salutaire. Je croyais que ce n'était
qu'une simple affection enfantine qui l'avait attachée à moi. Jusqu'à ce qu'il fût trop tard, je ne sus
pas clairement quel mal je lui avais fait pendant ce
séjour. Jusqu'alors, je ne sus pas non plus exactement tout ce qu'elle avait été pour moi. Car, par
ses marques d'affection et sa manière futile de
montrer qu'elle s'inquiétait de moi, la curieuse
petite poupée donnait à mon retour au voisinage
du Sphinx Blanc presque le sentiment du retour
chez soi et, dès le sommet de la colline, je
cherchais des yeux sa délicate figure pâle et
blonde.

« Ce fut par elle aussi que j'appris que la crainte
n'avait pas disparu de la terre. Elle était assez
tranquille dans la journée et avait en moi la plus
singulière confiance ; car, une fois, en un moment
d'impatience absurde, je lui fis des grimaces
menaçantes, et elle se mit tout simplement à rire.
Mais elle redoutait l'ombre et l'obscurité, et elle
avait peur des choses noires. Les ténèbres étaient
pour elle la seule chose effrayante. C'était une
émotion singulièrement violente. Je remarquai
alors, entre autres choses, que ces petits êtres se
rassemblaient dès la nuit à l'intérieur des grands
édifices et dormaient par groupes. Entrer au
milieu d'eux sans lumière les jetait dans une
tumultueuse panique. Jamais après le coucher du
soleil je n'en ai rencontré un seul dehors ou

dormant isolé. Cependant je fus assez stupide pour ne pas comprendre que cette crainte devait être une leçon pour moi, et, en dépit de la détresse de Weena, je m'obstinai à coucher à l'écart de ces multitudes assoupies.

« Cela la troubla beaucoup, mais à la fin sa singulière affection pour moi triompha, et, pendant les cinq nuits que dura notre liaison, y compris la dernière nuit de toutes, elle dormit avec sa tête posée sur mon bras. Mais, à vous parler d'elle, je m'écarte de mon récit.

« La nuit qui suivit son sauvetage, je m'éveillai avec l'aurore. J'avais été agité, rêvant fort désagréablement que je m'étais noyé et que des anémones de mer me palpaient le visage avec leurs appendices mous. Je m'éveillai en sursaut, avec l'impression bizarre que quelque animal grisâtre venait de s'enfuir hors de la salle. J'essayai de me rendormir, mais j'étais inquiet et mal à l'aise. C'était l'heure terne et grise où les choses surgissent des ténèbres, où les objets sont incolores et tout en contours et cependant irréels. Je me levai, sortis dans le grand hall et m'arrêtai sur les dalles de pierre du perron du palais ; j'avais l'intention, faisant de nécessité vertu, de contempler le lever du soleil.

« La lune descendait à l'ouest ; sa clarté mourante et les premières pâleurs de l'aurore se mêlaient en demi-lueurs spectrales. Les buissons étaient d'un noir profond, le sol d'un gris sombre, le ciel terne et triste. Au flanc de la colline, je crus

apercevoir des fantômes. A trois reprises diffé-
rentes, tandis que je scrutais la pente devant moi,
je vis des formes blanches. Deux fois je crus voir
une créature blanche, solitaire, ayant l'aspect d'un
singe, qui remontait la colline avec rapidité ; une
fois, auprès des ruines, je vis trois de ces formes
qui portaient un corps noirâtre. Elles faisaient
grande hâte et je ne pus voir ce qu'elles devinrent.
Il semblait qu'elles se fussent évanouies parmi les
buissons. L'aube était encore indistincte, vous
devez le comprendre, et j'avais cette sensation
glaciale, incertaine, du petit matin que vous
connaissez peut-être. Je doutais de mes yeux.

« Le ciel s'éclaira vers l'est ; la lumière du jour
monta, répandit une fois de plus ses couleurs
éclatantes sur le monde, et je scrutai anxieuse-
ment les alentours. Mais je ne vis aucun vestige de
mes formes blanches. C'étaient simplement des
apparences du demi-jour.

« Si ces formes étaient des esprits, me disais-je,
je me demande quel pourrait bien être leur âge.
Car une théorie fantaisiste de Grant Allen me vint
à l'esprit et m'amusa. Si chaque génération qui
meurt, argumente-t-il, laisse des esprits, le monde
en sera finalement surencombré. D'après cela,
leur nombre eût été incalculable dans environ
huit cent mille ans d'ici, et il n'eût pas été
surprenant d'en voir quatre à la fois. Mais la
plaisanterie n'était pas convaincante et je ne fis
que penser à ces formes toute la matinée, jusqu'à
ce que l'arrivée de Weena eût chassé ces préoccu-

pations. Je les associais d'une façon vague à l'animal blanc que j'avais vu s'enfuir lors de ma première recherche de la Machine. Mais Weena fut une diversion agréable. Pourtant, ils devaient bientôt prendre tout de même une bien plus entière possession de mon esprit.

« Je crois vous avoir dit combien la température de cet heureux âge était plus élevée que la nôtre. Je ne puis m'en expliquer la cause. Peut-être le soleil était-il plus chaud, ou la terre plus près du soleil. On admet ordinairement que le soleil doit se refroidir et s'éteindre rapidement. Mais, peu familiers avec des spéculations telles que celles de Darwin le jeune, nous oublions que les planètes doivent finalement retourner l'une après l'autre à la masse, source de leur existence. A mesure que se produiront ces catastrophes, le soleil s'enflammera et rayonnera avec une énergie nouvelle ; il se pouvait que quelque planète eût subi ce sort. Quelle qu'en soit la raison, il est certain que le soleil était beaucoup plus chaud qu'il ne l'est actuellement.

« Enfin, par un matin très chaud — le quatrième, je crois —, comme je cherchais à m'abriter de la chaleur et de la forte lumière dans quelque ruine colossale, auprès du grand édifice où je mangeais et dormais, il arriva cette chose étrange : grimpant parmi ces amas de maçonnerie, je découvris une étroite galerie, dont l'extrémité et les ouvertures latérales étaient obstruées par des monceaux de pierres éboulées. A cause du contraste de la lumière éblouissante du dehors, elle me parut tout d'abord impénétrablement obscure. J'y pénétrai en tâtonnant, car le brusque passage de la clarté à l'obscurité faisait voltiger devant mes yeux des taches de couleur. Tout à coup, je m'arrêtai stupéfait. Une paire d'yeux, lumineux à cause de la réflexion de la lumière extérieure, m'observait dans les ténèbres.

« La vieille et instinctive terreur des bêtes sauvages me revint. Je serrai les poings et fixai fermement les yeux étincelants. Puis, la pensée de l'absolue sécurité dans laquelle l'humanité paraissait vivre me revint à l'esprit, et je me remémorai aussi son étrange effroi de l'obscurité. Surmontant jusqu'à un certain point mon appréhension, j'avançai d'un pas et parlai. J'avoue que ma voix était dure et mal assurée. J'étendis la main et touchai quelque chose de doux. Immédiatement les yeux se détournèrent et quelque chose de blanc s'enfuit en me frôlant. Je me retournai, la gorge sèche, et vis traverser en courant l'espace éclairé une petite forme bizarre, rappelant le singe, la tête renversée en arrière d'une façon assez drôle. Elle se heurta contre un bloc de granit, chancela, et disparut bientôt dans l'ombre épaisse que faisait un monceau de maçonnerie en ruine.

« L'impression que j'eus de cet être fut naturellement imparfaite ; mais je pus remarquer qu'il était d'un blanc terne et avait de grands yeux étranges d'un gris rougeâtre, et aussi qu'il portait, tombant sur les épaules, une longue chevelure blonde. Mais, comme je l'ai dit, il allait trop vite pour que je pusse le voir distinctement. Je ne peux même pas dire s'il courait à quatre pattes ou seulement en tenant ses membres supérieurs très bas. Après un moment d'arrêt, je le suivis dans le second monceau de ruines. Je ne pus d'abord le trouver ; mais après m'être habitué à l'obscurité profonde, je découvris, à demi obstruée par un pilier renversé, une de ces ouvertures rondes en forme de puits dont je vous ai dit déjà quelques mots. Une pensée soudaine me vint. Est-ce que mon animal avait disparu par ce chemin ? Je craquai une allumette et, me penchant au-dessus du puits, je vis s'agiter une petite créature blanche qui, en se retirant, me regardait fixement de ses larges yeux brillants. Cela me fit frissonner. Cet être avait tellement l'air d'une araignée humaine ! Il descendait au long de la paroi et je vis alors, pour la première fois, une série de barreaux et de poignées de métal qui formaient une sorte d'échelle s'enfonçant dans le puits. A ce moment l'allumette me brûla les doigts, je la lâchai et elle s'éteignit en tombant ; lorsque j'en eus allumé une autre, le petit monstre avait disparu.

« Je ne sais pas combien de temps je restai à regarder dans ce puits. Il me fallut un certain temps pour réussir à me persuader que ce que j'avais vu était quelque chose d'humain. Graduellement la vérité se fit jour : l'Homme n'était pas resté une espèce unique, mais il s'était différencié en deux animaux distincts ; je devinai que les gracieux enfants du monde supérieur n'étaient pas les seuls descendants de notre génération, mais que cet être blême, immonde, ténébreux, que j'avais aperçu, était aussi l'héritier des âges antérieurs.

« Je pensai aux hautes tours où l'air tremblotait et à ma théorie d'une ventilation souterraine. Je commençai à soupçonner sa véritable importance.

« " Que vient faire ce lémurien, me demandais-je, dans mon schéma d'une organisation parfaitement équilibrée ? Quel rapport peut-il bien avoir avec l'indolente sérénité du monde d'au-dessus ? Et que se cache-t-il là-dessous, au fond de ce puits ? " Je m'assis sur la margelle me disant, qu'en tous les cas, il n'y avait rien à craindre, et qu'il me fallait descendre là-dedans pour avoir la solution de mes difficultés. En même temps, j'étais absolument effrayé à l'idée de le faire ! Tandis que j'hésitais, deux des habitants du monde supérieur se poursuivant dans leurs jeux amoureux, l'homme jetant des fleurs à la femme, qui s'enfuyait, vinrent jusqu'au pan d'ombre épaisse où j'étais.

« Ils parurent affligés de me trouver là, appuyé contre le pilier renversé et regardant dans le puits. Il était apparemment de mauvais goût de remarquer ces orifices ; car lorsque j'indiquai celui où j'étais, en essayant de fabriquer dans leur langue une question à son sujet, ils furent visiblement beaucoup plus gênés et ils se détournèrent. Mais

comme mes allumettes les intéressaient, j'en
enflammai quelques-unes pour les amuser. Je
tentai à nouveau de les questionner sur ce puits,
mais j'échouai encore. Aussi je les quittai sur-le-
champ, me proposant d'aller retrouver Weena et
voir ce que je pourrais tirer d'elle. Mais mon
esprit était déjà en révolution, mes suppositions
et mes impressions se désordonnaient et glissaient
vers de nouvelles synthèses. J'avais maintenant un
fil pour trouver l'objet de ces puits, de ces
cheminées de ventilation, et le mystère des fantômes : pour ne rien dire de l'indication que
j'avais maintenant quant à la signification des
portes de bronze et au sort de la Machine. Très
vaguement, une explication se suggéra qui pouvait être la solution du problème économique qui
m'avait intrigué.

« Voici ce nouveau point de vue. Évidemment
cette seconde espèce d'hommes était souterraine.
Il y avait trois faits, particulièrement, qui me
faisaient penser que ses rares apparitions au-
dessus du sol étaient dues à sa longue habitude de
vivre sous terre. Tout d'abord, il y avait l'aspect
blême et étiolé commun à la plupart des animaux
qui vivent dans les ténèbres, le poisson blanc des
grottes de Kentucky, par exemple ; puis, ces yeux
énormes avec leur faculté de réfléchir la lumière
sont des traits communs aux créatures nocturnes,
témoins le hibou et le chat. Et enfin, cet évident
embarras au grand jour, cette fuite précipitée, et
cependant maladroite et gauche, vers l'obscurité

et l'ombre, et ce port particulier de la tête tandis que le monstre était en pleine clarté — tout cela renforçait ma théorie d'une sensibilité extrême de la rétine.

« Sous mes pieds, par conséquent, la terre devait être fantastiquement creusée et percée de tunnels et de galeries, qui étaient la demeure de la race nouvelle. La présence de cheminées de ventilation et de puits au long des pentes de la colline — partout, en fait, excepté au long de la vallée où coulait le fleuve — indiquait combien ses ramifications étaient universelles. Quoi de plus naturel que de supposer que c'était dans ce monde souterrain que se faisait tout le travail nécessaire au confort de la race du monde supérieur ? L'explication était si plausible que je l'acceptai immédiatement, et j'allai jusqu'à donner le pourquoi de cette division de l'espèce humaine. Je crois que vous voyez comment se présente ma théorie, encore que, pour moi-même, je dusse bientôt découvrir combien elle était éloignée de la réalité.

« Tout d'abord, procédant d'après les problèmes de notre époque actuelle, il me semblait clair comme le jour que l'extension graduelle des différences sociales, à présent simplement temporaires, entre le Capitaliste et l'Ouvrier ait été la clef de la situation. Sans doute cela vous paraîtra quelque peu grotesque — et follement incroyable — mais il y a dès maintenant des faits propres à suggérer cette orientation. Nous tendons à utili-

ser l'espace souterrain pour les besoins les moins
décoratifs de la civilisation ; il y a, à Londres, par
exemple, le Métropolitain et récemment des
tramways électriques souterrains, des rues et
passages souterrains, des restaurants et des ateliers souterrains, et ils croissent et se multiplient.
Évidemment, pensais-je, cette tendance s'est
développée jusqu'à ce que l'industrie ait graduellement perdu son droit d'existence au soleil. Je
veux dire qu'elle s'était étendue de plus en plus
profondément en de plus en plus vastes usines
souterraines, y passant une somme de temps sans
cesse croissante, jusqu'à ce qu'à la fin... Est-ce
que, même maintenant un ouvrier de certains
quartiers ne vit pas dans des conditions tellement
artificielles qu'il est pratiquement retranché de la
surface naturelle de la terre ?

« De plus, la tendance exclusive de la classe
possédante — due sans doute au raffinement
croissant de son éducation et à la distance qui
augmente entre elle et la rude violence de la classe
pauvre — la mène déjà à clore dans son intérêt de
considérables parties de la surface du pays. Aux
environs de Londres, par exemple, la moitié au
moins des plus jolis endroits sont fermés à la
foule. Et cet abîme — dû aux procédés plus
rationnels d'éducation et au surcroît de tenta-
tions, de facilités et de raffinement des riches —,
en s'accroissant, dut rendre de moins en moins
fréquent cet échange de classe à classe, cette
élévation par intermariage qui retarde à présent la

division de notre espèce par des barrières de stratification sociale. De sorte qu'à la fin, on eut, au-dessus du sol, les Possédants, recherchant le plaisir, le confort et la beauté et, au-dessous du sol, les Non-Possédants, les ouvriers, s'adaptant d'une façon continue aux conditions de leur travail. Une fois là, ils eurent, sans aucun doute, à payer des redevances, et non légères, pour la ventilation de leurs cavernes ; et s'ils essayèrent de refuser, on put les affamer ou les suffoquer jusqu'au paiement des arrérages. Ceux d'entre eux qui avaient des dispositions à être malheureux ou rebelles durent mourir ; et, finalement, l'équilibre étant permanent, les survivants devinrent aussi bien adaptés aux conditions de la vie souterraine et aussi heureux à leur manière que la race du monde supérieur le fut à la sienne. A ce qu'il me semblait, la beauté raffinée et la pâleur étiolée s'ensuivaient assez naturellement.

« Le grand triomphe de l'humanité que j'avais rêvé prenait dans mon esprit une forme toute différente. Ce n'avait pas été, comme je l'avais imaginé, un triomphe de l'éducation morale et de la coopération générale. Je voyais, au lieu de cela, une réelle aristocratie, armée d'une science parfaite et menant à sa conclusion logique le système industriel d'aujourd'hui. Son triomphe n'avait pas été simplement un triomphe sur la nature, mais un triomphe à la fois sur la nature et sur l'homme. Ceci, je dois vous en avertir, était ma théorie du moment. Je n'avais aucun cicerone

convenable dans ce modèle d'Utopie. Mon explication peut être absolument fausse, je crois
qu'elle est encore la plus plausible ; mais, même
avec cette supposition, la civilisation équilibrée,
qui avait été enfin atteinte, devait avoir depuis
longtemps dépassé son zénith, et s'être avancée
fort loin vers son déclin. La sécurité trop parfaite
des habitants du monde supérieur les avait
amenés insensiblement à la dégénérescence, à un
amoindrissement général de stature, de force et
d'intelligence. Cela, je pouvais le constater déjà
d'une façon suffisamment claire, sans pouvoir
soupçonner encore ce qui était arrivé aux habitants du monde inférieur ; mais d'après ce que
j'avais vu des Morlocks — car, à propos, c'était le
nom qu'on donnait à ces créatures — je pouvais
m'imaginer que les modifications du type humain
étaient encore plus profondes que parmi les Eloïs,
la belle race que je connaissais déjà.

« Alors vinrent des doutes importuns. Pourquoi les Morlocks avaient-ils pris la Machine ?
Car j'étais sûr que c'étaient eux qui l'avaient
prise. Et pourquoi, si les Eloïs étaient les maîtres,
ne pouvaient-ils pas me faire rendre ma Machine ?
Pourquoi avaient-ils une telle peur des ténèbres ?
J'essayai, comme je l'ai dit, de questionner Weena
sur ce monde inférieur, mais là encore je fus
désappointé. Tout d'abord elle ne voulut pas
comprendre mes questions, puis elle refusa d'y
répondre. Elle frissonnait comme si le sujet eût
été insupportable. Et lorsque je la pressai, peut-

être un peu rudement, elle fondit en larmes. Ce furent les seules larmes, avec les miennes, que j'aie vues dans cet âge heureux. Je cessai, en les voyant, de l'ennuyer à propos des Morlocks, et m'occupai seulement à bannir des yeux de Weena ces signes d'un héritage humain. Et bientôt elle sourit et battit des mains tandis que solennellement je craquais une allumette. »

CHAPITRE IX

LES MORLOCKS

« Il peut vous sembler drôle que j'aie laissé passer deux jours avant de poursuivre l'indication nouvelle qui me mettait sur la véritable voie, mais je ressentais une aversion particulière pour ces corps blanchâtres. Ils avaient exactement la couleur livide qu'ont les vers et les animaux conservés dans l'alcool, tels qu'on les voit dans les musées zoologiques. Au toucher, ils étaient d'un froid répugnant. Mon aversion était due probablement à l'influence sympathique des Eloïs, dont je commençais maintenant à comprendre le dégoût pour les Morlocks.

« La nuit suivante, je dormis mal. Ma santé se trouvait sans doute ébranlée. J'étais perplexe et accablé de doutes. J'eus, une fois ou deux, la sensation d'une terreur intense, à laquelle je ne pouvais attribuer aucune raison définie. Je me rappelle m'être glissé sans bruit dans la grande salle où les petits êtres dormaient au clair de lune — cette nuit-là, Weena était parmi eux — et m'être senti rassuré par leur présence. Il me vint à ce moment à l'esprit que dans très peu de jours la lune serait nouvelle et que les apparitions de ces déplaisantes créatures souterraines, de ces blêmes lémuriens, de cette nouvelle vermine qui avait remplacé l'ancienne, se multiplieraient.

« Pendant ces deux jours, j'eus la continuelle impression d'éluder une corvée inévitable. J'avais la ferme assurance que je rentrerais en possession de la Machine en pénétrant hardiment dans ces mystérieux souterrains. Cependant je ne pouvais me résoudre à affronter ce mystère. Si seulement j'avais eu un compagnon ! Mais j'étais si horriblement seul que l'idée de descendre dans l'obscurité du puits m'épouvantait. Je ne sais pas si vous comprenez mon état, mais je sentais constamment un danger derrière mon dos.

« C'était cette incessante inquiétude, cette insécurité, peut-être, qui m'entraînait de plus en plus loin dans mes explorations. En allant au sud, vers la contrée montagneuse qui s'appelle maintenant *Combe Wood*, je remarquai, au loin, dans la direction de l'actuel *Banstead*, une vaste construction verte, d'un genre différent de celles que j'avais vues jusqu'alors. Elle était plus grande que les plus grands des palais et des ruines que je connaissais ; la façade avait un aspect oriental avec le lustre gris pâle, une sorte de gris bleuté, d'une certaine espèce de porcelaine de Chine. Cette différence d'aspect suggérait une différence d'usage, et il me vint l'envie de pousser jusque-là mon exploration. Mais la journée était avancée ; j'étais arrivé en vue de cet endroit après un long et fatigant circuit ; aussi décidai-je de réserver l'aventure pour le jour suivant et je retournai vers les caresses de bienvenue de la petite Weena. Le lendemain matin, je m'aperçus, d'une façon suffisamment claire, que ma curiosité au sujet du Palais de Porcelaine Verte n'était qu'un acte d'autotromperie, qui me donnait un prétexte pour éluder, un jour de plus, l'expérience que je redoutais. Je résolus donc de tenter la descente sans perdre plus de temps, et me mis de bonne heure en route vers le puits situé auprès des ruines de granit et d'aluminium.

« La petite Weena m'accompagna en courant et en dansant autour de moi jusqu'au puits, mais, quand elle me vit me pencher au-dessus de l'orifice, elle parut étrangement déconcertée. " Au revoir, petite Weena ", dis-je en l'embrassant ; puis la reposant à terre, je cherchai, en tâtonnant par-dessus la margelle, les échelons de descente, avec hâte plutôt — je ferais aussi bien de le confesser — car je craignais de voir faillir mon courage. D'abord, elle me considéra avec étonnement. Puis elle poussa un cri pitoyable, et, se précipitant sur moi, chercha à me retenir de tout l'effort de ses petites mains. Je crois que son opposition m'excita plutôt à continuer. Je la repoussai, peut-être un peu durement, et en un instant j'étais dans la gueule même du puits. J'eus alors à donner toute mon attention aux échelons peu solides auxquels je me retenais.

« Je dus descendre environ deux cents mètres.

La descente s'effectuait au moyen de barreaux métalliques fixés dans les parois du puits, et, comme ils étaient adaptés aux besoins d'êtres beaucoup plus petits et plus légers que moi, je me sentis rapidement engourdi et fatigué. Ce n'est pas tout : l'un des barreaux céda soudain sous mon poids, et je me crus précipité dans l'obscurité qui béait au-dessous de moi. Pendant un moment je restai suspendu par une main, et après cette expérience je n'osai plus me reposer. Quoique mes bras et mes reins fussent vivement endoloris, je continuai cette descente insensée aussi vite que je pus. Ayant levé les yeux, je vis l'ouverture, un petit disque bleu, dans lequel une étoile était visible, tandis que la tête de la petite Weena se détachait, ronde et sombre. Le bruit régulier de quelque machine, venant du fond, devenait de plus en plus fort, et oppressant. Tout, excepté le petit disque au-dessus de ma tête, était profondément obscur et, quand je levai les yeux à nouveau, Weena avait disparu.

« J'étais dans une agonie d'inquiétude. Je pensai vaguement à regrimper et à laisser tranquille le monde souterrain. Mais même pendant que je retournais cette idée dans mon esprit, je continuais de descendre. Enfin, avec un immense soulagement, j'aperçus vaguement, à quelque distance à ma droite dans la paroi, une ouverture exiguë. Je m'y introduisis et trouvai que c'était l'orifice d'un étroit tunnel horizontal, dans lequel je pouvais m'étendre et reposer. Ce n'était pas trop tôt. Mes bras étaient endoloris, mon dos courbatu, et je frissonnais de la terreur prolongée d'une chute. De plus, l'obscurité ininterrompue avait eu sur mes yeux un effet douloureux. L'air était plein du halètement des machines pompant l'air au bas du puits.

« Je ne sais pas combien de temps je restai étendu là. Je fus éveillé par le contact d'une main molle qui se promenait sur ma figure. Je cherchai vivement mes allumettes et précipitamment en craquai une, ce qui me permit de voir, penchés sur moi, trois êtres livides, semblables à ceux que j'avais vus sur terre dans les ruines, et qui s'enfuirent en hâte devant la lumière. Vivant comme ils le faisaient, dans ce qui me paraissait d'impénétrables ténèbres, leurs yeux étaient anormalement grands et sensibles, comme le sont ceux des poissons des grandes profondeurs, et ils réfléchissaient la lumière de la même façon. Je fus persuadé qu'ils pouvaient me voir dans cette profonde obscurité, et ils ne semblèrent pas avoir peur de moi, à part leur crainte de la lumière. Mais aussitôt que je craquai une allumette pour tâcher de les apercevoir, ils s'enfuirent incontinent et disparurent dans de sombres chenaux et tunnels, d'où leurs yeux me fixaient de la façon la plus étrange.

« J'essayai de les appeler, mais le langage qu'ils parlaient était apparemment différent de celui des gens d'au-dessus ; de sorte que je fus absolument laissé à mes seuls efforts, et la pensée d'une fuite

immédiate s'empara tout de suite de mon esprit.
" Tu es ici maintenant pour savoir ce qui s'y
passe ", me dis-je alors, et je m'avançai à tâtons
dans le tunnel, tandis que grandissait le bruit des
machines. Bientôt je ne pus plus sentir les parois
et j'arrivai à un espace plus large ; craquant une
allumette, je vis que j'étais entré dans une vaste
caverne voûtée, qui s'étendait dans les profondeurs des ténèbres au-delà de la portée de la lueur
de mon allumette. J'en vis autant que l'on peut en
voir pendant le court instant où brûle une allumette.

« Nécessairement, ce que je me rappelle reste
vague. De grandes formes comme d'énormes
machines surgissaient des ténèbres et projetaient
de fantastiques ombres noires, dans lesquelles les
Morlocks, comme de ternes spectres, s'abritaient
de la lumière. L'atmosphère, par parenthèse, était
lourde et étouffante et de fades émanations de
sang fraîchement répandu flottaient dans l'air. Un
peu plus bas, vers le centre, j'apercevais une petite
table de métal blanchâtre, sur laquelle semblait
être servi un repas. Les Morlocks, en tout cas,
étaient carnivores ! A ce moment-là même, je me
rappelle m'être demandé quel grand animal pouvait avoir survécu pour fournir la grosse pièce
saignante que je voyais. Tout cela était fort peu
distinct : l'odeur suffocante, les grandes formes
sans signification, les êtres immondes aux aguets
dans l'ombre et n'attendant que le retour de
l'obscurité pour revenir sur moi ! Alors l'allu-

mette s'éteignit, me brûla les doigts et tomba, tache rouge rayant les ténèbres.

« J'ai pensé depuis que j'étais particulièrement mal équipé pour une telle expérience. Quand je m'étais mis en route avec la Machine, j'étais parti avec l'absurde supposition que les humains de l'avenir devaient certainement être infiniment supérieurs à nous. J'étais venu sans armes, sans remèdes, sans rien à fumer — parfois le tabac me manquait terriblement — et je n'avais même pas assez d'allumettes. Si seulement j'avais pensé à un appareil photographique pour prendre un instantané de ce Monde Souterrain, afin de pouvoir l'examiner plus tard à loisir ! Mais quoi qu'il en soit, j'étais là avec les seules armes et les seules ressources dont m'a doué la nature — des mains, des pieds et des dents ; plus, quatre allumettes suédoises qui me restaient encore.

« Je redoutais de m'aventurer dans les ténèbres au milieu de toutes ces machines et ce ne fut qu'avec mon dernier éclair de lumière que je découvris que ma provision d'allumettes s'épuisait. Il ne m'était jamais venu à l'idée, avant ce moment, qu'il y eût quelque nécessité de les économiser, et j'avais gaspillé presque la moitié de la boîte à étonner les Eloïs, pour lesquels le feu était une nouveauté. Il ne m'en restait donc plus que quatre. Pendant que je demeurais là dans l'obscurité, une main toucha la mienne, des doigts flasques me palpèrent la figure et je perçus une odeur particulièrement désagréable. Je m'imaginai entendre autour de moi les souffles d'une multitude de ces petits êtres. Je sentis des doigts essayer de s'emparer doucement de la boîte d'allumettes que j'avais à la main et d'autres derrière moi qui tiraient mes habits. Il m'était indiciblement désagréable de deviner ces créatures que je ne voyais pas et qui m'examinaient. L'idée soudaine de mon ignorance de leurs manières de penser et de faire me vint vivement à l'esprit dans ces ténèbres. Je me mis, aussi fort que je pus, à pousser de grands cris. Ils s'écartèrent vivement ; puis je les sentis s'approcher de nouveau. Leurs attouchements devinrent plus hardis et ils se murmurèrent les uns aux autres des sons bizarres. Je frissonnai violemment et me remis à pousser des cris d'une façon plutôt discordante. Cette fois, ils furent moins sérieusement alarmés et ils se rapprochèrent avec un singulier petit rire. Je dois confesser que j'étais horriblement effrayé. Je me décidai à craquer une autre allumette et à m'échapper, protégé par sa lueur ; je fis durer la lumière en enflammant une feuille de papier que je trouvai dans ma poche et j'opérai ma retraite vers l'étroit tunnel.

« Mais j'y pénétrais à peine que la flamme s'éteignit et, dans l'obscurité, je pus entendre les Morlocks bruire comme le vent dans les feuilles ou la pluie qui tombe, tandis qu'ils se précipitaient à ma poursuite.

« En un moment, je me sentis saisir par plusieurs mains, et je ne pus me méprendre sur leur intention de me ramener en arrière. Je craquai une autre allumette et l'agitai à leurs faces éblouies. Vous pouvez difficilement vous imaginer combien ils paraissaient peu humains et nauséabonds — la face blême et sans menton, et leurs grands yeux d'un gris rosâtre sans paupières — tandis qu'ils s'arrêtaient aveuglés et égarés. Mais je ne m'attardai guère à les considérer, je vous le promets : je continuai ma retraite, et lorsque la seconde allumette fut éteinte, j'allumai la troisième. Elle était presque consumée lorsque j'atteignis l'ouverture qui s'ouvrait dans le puits. Je m'étendis à terre sur le bord, car les battements de la grande pompe du fond m'étourdissaient. Je cherchai sur les parois les échelons, et tout à coup, je me sentis saisi par les pieds et violemment tiré en arrière. Je craquai ma dernière allumette... qui ne prit pas. Mais j'avais pu néanmoins saisir un des échelons, et, lançant en arrière de violents coups de pied, je me dégageai de l'étreinte des Morlocks, et escaladai rapidement le puits, tandis qu'ils restaient en bas, me regardant monter en clignotant de leurs gros yeux, sauf un petit misérable qui me suivit pendant un instant et voulut s'emparer de ma chaussure, comme d'un trophée sans doute.

« Cette escalade me sembla interminable. Pendant les derniers sept ou dix mètres, une nausée mortelle me prit. J'eus la plus grande difficulté à ne pas lâcher prise. Aux derniers échelons, ce fut une lutte terrible contre cette défaillance. A plusieurs reprises la tête me tourna et j'anticipai les sensations d'une chute. Enfin, cependant, je parvins du mieux que je pus jusqu'en haut et, enjambant la margelle, je m'échappai en chancelant hors des ruines, jusqu'au soleil aveuglant. Là, je tombai la face contre terre. Le sol me paraissait dégager une odeur douce et propre. Puis je me rappelle Weena baisant mes mains et mes oreilles et les voix d'autres Eloïs. Ensuite, pendant un certain temps, je reperdis connaissance. »

CHAPITRE X

QUAND LA NUIT VINT

« Je me trouvai, après cet exploit, dans une situation réellement pire qu'auparavant. Jusque-là, sauf pendant la nuit d'angoisse qui suivit la perte de la Machine, j'avais eu l'espoir réconfortant d'une ultime délivrance, mais cet espoir était ébranlé par mes récentes découvertes. Jusque-là, je m'étais simplement cru retardé par la puérile simplicité des Eloïs et par quelque force inconnue qu'il me fallait comprendre pour la surmonter ; mais un élément entièrement nouveau intervenait avec l'écœurante espèce des Morlocks — quelque chose d'inhumain et de méchant. J'éprouvais pour eux une haine instinctive. Auparavant, j'avais ressenti ce que ressentirait un homme qui serait tombé dans un gouffre : ma seule affaire était le gouffre et le moyen d'en sortir. Maintenant je me sentais comme une bête dans une trappe, appréhendant un ennemi qui doit survenir bientôt.

« L'ennemi que je redoutais peut vous surprendre. C'était l'obscurité de la nouvelle lune. Weena m'avait mis cela en tête, par quelques remarques d'abord incompréhensibles à propos des *nuits obscures*. Ce que signifiait la venue des *nuits obscures* n'était plus maintenant un problème bien difficile à résoudre. La lune était à son déclin ; chaque jour l'intervalle d'obscurité était plus long. Et je compris alors, jusqu'à un certain point au moins, la raison pour laquelle les petits habitants du monde supérieur redoutaient les ténèbres. Je me demandai vaguement à quelles odieuses atrocités les Morlocks se livraient pendant la nouvelle lune.

« J'étais maintenant à peu près certain que ma seconde hypothèse était entièrement fausse. Les habitants du monde supérieur pouvaient bien avoir été autrefois une aristocratie privilégiée, et les Morlocks leurs serviteurs mécaniques, mais tout cela avait depuis longtemps disparu. Les deux espèces qui étaient résultées de l'évolution humaine déclinaient ou étaient déjà parvenues à des relations entièrement nouvelles. Les Eloïs, comme les rois carolingiens, en étaient venus à n'être que des futilités simplement jolies : ils possédaient encore la terre par tolérance et parce que les Morlocks, subterranéens depuis d'innombrables générations, étaient arrivés à trouver intolérable la surface de la terre éclairée par le soleil. Les Morlocks leur faisaient leurs habits, concluais-je, et subvenaient à leurs besoins habituels, peut-être à cause de la survivance d'une vieille habitude de domestication. Ils le faisaient comme un cheval cabré agite ses jambes de devant ou comme un homme aime à tuer des animaux par sport : parce que des nécessités anciennes et disparues en avaient donné l'empreinte à l'organisme. Mais manifestement, l'ordre ancien était déjà en partie inversé. La Némésis des délicats Eloïs s'avançait pas à pas. Pendant des âges, pendant des milliers de générations, l'homme avait chassé son frère de sa part de bien-être et de soleil. Et maintenant ce frère réapparaissait transformé. Déjà les Eloïs avaient commencé à rapprendre une vieille leçon. Ils refaisaient connaissance avec la crainte. Et soudain me revint à l'esprit le souvenir du repas que j'avais vu préparé dans le monde subterranéen. Étrangement, ce souvenir me hanta : il n'était pas amené par le cours de mes méditations, mais survenait presque hors de propos. J'essayai de me rappeler les formes ; j'avais un vague sens de quelque chose de familier, mais à ce moment, je ne pouvais dire ce que c'était.

« Pourtant, quelque impuissants que fussent les petits êtres en présence de leur mystérieuse crainte, j'étais constitué différemment. J'arrivais de notre époque, cet âge mûr de la race humaine, où la crainte ne peut arrêter et où le mystère a perdu ses épouvantes. Moi, du moins, je me défendrais. Sans plus de délai, je décidai de me faire des armes et une retraite où je pusse dormir. Avec cette retraite comme base, je pourrais affronter ce monde étrange avec quelque peu de la confiance que j'avais perdue en me rendant compte de l'espèce de créatures à laquelle, nuit après nuit, j'allais être exposé. Je sentais que je ne pourrais plus dormir avant que mon lit ne fût en sûreté. Je frémissais d'horreur en pensant à la manière dont ils avaient déjà dû m'examiner.

« J'errai cet après-midi-là au long de la vallée de la Tamise, mais je ne pus rien trouver qui se recommandât comme inaccessible. Tous les arbres et toutes les constructions paraissaient aisément praticables pour des grimpeurs aussi adroits que les Morlocks devaient l'être, à en juger d'après leurs puits. Alors les hautes tourelles du Palais de Porcelaine Verte et le miroitement de ses murs polis me revinrent en mémoire et vers le soir, portant Weena sur mon épaule comme une enfant, je montai la colline, en route vers le sud-ouest. J'avais estimé la distance à environ douze ou treize kilomètres, mais elle devait approcher plutôt de dix-huit. J'avais aperçu le palais, la première fois, par un après-midi humide, alors que les distances sont trompeusement diminuées. En outre, le talon d'une de mes chaussures ne tenait plus guère et un clou avait percé la semelle — j'avais de vieilles bottines confortables pour l'intérieur — de sorte que je boitais. Et ce ne fut que longtemps après le coucher du soleil que j'arrivai en vue du Palais dont la noire silhouette se dressait contre le jaune pâle du ciel.

« Weena avait éprouvé une joie extrême lorsque je commençai à la porter, mais après un certain temps elle désira marcher et courir à mes côtés, s'agenouillant parfois pour cueillir des fleurs dont elle garnissait mes poches. Weena avait toujours éprouvé à l'égard de mes poches un grand embarras, mais à la fin elle en avait conclu qu'elles devaient être tout simplement quelque espèce bizarre de vases pour des décorations florales. Du moins, les utilisait-elle à cet effet. Et cela me rappelle... ! En changeant de veste j'ai trouvé... »

(Notre ami s'arrêta, mit sa main dans sa poche et silencieusement plaça sur la petite table deux fleurs fanées assez semblables à de très grandes mauves blanches ; puis il reprit son récit.)

« Comme le calme du soir s'étendait sur le monde et que par-delà la colline nous avancions vers Wimbledon, Weena se trouva fatiguée et voulut retourner à la maison de pierre grise. Mais je lui montrai dans la distance les toits du Palais de Porcelaine Verte, et réussis à lui faire comprendre que nous devions chercher là un refuge contre la crainte. Vous connaissez cette grande paix qui tombe sur les choses au moment où vient la nuit ? La brise même s'arrête dans les arbres. Il y a toujours pour moi dans cette tranquillité du soir comme un air d'attente. Le ciel était clair, profond et vide, à part quelques barres horizontales à l'extrême horizon, vers le couchant. Ce soir-là l'attente prit la couleur de mes craintes. Dans ce calme ténébreux, mes sens parurent avoir

acquis une acuité surnaturelle. Je me figurai sentir
le sol creux sous mes pieds et voir même à travers
la terre les Morlocks, comme dans une fourmi-
lière, allant de-ci de-là, dans l'attente des ténèbres. Dans mon excitation, je m'imaginai qu'ils
devaient avoir pris mon irruption dans leurs
terriers comme une déclaration de guerre. Et
pourquoi avaient-ils saisi ma Machine ?

« Nous continuâmes donc dans la quiétude des
choses, et le crépuscule s'épaissit jusqu'aux ténèbres. Le bleu clair du lointain s'effaça, et l'une
après l'autre les étoiles parurent. Le sol devint
terne et les arbres noirs. Les craintes de Weena et
sa fatigue s'accrurent. Je la pris dans mes bras, lui
parlant et la caressant. Puis, comme l'obscurité
augmentait, elle mit ses bras autour de mon cou et
fermant les yeux appuya bien fort sa petite figure
sur mon épaule. Nous descendîmes ainsi une
longue pente jusque dans la vallée, où, à cause de
l'obscurité, je tombai presque dans une petite
rivière ; je la passai à gué et montai le côté opposé
de la vallée au-delà de plusieurs palais-dortoirs, et
d'une statue — de faune ou de quelque forme de
ce genre — à laquelle il manquait la tête. Là aussi,
il y avait des acacias. Jusqu'alors je n'avais rien vu
des Morlocks, mais la nuit n'était guère avancée et
les heures sombres qui allaient précéder le lever
de la lune n'étaient pas encore proches.

« Du sommet de la colline, je vis un bois épais
s'étendant large et noir, devant moi. Cela me fit
hésiter. Je n'en pouvais voir la fin, ni à droite, ni à

gauche. Me sentant fatigué — mes pieds surtout
me faisaient très mal — je posai avec précaution
Weena à terre et m'assis moi-même sur le gazon.
Je n'apercevais plus le Palais de Porcelaine Verte
et je n'étais pas sûr de ma direction. Mes yeux
essayaient de pénétrer l'épaisseur de la forêt et je
pensais à ce qu'elle pouvait receler. Sous ce dense
enchevêtrement de branches, on ne devait plus
apercevoir les étoiles. Même s'il n'y avait là aucun
danger caché — danger sur lequel je ne tenais pas
à lancer mon imagination —, il y aurait les racines
contre lesquelles trébucher et les troncs d'arbres
contre lesquels se heurter. J'étais aussi extrêmement las, après les excitations de la journée ; aussi
décidai-je de ne pas affronter cet inconnu, mais de
passer la nuit au plein air, sur la colline.

« Je fus heureux de voir que Weena dormait
profondément. Je l'enveloppai soigneusement
dans ma veste et m'assis auprès d'elle pour
attendre le lever de la lune. La colline était
tranquille et déserte, mais, des ténèbres de la
forêt, venait de temps à autre quelque bruit
comme d'êtres vivants. Au-dessus de moi brillaient les étoiles, car la nuit était très claire. Je me
sentais comme amicalement réconforté par leur
scintillement. Cependant, je ne trouvais plus au
ciel les anciennes constellations : leur lent mouvement, qui est imperceptible pendant des centaines
de vies humaines, les avait depuis longtemps
réarrangées en groupements qui ne m'étaient plus
familiers. Mais la Voie Lactée, me semblait-il,

était comme autrefois la même banderole effilo-
chée de poussière d'étoiles. Du côté du sud,
d'après ce que je pus juger, était une étoile rouge
très brillante qui était toute nouvelle pour moi ;
elle était plus resplendissante encore que notre
Sirius vert. Et parmi tous ces points de lumière
scintillante, une planète brillait vivement d'une
clarté régulière et bienveillante, comme la figure
d'un vieil ami.

« La contemplation de ces étoiles effaça soudain mes inquiétudes et toutes les gravités de la
vie terrestre. Je songeai à leur incommensurable
distance et au cours lent et inévitable de leur
acheminement du passé inconnu vers le futur
inconnu. Je pensai au grand cycle processionnel
que décrit le pôle de la terre. Quarante fois
seulement s'était produite cette silencieuse révolution pendant toutes les années que j'avais
traversées. Et pendant ces quelques révolutions,
toutes les activités, toutes les traditions, les orga-
nisations compliquées, les nations, langages, litté-
ratures, aspirations, même le simple souvenir de
l'homme tel que je le connaissais, avaient été
balayés du monde. A la place de tout cela
restaient ces êtres frêles qui avaient oublié leur
haute origine, et ces êtres livides qui m'épouvan-
taient. Je pensai alors à la grande peur qui séparait
les deux espèces, et pour la première fois, avec un
frisson subit, je compris clairement d'où pouvait
provenir la nourriture animale que j'avais vue.
Mais c'était trop horrible. Je contemplai la petite

Weena dormant auprès de moi, sa figure blanche de la pâleur des étoiles, et, aussitôt, je chassai cette pensée.

« Pendant cette longue nuit, j'écartai de mon esprit, du mieux que je le pus, la pensée des Morlocks, et je fis passer le temps en essayant de me figurer que je pouvais trouver les traces des anciennes constellations dans leur confusion nouvelle. Le ciel restait très clair, à part quelques rares nuages de brume légère. Je dus sans aucun doute m'assoupir à plusieurs reprises. Puis, comme ma veillée s'écoulait, une faible éclaircie monta vers l'est, comme la réflexion de quelque feu incolore, et la lune se leva, mince, effilée et blême. Immédiatement derrière elle, la rattrapant et l'inondant, l'aube vint, pâle d'abord, et puis bientôt rose et ardente. Aucun Morlock ne s'était approché. Ou du moins, je n'en avais vu aucun sur la colline cette nuit-là. Et, avec la confiance que ramenait le jour nouveau, il me sembla presque que mes craintes avaient été déraisonnables et absurdes. Je me levai, et m'aperçus que celui de mes pieds que chaussait la bottine endommagée était enflé à la cheville et très douloureux sous le talon. De sorte que je m'assis de nouveau, retirai mes chaussures, et les lançai loin de moi, n'importe où.

« J'éveillai Weena, et nous nous mîmes en route vers la forêt, maintenant verte et agréable, au lieu d'obscure et effrayante. Nous trouvâmes quelques fruits avec lesquels nous rompîmes notre jeûne. Bientôt, nous rencontrâmes d'autres Eloïs, riant et dansant au soleil, comme s'il n'y avait pas dans la nature cette chose qui s'appelle la nuit. Alors je repensai à ce repas carnivore que j'avais vu. J'étais certain maintenant d'avoir deviné quel mets le composait, et, au fond de mon cœur, je m'apitoyai sur ce dernier et faible ruisseau du grand fleuve de l'humanité. Évidemment, à un certain moment du long passé de la décadence humaine, la nourriture des Morlocks était devenue rare. Peut-être s'étaient-ils nourris de rats et autre vermine. Maintenant même, l'homme est beaucoup moins qu'autrefois délicat et exclusif pour sa nourriture — beaucoup moins que n'importe quel singe. Son préjugé contre la chair humaine n'est pas un instinct bien profondément enraciné. Ainsi donc ces inhumains enfants des hommes… ! J'essayai de considérer la chose d'un point de vue scientifique. Après tout, ils étaient moins humains et plus éloignés de nous que nos ancêtres cannibales d'il y a trois ou quatre mille ans. Et l'intelligence avait disparu qui, de cet état de choses, eût fait un tourment. A quoi bon me tourmenter ? Ces Eloïs étaient simplement un bétail à l'engrais, que, telles les fourmis, les Morlocks gardaient et qu'ils dévoraient — à la nourriture duquel ils pourvoyaient même. Et il y avait là Weena qui gambadait à mes côtés.

« Je cherchai alors à me protéger contre l'horreur qui m'envahissait en envisageant la chose comme une punition rigoureuse de l'égoïsme humain. L'homme s'était contenté de vivre dans le bien-être et les délices, aux dépens du labeur d'autres hommes ; il avait eu la Nécessité comme mot d'ordre et excuse et, dans la plénitude des âges, la Nécessité s'était retournée contre lui. J'essayai même une sorte de mépris à la Carlyle pour cette misérable aristocratie en décadence. Mais cette attitude d'esprit était impossible. Quelque grand qu'ait été leur avilissement intellectuel, les Eloïs avaient trop gardé de la forme humaine pour ne pas avoir droit à ma sympathie et me faire partager de force leur dégradation et leur crainte.

« J'avais à ce moment des idées très vagues sur ce que j'allais faire. Ma première idée était de m'assurer quelque retraite certaine et de me fabriquer des armes de métal ou de pierre. Cette nécessité était immédiate. Ensuite, j'espérais me procurer quelque moyen de faire du feu, afin d'avoir l'arme redoutable qu'était une torche, car rien, je le savais, ne serait plus efficace contre ces Morlocks. Puis il me faudrait imaginer quelque expédient pour rompre les portes de bronze du piédestal du Sphinx Blanc. J'avais l'idée d'une sorte de bélier. J'étais persuadé que, si je pouvais ouvrir ces portes et tenir devant moi quelque flamme, je découvrirais la Machine et pourrais m'échapper. Je ne pouvais croire que les Morlocks fussent assez forts pour la transporter bien loin. J'étais résolu à ramener Weena avec moi dans notre époque actuelle. En retournant tous ces projets dans ma tête, je poursuivis mon chemin vers l'édifice que ma fantaisie avait choisi pour être notre demeure. »

CHAPITRE XI

LE PALAIS DE PORCELAINE VERTE

« Nous arrivâmes vers midi au Palais de Porcelaine Verte, que je trouvai désert et tombant en ruine. Il ne restait aux fenêtres que des fragments de vitres, et de grandes plaques de l'enduit vert de la façade s'étaient détachées des châssis métalliques corrodés. Le palais était situé au haut d'une pente gazonnée et, tournant, avant d'entrer, mes yeux vers le nord-est, je fus surpris de voir un large estuaire et même un véritable bras de mer là où je croyais qu'avaient été autrefois Wandsworth et Battersea. Je pensai alors — sans suivre plus loin cette idée — à ce qui devait être arrivé ou peut-être arrivait aux êtres vivant dans la mer.

« Les matériaux du Palais se trouvèrent être, après examen, de la véritable porcelaine, et, sur le fronton, j'aperçus une inscription en caractères inconnus. Je pensai assez sottement que Weena pourrait m'aider à l'interpréter, mais je m'aperçus alors que la simple idée d'une écriture n'avait jamais pénétré son cerveau. Elle me parut toujours, je crois, plus humaine qu'elle n'était réelle-

ment, peut-être parce que son affection était si
humaine. Au-delà des grands battants des portes
— qui étaient ouvertes et brisées — je trouvai, au
lieu de la salle habituelle, une longue galerie
éclairée par de nombreuses fenêtres latérales. Dès
le premier coup d'œil, j'eus l'idée d'un musée. Le
carrelage était recouvert d'une épaisse couche de
poussière, et un remarquable étalage d'objets
variés disparaissait sous une pareille couche grise.
J'aperçus alors, debout, étrange et décharné, au
centre de la salle, quelque chose qui devait être la
partie inférieure d'un immense squelette. Je
reconnus, par les pieds obliques, que c'était
quelque être disparu, du genre du Mégathérium.
Le crâne et les os de la partie supérieure gisaient à
terre, dans la poussière épaisse, et, à un endroit où
la pluie goutte à goutte tombait de quelque fissure
du toit, les os étaient rongés. Plus loin se trouvait
le squelette énorme d'un Brontosaure. Mon
hypothèse d'un musée se confirmait. Sur l'un des
côtés, je trouvai ce qui me parut être des rayons
inclinés, et, essuyant la poussière épaisse, je
trouvai les habituels casiers vitrés, tels que nous
en avons maintenant. Mais ils devaient être
imperméables à l'air, à en juger par la conserva-
tion parfaite de la plupart des objets qu'ils
contenaient.

« Évidemment, nous étions au milieu des
ruines de quelque dernier Musée d'Histoire
Naturelle. C'était apparemment ici la Section
Paléontologique qui avait renfermé une splendide

collection de fossiles, encore que l'inévitable décomposition, qui avait été retardée pour un temps et avait par la destruction des bactéries et des moisissures perdu les quatre-vingt-dix-neuf centièmes de sa force, se fût néanmoins remise à l'œuvre, sûrement bien que lentement, pour l'anéantissement de tous ces trésors. Ici et là, je trouvai des vestiges humains sous forme de rares fossiles en morceaux ou enfilés en chapelets sur des fibres de roseaux. Les étagères, en divers endroits, avaient été entièrement déplacées — par les Morlocks, à ce qu'il me parut. Un grand silence emplissait les salles. La poussière épaisse amortissait nos pas. Weena, qui s'amusait à faire rouler un oursin sur la vitre en pente d'une case, revint précipitamment vers moi, tandis que je regardais tout à l'entour, me prit très tranquillement la main et resta auprès de moi.

« Tout d'abord je fus tellement surpris par cet ancien monument, légué par un âge intellectuel, que je ne pensai nullement aux possibilités qu'il offrait. Même la préoccupation de la Machine s'éloigna un instant de mon esprit.

« A en juger par ses dimensions, ce Palais de Porcelaine Verte contenait beaucoup plus de choses qu'une Galerie de Paléontologie ; peut-être y avait-il des galeries histologiques : il se pouvait qu'il y eût même une Bibliothèque ! Pour moi, tout au moins dans de telles circonstances, cela eût été beaucoup plus intéressant que ce spectacle d'une antique géologie en décomposi-

tion. En continuant mon exploration, je trouvai
une autre courte galerie, transversale à la première, qui paraissait être consacrée aux minéraux,
et la vue d'un bloc de soufre éveilla dans mon
esprit l'idée de poudre, mais je ne pus trouver de
salpêtre ; et, de fait, aucun nitrate d'aucune
espèce. Sans doute étaient-ils dissous depuis des
âges. Cependant ce morceau de soufre hanta mon
esprit et agita toute une série d'idées. Quant au
reste du contenu de la galerie, qui était le mieux
conservé de tout ce que je vis, il ne m'intéressait
guère — je ne suis pas spécialement minéralo-
giste — et je me dirigeai vers une aile très en ruine
qui était parallèle à la première salle où j'étais
entré. Apparemment, cette section avait été
consacrée à l'Histoire Naturelle, mais tout ce
qu'elle avait renfermé était depuis longtemps
méconnaissable. Quelques vestiges racornis et
noircis de ce qui avait été autrefois des animaux
empaillés ; des momies desséchées en des bocaux
qui avaient contenu de l'alcool ; une poussière
brune, reste de plantes disparues ; et c'était tout !
Je le regrettai fort, car j'aurais été heureux de
pouvoir retracer les patients arrangements au
moyen desquels s'était accomplie la conquête de
la nature animée. Ensuite nous arrivâmes à une
galerie de dimensions simplement colossales,
mais singulièrement mal éclairée, et dont le sol, en
pente faible, faisait un léger angle avec la galerie
que je quittais. Des globes blancs pendaient, par
intervalles, du plafond, la plupart fêlés et brisés,

suggérant un éclairage artificiel ancien. Ici, j'étais plus dans mon élément, car, de chaque côté, s'élevaient les masses énormes de gigantesques machines, toutes grandement corrodées et pour la plupart brisées, mais quelques-unes suffisamment complètes. Vous connaissez mon faible pour la mécanique et j'étais disposé à m'attarder au milieu de tout cela ; d'autant plus qu'elles offraient souvent l'intérêt d'énigmes et je ne pouvais faire que les plus vagues conjectures quant à leur utilisation. Je me figurais que si je pouvais résoudre ces énigmes, je me trouverais en possession de pouvoirs qui me seraient utiles contre les Morlocks.

« Tout à coup Weena se rapprocha très près de moi ; et si soudainement que je tressaillis. Si ce n'avait été d'elle, je ne crois pas que j'aurais remarqué l'inclinaison du sol de la galerie[1]. L'extrémité où j'étais parvenu se trouvait entièrement au-dessus du sol, et était éclairée par de rares fenêtres fort étroites. En descendant, dans la longueur, le sol s'élevait contre ces fenêtres jusqu'à une fosse, semblable aux sous-sols des maisons de Londres, qui s'ouvrait devant chacune d'elles, avec seulement une étroite ligne de jour au sommet. J'avançai lentement, cherchant à deviner l'usage de ces machines, et mon attention fut trop absorbée par elles pour me laisser remarquer la

1. Il se peut très bien aussi que le sol n'eût aucune déclivité, mais que le musée fût construit dans le flanc même de la colline. (Note du transcripteur.)

diminution graduelle du jour ; ce furent les crois-
santes appréhensions de Weena qui m'en firent
apercevoir. Je vis alors que la galerie s'enfonçait
dans d'épaisses ténèbres. J'hésitai, puis en regardant autour de moi, j'observai que la couche de
poussière était moins abondante et sa surface
moins plane. Un peu plus loin, du côté de
l'obscurité, elle paraissait rompue par un certain
nombre d'empreintes de pieds, menues et
étroites. La sensation de la présence immédiate
des Morlocks se ranima. J'eus conscience que je
perdais un temps précieux à l'examen académique
de toutes ces machines. Je me rappelai que
l'après-midi était déjà très avancé et que je n'avais
encore ni arme, ni abri, ni aucun moyen de faire
du feu. Puis, venant du fond obscur de la galerie,
j'entendis les singuliers battements et les mêmes
bruits bizarres que j'avais entendus au fond du
puits.

« Je pris la main de Weena. Puis, frappé d'une
idée soudaine, je la laissai et m'avançai vers une
machine d'où s'élançait un levier assez semblable
à ceux des postes d'aiguillage. Gravissant la plate-
forme, je saisis le levier et, de toutes mes forces, je
le secouai en tous les sens. Soudain, Weena que
j'avais laissée au milieu de la galerie se mit à
gémir. J'avais conjecturé assez exactement la
force de résistance du levier, car après une minute
d'efforts il cassa net et je rejoignis Weena avec,
dans ma main, une masse plus que suffisante,
pensais-je, pour n'importe quel crâne de Morlock

que je pourrais rencontrer. Et il me tardait grandement d'en tuer quelques-uns. Bien inhumaine, penserez-vous, cette envie de massacrer ses propres descendants ! Mais il n'était en aucune façon possible de ressentir le moindre sentiment d'humanité à l'égard de ces êtres. Ma seule répugnance à quitter Weena, et la conviction que, si je commençais à apaiser ma soif de meurtre, ma Machine pourrait en souffrir, furent les seules raisons qui me retinrent de descendre tout droit la galerie et d'aller massacrer les brutes que j'entendais.

« Donc, la masse dans une main et menant Weena par l'autre, je sortis de cette galerie et entrai dans une plus grande encore, qui, à première vue, me rappela une chapelle militaire tendue de drapeaux en loques. Je reconnus bientôt les haillons brunis et carbonisés qui pendaient de tous côtés comme étant les vestiges délabrés de livres. Depuis longtemps ils étaient tombés en lambeaux et toute apparence d'impression avait disparu. Mais il y avait ici et là des cartonnages gauchis et des fermoirs de métal brisés qui en disaient assez long. Si j'avais été littérateur, j'aurais pu, peut-être, moraliser sur la futilité de toute ambition. Mais la chose qui me frappa le plus vivement et le plus fortement fut l'énorme dépense de travail inutile dont témoignait cette sombre solitude de papier pourri. Je dois avouer qu'à ce moment je pensais surtout aux *Philosophical Transactions* et à mes dix-sept brochures sur des questions d'optique.

« Montant alors un large escalier, nous arrivâmes à ce qui dut être autrefois une galerie de Chimie Technique. Et j'espérai vivement faire là d'utiles découvertes. Sauf à une extrémité où le toit s'était affaissé, cette galerie était bien conservée. J'allai avec empressement vers celles des cases qui étaient restées entières. Et enfin, dans une des cases hermétiques, je trouvai une boîte d'allumettes. Précipitamment, j'en essayai une. Elles étaient parfaitement bonnes, même pas humides. Je me tournai vers Weena : " Danse ! " lui criai-je dans sa propre langue. Car maintenant j'avais une arme véritable contre les horribles créatures que nous redoutions. Aussi, dans ce musée abandonné, sur l'épais et doux tapis de poussière, à la grande joie de Weena, j'exécutai solennellement une sorte de danse composite, en sifflant aussi gaiement que je pouvais l'air du *Pays des Braves*. C'était à la fois un modeste cancan, une suite de trépignements, et une danse en jupons, autant que les basques de ma veste le permettaient, et en partie une danse originale ; car j'ai l'esprit naturellement inventif, comme vous le savez.

« Je pense encore maintenant que c'est un heureux miracle que cette boîte d'allumettes ait échappé à l'usure du temps, à travers d'immémoriales années. De plus, assez bizarrement, je découvris une substance encore plus invraisemblable : du camphre. Je le trouvai dans un bocal scellé, qui, par hasard je suppose, avait été fermé d'une façon absolument hermétique. Je crus d'abord à de la cire blanche, et en conséquence brisai le bocal. Mais je ne pouvais me tromper à l'odeur du camphre. Dans l'universelle décomposition, cette substance volatile se trouvait par hasard avoir survécu, à travers peut-être plusieurs milliers de siècles. Cela me rappela une peinture à la sépia que j'avais vu peindre un jour avec la couleur faite d'une bélemnite fossile qui avait dû périr et se fossiliser depuis des millions d'années. J'étais sur le point de le jeter, mais je me souvins que le camphre était inflammable et brûlait avec une belle flamme brillante — une excellente bougie — et je le mis dans ma poche. Je ne trouvai cependant aucun explosif, ni aucun moyen de renverser les portes de bronze. Jusqu'ici mon levier de fer était le seul objet de quelque secours que j'eusse rencontré. Néanmoins je quittai cette galerie transporté de joie.

« Je ne puis vous conter toute l'histoire de ce long après-midi. Ce serait un trop grand effort de mémoire de me rappeler dans leur ordre mes explorations. Je me souviens d'une longue galerie pleine d'armes rouillées, et comment j'hésitai entre ma massue et une hachette ou une épée. Je ne pouvais, pourtant, les prendre toutes deux, et ma barre de fer promettait mieux contre les portes de bronze. Il y avait un grand nombre de fusils, de pistolets et de carabines. La plupart n'étaient plus que des masses de rouille, mais un certain nombre étaient faits de quelque métal nouveau et encore assez solide. Mais tout ce qui avait pu se trouver de cartouches et de poudre était tombé en poussière. Un coin de cette galerie avait été incendié et réduit en miettes, probablement par l'explosion d'un des spécimens. Dans un autre endroit se trouvait un vaste étalage d'idoles — polynésiennes, mexicaines, grecques, phéniciennes, de toutes les contrées de la terre, je crois. Et ici, cédant à une irrésistible impulsion, j'écrivis mon nom sur le nez d'un monstre en stéatite provenant de l'Amérique du Sud, qui tenta plus particulièrement mon caprice.

« A mesure que s'approchait le soir, mon intérêt diminuait. Je passai de galeries en galeries poudreuses, silencieuses, souvent en ruine ; les objets exposés n'étaient plus parfois que de simples monceaux de rouille ou de lignite, et quelquefois étaient mieux conservés. En un endroit, je me trouvai tout à coup auprès d'un modèle de mine d'étain, et alors, par le plus simple accident, je découvris dans une case hermétique deux cartouches de dynamite ! Je criai : Eurêka ! et plein de joie brisai la vitre du casier. Alors il me vint un doute, j'hésitai ; puis, choisissant une petite galerie latérale, je fis mon essai. Je n'ai jamais éprouvé désappointement pareil à celui que j'eus en attendant cinq, dix, quinze minutes, une explosion qui ne se produisit pas. Naturellement, ce n'étaient que des simulacres, comme j'aurais dû le deviner en les trouvant à cet endroit. Je crois réellement que, n'en eût-il pas été ainsi, je me serais élancé immédiatement et j'aurais été faire sauter le Sphinx, les portes de bronze, et du même coup, comme le fait se vérifia plus tard, mes chances de retrouver la Machine.

« Ce fut, je crois, après cela que je parvins à une petite cour à ciel ouvert, dans l'intérieur du Palais. Sur une pelouse, trois arbres à fruits avaient poussé. Là nous nous reposâmes et les fruits nous rafraîchirent. Vers le coucher du soleil, je commençai à considérer notre position. La nuit nous enveloppait lentement, et j'avais encore à trouver notre refuge inaccessible. Mais cela me troublait fort peu maintenant. J'avais en ma possession une chose qui était peut-être la meilleure de toutes les défenses contre les Morlocks — j'avais des allumettes ! J'avais aussi du camphre dans ma poche, s'il était besoin d'une flamme de quelque durée. Il me semblait que ce que nous avions de mieux à faire était de passer la nuit en plein air, protégés par du feu. Au matin viendrait la conquête de la Machine. Pour cela, je n'avais jusqu'ici que ma massue de fer. Mais maintenant, avec ce que j'avais acquis de connaissances, j'éprouvais des sentiments entièrement différents vis-à-vis des portes de bronze. Jusqu'à ce moment je m'étais abstenu de les forcer, à cause du mystère qu'elles recelaient. Elles ne m'avaient jamais fait l'impression d'être bien solides, et j'espérais que ma barre de fer ne serait pas trop disproportionnée à l'ouvrage. »

irritable ; je sentais le sommeil me vaincre, et avec lui venir les Morlocks.

« Tandis que nous hésitions, je vis parmi les buissons, ternes dans l'obscurité profonde, trois formes rampantes. Il y avait tout autour de nous des broussailles et de hautes herbes, et je ne me sentais pas protégé contre leur approche insidieuse. La forêt, à ce que je supposais, devait avoir un peu plus d'un kilomètre de largeur. Si nous pouvions, en la traversant, atteindre le versant dénudé de la colline, là, me semblait-il, nous trouverions un lieu de repos absolument sûr : je pensai qu'avec mes allumettes et le camphre je réussirais à éclairer mon chemin à travers la forêt. Cependant il était évident que si j'avais à agiter d'une main les allumettes, il me faudrait abandonner ma provision de bois ; aussi, je la posai à terre, bien à contrecœur. Alors me vint l'idée de stupéfier nos amis derrière nous en l'allumant. Je devais bientôt découvrir l'atroce folie de cet acte, mais il se présentait à mon esprit comme une tactique ingénieuse, destinée à couvrir notre retraite.

« Je ne sais pas si vous avez jamais songé à la rareté d'une flamme naturelle en l'absence de toute intervention humaine et sous un climat tempéré. La chaleur solaire est rarement assez forte pour produire la flamme, même quand elle est concentrée par des gouttes de rosée, comme c'est quelquefois le cas en des contrées plus tropicales. La foudre peut abattre et carboniser, mais elle est rarement la cause d'incendies considérables. Des végétaux en décomposition peuvent occasionnellement couver de fortes chaleurs pendant la fermentation ; mais il est rare qu'il en résulte de la flamme. A cette époque de décadence, l'art de produire le feu avait été oublié sur la terre. Les langues rouges qui s'élevaient en léchant le tas de bois étaient pour Weena une chose étrange et entièrement nouvelle.

« Elle voulait en prendre et jouer avec ; je crois qu'elle se serait jetée dedans si je ne l'avais pas retenue. Mais je l'enlevai dans mes bras et, en dépit de sa résistance, m'enfonçai hardiment, droit devant moi, dans la forêt. Jusqu'à une certaine distance la flamme éclaira mon chemin. En me retournant, je pus voir, à travers la multitude des troncs, que de mon tas de brindilles la flamme s'étendait à quelques broussailles adjacentes et qu'une courbe de feu s'avançait dans les herbes de la colline. A cette vue, j'éclatai de rire, et, me retournant du côté des arbres obscurs, je me remis en marche. Il faisait très sombre, et Weena se cramponnait à moi convulsivement ; mais comme mes yeux s'accoutumaient à l'obscurité, il faisait encore suffisamment clair pour que je pusse éviter les troncs. Au-dessus de moi, tout était noir, excepté çà et là une trouée où le ciel bleu lointain brillait sur nous. Je n'allumai pas d'allumettes parce que mes mains n'étaient pas libres. Sur mon bras gauche je portais ma petite amie, et dans ma main droite j'avais ma barre de fer.

« Pendant un certain temps, je n'entendis autre chose que les craquements des branches sous mes pieds, le frémissement de la brise dans les arbres, ma propre respiration et les pulsations du sang à mes oreilles. Puis il me sembla percevoir une infinité de petits bruits autour de moi. Les petits bruits répétés devinrent plus distincts, et je perçus clairement les sons et les voix bizarres que j'avais entendus déjà dans le monde souterrain. Ce devaient être évidemment les Morlocks qui m'enveloppaient peu à peu. Et de fait, une minute après, je sentis un tiraillement à mon habit, puis quelque chose à mon bras ; Weena frissonna violemment et devint complètement immobile.

« C'était le moment de craquer une allumette. Mais pour cela il me fallut poser Weena à terre. Tandis que je fouillais dans ma poche, une lutte s'engagea dans les ténèbres à mes genoux ; Weena absolument silencieuse et les Morlocks roucoulant de leur singulière façon, et de petites mains molles tâtant mes habits et mon dos, allant même jusqu'à mon cou. Alors je grattai l'allumette qui s'enflamma en crépitant. Je la levai en l'air et vis les dos livides des Morlocks qui s'enfuyaient parmi les troncs. Je pris en hâte un morceau de camphre et me tins prêt à l'enflammer dès que l'allumette serait sur le point de s'éteindre. Puis j'examinai Weena. Elle était étendue, étreignant

mes jambes, inanimée et la face contre le sol. Pris
d'une terreur soudaine, je me penchai vers elle.
Elle respirait à peine ; j'allumai le morceau de
camphre et le posai à terre ; tandis qu'il éclatait et
flamblait, éloignant les Morlocks et les ténèbres,
je m'agenouillai et soulevai Weena. Derrière moi,
le bois semblait plein de l'agitation et du murmure d'une troupe nombreuse.

« Weena paraissait évanouie. Je la mis doucement sur mon épaule et me relevai pour partir,
mais l'horrible réalité m'apparut. En m'occupant
des allumettes et de Weena, j'avais tourné plusieurs fois sur moi-même et je n'avais plus
maintenant la moindre idée de la direction à
suivre. Tout ce que je pus savoir, c'est que
probablement je faisais face au Palais de Porcelaine Verte. Une sueur froide m'envahit. Il me
fallait rapidement prendre une décision. Je résolus d'allumer un feu et de camper où nous étions.
J'adossai Weena, toujours inanimée, contre un
tronc moussu, et en toute hâte, avant que mon
premier morceau de camphre ne s'éteignît, je me
mis à rassembler des brindilles et des feuilles
sèches. Ici et là, dans les ténèbres, les yeux des
Morlocks étincelaient comme des escarboucles.

« La flamme du camphre vacilla et s'éteignit. Je
craquai une allumette et aussitôt deux formes
blêmes, qui dans le court intervalle d'obscurité
s'étaient approchées de Weena, s'enfuirent, et
l'une d'elles fut tellement aveuglée par la lueur
soudaine qu'elle vint droit à moi, et je sentis ses

os se broyer sous le coup de poing que je lui assenai ; elle poussa un cri de terreur, chancela un moment et s'abattit. J'enflammai un autre morceau de camphre et continuai de rassembler mon bûcher. Soudain je remarquai combien sec était le feuillage au-dessus de moi, car depuis mon arrivée sur la Machine, l'espace d'une semaine, il n'était pas tombé une goutte de pluie. Aussi, au lieu de chercher entre les arbres des brindilles tombées, je me mis à atteindre et à briser des branches. J'eus bientôt un feu de bois vert et de branches sèches qui répandait une fumée suffocante, mais qui me permettait d'économiser mon camphre. Alors je m'occupai de Weena, toujours étendue auprès de ma massue de fer. Je fis tout ce que je pus pour la ranimer, mais elle était comme morte. Je ne pus même me rendre compte si elle respirait ou non.

« La fumée maintenant se rabattait dans ma direction et, engourdi par son âcre odeur, je dus m'assoupir tout d'un coup. De plus il y avait encore dans l'air des vapeurs de camphre. Mon feu pouvait durer encore pendant une bonne heure. Je me sentais épuisé après tant d'efforts et je m'étais assis. La forêt aussi était pleine d'un étourdissant murmure dont je ne pouvais comprendre la cause. Il me sembla que je venais de fermer les yeux et que je les rouvrais. Mais tout était noir et sur moi je sentis les mains des Morlocks. Repoussant vivement leurs doigts agrippeurs, en hâte, je cherchai dans ma poche la

boîte d'allumettes... Elle n'y était plus ! Alors ils
me saisirent et cherchèrent à me maintenir. En
une seconde je compris ce qui s'était passé. Je
m'étais endormi et le feu s'était éteint : l'amer-
tume de la mort m'emplit l'âme. La forêt semblait
envahie par une odeur de bois qui brûle. Je fus
saisi, par le cou, par les cheveux, par les bras, et
maintenu à terre ; ce fut une indicible horreur de
sentir dans l'obscurité toutes ces créatures molles
entassées sur moi. J'eus la sensation de me
trouver pris dans une énorme toile d'araignée.
J'étais accablé et ne luttais plus. Mais soudain je
me sentis mordu au cou par de petites dents
aiguës. Je me roulai de côté et par hasard ma main
rencontra le levier de fer. Cela me redonna du
courage. Je me débattis, secouant de sur moi ces
rats humains et, tenant court le levier, je frappai
où je croyais qu'étaient leurs têtes. Je sentais sous
mes coups un délicieux écrasement de chair et
d'os, et en un instant je fus délivré.

« L'étrange exultation qui, si souvent, accom-
pagne un rude combat m'envahit. Je savais que
Weena et moi étions perdus, mais je résolus que
les Morlocks paieraient cher notre peau. Je
m'adossai à un arbre, brandissant ma barre de fer
devant moi. La forêt entière était pleine de leurs
cris et de leur agitation. Une minute s'écoula.
Leurs voix semblèrent s'élever à un haut diapason
d'excitation, et leurs mouvements devinrent plus
rapides. Pourtant aucun ne passa à portée de mes
coups. Je restai là, cherchant à percer les ténèbres,

quand tout à coup l'espoir me revint : quoi donc pouvait ainsi effrayer les Morlocks ? Et au même moment, je vis une chose étrange. Les ténèbres parurent devenir lumineuses. Vaguement, je commençai à distinguer les Morlocks autour de moi — trois d'entre eux abattus à mes pieds — et je remarquai alors, avec une surprise incrédule, que les autres s'enfuyaient en flots incessants, à travers la forêt, droit devant moi, et leurs dos n'étaient plus du tout blancs, mais rougeâtres. Tandis que, bouche bée, je les regardais passer, je vis dans une trouée de ciel étoilé, entre les branches, une petite étincelle rouge voltiger et disparaître. Et je compris alors l'odeur du bois qui brûle, le murmure étourdissant qui maintenant devenait un grondement, les reflets rougeâtres et la fuite des Morlocks.

« M'écartant un instant de mon tronc d'arbre, je regardai en arrière et je vis, entre les piliers noirs des arbres les plus proches, les flammes de la forêt en feu. C'était mon premier bivouac qui me rattrapait. Je cherchai Weena, mais elle n'était plus là. Derrière moi, les sifflements et les craquements, le bruit d'explosion de chaque tronc qui prenait feu, laissaient peu de temps pour réfléchir. Ma barre de fer bien en main, je courus sur les traces des Morlocks. Ce fut une course affolante. Une fois, les flammes s'avancèrent si rapidement sur ma droite que je fus dépassé et dus faire un détour sur la gauche. Mais enfin j'arrivai à une petite clairière et, à cet instant même, un Morlock

accourut en trébuchant de mon côté, me frôla et
se précipita droit dans les flammes.

« J'allais contempler maintenant le plus horrible et effrayant spectacle qu'il me fût donné de
voir dans cet âge à venir. Aux lueurs du feu, il
faisait dans cet espace découvert aussi clair qu'en
plein jour. Au centre était un monticule, un
tumulus, surmonté d'un buisson d'épine desséché. Au-delà, un autre bras de la forêt brûlait,
où se tordaient déjà d'énormes langues de flamme
jaune, qui encerclaient complètement la clairière
d'une barrière de feu. Sur le monticule, il y avait
trente ou quarante Morlocks, éblouis par la
lumière et la chaleur, courant de-ci, de-là, en se
heurtant les uns aux autres, dans leur confusion.
Tout d'abord, je ne pensai pas qu'ils étaient
aveuglés, et avec ma barre de fer, en une frénésie
de crainte, je les frappai quand ils m'approchaient, en tuant un et en estropiant plusieurs
autres. Mais quand j'eus remarqué les gestes de
l'un d'entre eux, tâtonnant autour du buisson
d'épine, et que j'eus entendu leurs gémissements,
je fus convaincu de leur misérable état d'impuissance au milieu de cette clarté, et je cessai de les
frapper.

« Cependant, de temps à autre, l'un d'eux
accourait droit sur moi, me donnant chaque fois
un frisson d'horreur qui me jetait de côté. Un
moment, les flammes baissèrent beaucoup, et je
craignis que ces infectes créatures ne pussent
m'apercevoir. Je pensais même, avant que cela

n'arrivât, à entamer le combat en en tuant quelques-uns ; mais les flammes s'élevèrent de nouveau avec violence et j'attendis. Je me promenai à
travers eux en les évitant, cherchant quelque trace
de Weena. Mais Weena n'était pas là.

« A la fin, je m'assis au sommet du monticule,
contemplant cette troupe étrange d'êtres aveu-
gles, courant ici et là, en tâtonnant et en poussant
des cris horribles, tandis que les flammes se
rabattaient sur eux. D'épaisses volutes de fumée
inondaient le ciel, et à travers les rares déchirures
de cet immense dais rouge, lointaines comme si
elles appartenaient à un autre univers, étincelaient
les petites étoiles. Deux ou trois Morlocks vinrent
à trébucher contre moi et je les repoussai à coups
de poing en frissonnant.

« Pendant la plus grande partie de la nuit, je fus
persuadé que tout cela n'était qu'un cauchemar.
Je me mordis et poussai des cris, dans un désir
passionné de m'éveiller. De mes mains je frappai
le sol, je me levai et me rassis, errai çà et là et me
rassis encore. J'en arrivai à me frotter les yeux et à
crier vers la Providence de me permettre de
m'éveiller. Trois fois, je vis un Morlock, en une
sorte d'agonie, s'élancer tête baissée dans les
flammes. Mais, enfin, au-dessus des dernières
lueurs rougeoyantes de l'incendie, au-dessus des
masses ruisselantes de fumée noire, des troncs
d'arbres à demi consumés et du nombre diminué
de ces vagues créatures, montèrent les premières
blancheurs du jour.

« De nouveau, je me mis en quête de Weena, mais ne la trouvai nulle part. Il était clair que les Morlocks avaient laissé son pauvre petit corps dans la forêt. Je ne puis dire combien cela adoucit ma peine de penser qu'elle avait échappé à l'horrible destin qui lui semblait réservé. En pensant à cela, je fus presque sur le point d'entreprendre un massacre des impuissantes abominations qui couraient encore autour de moi, mais je me contins. Ce monticule, comme je l'ai dit, était une sorte d'îlot dans la forêt. De son sommet, je pouvais maintenant distinguer à travers une brume de fumée le Palais de Porcelaine Verte, ce qui me permit de retrouver ma direction vers le Sphinx Blanc. Alors, abandonnant le reste de ces âmes damnées qui se traînaient encore de-ci de-là, en gémissant, je liai autour de mes pieds quelques touffes d'herbes et m'avançai, en boitant, à travers les cendres fumantes et parmi les troncs noirs qu'agitait encore une combustion intérieure, dans la direction de la cachette de ma Machine. Je marchais lentement, car j'étais presque épuisé, autant que boiteux, et je me sentais infiniment malheureux de l'horrible mort de la petite Weena. Sa perte me semblait une accablante calamité. En ce moment, dans cette pièce familière, ce que je ressens me paraît être beaucoup plus le regret qui reste d'un rêve qu'une perte véritable. Mais ce matin-là, cette mort me laissait de nouveau absolument seul — terriblement seul. Le souvenir me revint de cette maison, de ce coin du feu, de quelques-uns d'entre vous, et avec ces pensées m'envahit le désir de tout cela, un désir qui était une souffrance.

« Mais, en avançant sur les cendres fumantes, sous le ciel brillant du matin, je fis une découverte. Dans la poche de mon pantalon, il y avait encore quelques allumettes qui avaient dû s'échapper de la boîte avant que les Morlocks ne la prissent. »

CHAPITRE XIII

LA TRAPPE DU SPHINX BLANC

« Le matin, vers huit ou neuf heures, j'arrivai à ce même siège de métal jaune d'où, le soir de mon arrivée, j'avais jeté mes premiers regards sur ce monde. Je pensai aux conclusions hâtives que j'avais formées ce soir-là et ne pus m'empêcher de rire amèrement de ma présomption. C'était encore le même beau paysage, les mêmes feuillages abondants, les mêmes splendides palais, les mêmes ruines magnifiques et la même rivière argentée coulant entre ses rives fertiles. Les robes gaies des Éloïs passaient ici et là entre des arbres. Quelques-uns se baignaient à la place exacte où j'avais sauvé Weena, et cette vue raviva ma peine. Comme des taches qui défiguraient le paysage, s'élevaient les coupoles au-dessus du puits menant au monde souterrain. Je savais maintenant ce que recouvrait toute cette beauté du monde extérieur. Très agréablement s'écoulaient les journées pour ses habitants, aussi agréablement que les journées que passe le bétail dans les champs. Comme le bétail, ils ne se connaissaient

aucun ennemi, ils ne se mettaient en peine
d'aucune nécessité. Et leur fin était la même.

« Je m'attristai à mesurer en pensée la brièveté
du rêve de l'intelligence humaine. Elle s'était
suicidée ; elle s'était fermement mise en route vers
le confort et le bien-être, vers une société équilibrée, avec *sécurité* et *stabilité* comme mots
d'ordre ; elle avait atteint son but, pour en arriver
finalement à cela. Un jour, la vie et la propriété
avaient dû atteindre une sûreté presque absolue.
Le riche avait été assuré de son opulence et de son
bien-être ; le travailleur, de sa vie et de son travail.
Sans doute, dans ce monde parfait, il n'y avait eu
aucun problème inutile, aucune question qui
n'eût été résolue. Et une grande quiétude s'était
ensuivie.

« C'est une loi naturelle trop négligée : la
versatilité intellectuelle est le revers de la dispari-
tion du danger et de l'inquiétude. Un animal en
harmonie parfaite avec son milieu est un pur
mécanisme. La nature ne fait jamais appel à
l'intelligence que si l'habitude et l'instinct sont
insuffisants. Il n'y a pas d'intelligence là où il n'y
a ni changement, ni besoin de changement. Seuls
ont part à l'intelligence les animaux qui ont à
affronter une grande variété de besoins et de
dangers.

« Ainsi donc, comme je pouvais le voir,
l'homme du monde supérieur avait dérivé jusqu'à
la joliesse impuissante, et l'homme subterranéen
jusqu'à la simple industrie mécanique. Mais à ce

parfait état il manquait encore une chose pour avoir la perfection mécanique et la stabilité absolue. Apparemment, à mesure que le temps s'écoulait, la subsistance du monde souterrain, de quelque façon que le fait se soit produit, était devenue irrégulière. La Nécessité, qui avait été écartée pendant quelques milliers d'années, revint et reprit son œuvre en bas. Ceux du monde subterranéen étant en contact avec une mécanique qui, quelque parfaite qu'elle ait pu être, nécessitait cependant quelque pensée en dehors de la routine, avaient probablement conservé, par force, un peu plus d'initiative et moins des autres caractères humains que ceux du monde supérieur. Ainsi, quand ils manquèrent de nourriture, ils retournèrent à ce qu'une antique habitude avait jusqu'alors empêché. C'est ainsi que je vis une dernière fois le monde de l'année huit cent deux mil sept cent un. Ce peut être l'explication la plus fausse que puisse donner l'esprit humain. C'est de cette façon néanmoins que la chose prit forme pour moi, et je vous la donne comme telle.

« Après les fatigues, les excitations et les terreurs des jours passés, et en dépit de mon chagrin, ce siège, d'où je contemplais le paysage tranquille baigné d'un chaud soleil, m'offrait un fort agréable repos. J'étais accablé de fatigue et de sommeil, si bien que mes spéculations se transformèrent bientôt en assoupissement. M'en apercevant, j'en pris mon parti, et, m'étendant sur le gazon, j'eus un long et réconfortant sommeil.

« Je m'éveillai un peu avant le coucher du soleil. Je ne craignais plus maintenant d'être surpris endormi par les Morlocks, et, me relevant, je descendis la colline du côté du Sphinx Blanc. J'avais mon levier dans une main, tandis que l'autre jouait avec les allumettes dans ma poche.

« Survint alors la chose la plus inattendue. En approchant du piédestal du Sphinx, je trouvai les panneaux de bronze ouverts. Ils avaient coulissé de haut en bas le long de glissières ; à cette vue, je m'arrêtai court, hésitant à entrer.

« A l'intérieur était une sorte de petite chambre, et, dans un coin surélevé, se trouvait la Machine. J'avais les petits leviers dans ma poche. Ainsi, après tous mes pénibles préparatifs pour un siège du Sphinx Blanc, j'étais en face d'une humble capitulation. Je jetai ma barre de fer, presque fâché de n'avoir pu en faire usage.

« Une pensée soudaine me vint à l'esprit tandis que je me baissais pour entrer. Car, une fois au moins, je saisis les opérations mentales des Morlocks. Retenant une forte envie de rire, je passai sous le cadre de bronze et m'avançai jusqu'à la Machine. Je fus surpris de trouver qu'elle avait été soigneusement huilée et nettoyée. Depuis, j'ai soupçonné les Morlocks de l'avoir en partie démontée pour essayer à leur vague façon de deviner son usage.

« Alors, tandis que je l'examinais, trouvant un réel plaisir rien qu'à toucher mon invention, ce que j'attendais se produisit. Les panneaux de bronze remontèrent et clorent l'ouverture avec un heurt violent. J'étais dans l'obscurité — pris au piège. Du moins, c'est ce que croyaient les Morlocks et j'en riais de bon cœur tout bas.

« J'entendais déjà leur petit rire murmurant, tandis qu'ils s'avançaient. Avec beaucoup de calme, j'essayai de craquer une allumette : je n'avais qu'à fixer les leviers de la Machine et disparaître comme un fantôme. Mais je n'avais pas pris garde à une petite chose. Les allumettes qui me restaient étaient de cette sorte abominable qui ne s'allume que sur la boîte.

« Vous pouvez vous imaginer ce que devint mon beau calme. Les petites brutes étaient tout contre moi. L'une me toucha. Les bras tendus et les leviers dans la main, je fis place nette autour de moi, et commençai à m'installer sur la selle de la Machine. Alors une main se posa sur moi, puis une autre. J'avais à me défendre contre leurs doigts essayant avec persistance de m'arracher les leviers et à trouver en tâtonnant l'endroit où ils s'adaptaient. En fait, ils parvinrent presque à m'en arracher un. Mais quand je le sentis me glisser des mains je n'eus, pour le ravoir, qu'à donner un coup de tête dans l'obscurité — j'entendis résonner le crâne du Morlock. Ce dernier effort était, pensais-je, plus sérieux que la lutte dans la forêt.

« Mais enfin le levier fut fixé et mis au cran de

marche. Les mains qui m'avaient saisi se détachèrent de moi. Les ténèbres se dissipèrent et je me retrouvai dans la même lumière grise et le même tumulte que j'ai déjà décrits. »

CHAPITRE XIV

L'ULTIME VISION

« Je vous ai déjà dit quelles sensations nauséeuses et confuses donne un voyage dans le Temps ; et cette fois j'étais mal assis sur la selle, tout de côté et d'une façon peu stable. Pendant ce temps indéfini, je me cramponnai à la Machine qui oscillait et vibrait, sans me soucier de savoir où j'allais, et, quand je me décidai à regarder les cadrans, je fus stupéfait de voir où j'étais arrivé. L'un des cadrans marque les jours, un autre les milliers de jours, un troisième les millions de jours, et le dernier les centaines de millions de jours. Au lieu d'avoir placé les leviers sur la marche arrière, je les avais mis sur la marche avant, et quand je jetai les yeux sur les indicateurs, je vis que l'aiguille des mille tournait — vers le futur — aussi vite que l'aiguille des secondes d'une montre.

« Pendant ce temps, un changement particulier se produisait dans l'apparence des choses. Le tremblotement gris qui m'entourait était devenu plus sombre ; alors, bien que la Machine fût

encore lancée à une prodigieuse vitesse, le cligno-
tement rapide qui marquait la succession du jour
et de la nuit et indiquait habituellement un
ralentissement d'allure revint d'une façon de plus
en plus marquée. Tout d'abord, cela m'embarrassa fort. Les alternatives de jour et de nuit
devinrent de plus en plus lentes, de même que le
passage du soleil à travers le ciel, si bien qu'ils
semblèrent s'étendre pendant des siècles. A la fin,
un crépuscule continuel enveloppa la terre, un
crépuscule que rompait seulement de temps en
temps le flamboiement d'une comète dans le ciel
ténébreux. La bande de lumière qui avait indiqué
le soleil ne se couchait plus — il se levait et
s'abaissait seulement quelque peu à l'ouest et il
était devenu plus large et plus rouge. Tout vestige
de lune avait disparu. Les révolutions des étoiles,
de plus en plus lentes, avaient fait place à des
points lumineux qui avançaient presque imper-
ceptiblement. Enfin, un peu avant que je ne fisse
halte, le soleil rouge et très large s'arrêta immobile à l'horizon, vaste dôme brillant d'un éclat
terni et subissant parfois une extinction momen-
tanée. Une fois pourtant, il s'était pendant un peu
de temps ranimé et avait brillé avec plus d'éclat,
mais pour rapidement reprendre son rouge lugubre. Par ce ralentissement de son lever et de son
coucher, je me rendis compte que l'œuvre des
marées régulières était achevée. La terre maintenant se reposait, une de ses faces continuellement
tournée vers le soleil, de même qu'à notre époque

la lune présente toujours la même face à la terre. Avec de grandes précautions, car je me rappelais ma précédente chute, je commençai à renverser la marche. De plus en plus lentement tournèrent les aiguilles, jusqu'à ce que celle des milliers se fût arrêtée, et que celle des jours eût cessé d'être un simple nuage sur son cadran ; toujours plus lentement, jusqu'à ce que les contours vagues d'une grève désolée fussent devenus visibles.

« Je m'arrêtai tout doucement, et, restant assis sur la Machine, je promenai mes regards autour de moi. Le ciel n'était plus bleu. Vers le nord-est, il était d'un noir d'encre, et dans ces ténèbres brillaient vivement et continûment de pâles étoiles. Au-dessus de moi, le ciel était sans astres et d'un ocre rouge profond ; vers le sud-est, il devenait brillant jusqu'à l'écarlate vif là où l'horizon coupait le disque du soleil rouge et immobile. Les rochers, autour de moi, étaient d'une âpre couleur rougeâtre, et tout ce que je pus d'abord voir de vestiges de vie fut la végétation d'un vert intense qui recouvrait chaque flanc de rocher du côté du sud-est. C'était ce vert opulent qu'ont quelquefois les mousses des forêts ou les lichens dans les caves, et les plantes qui, comme celles-là, croissent dans un perpétuel crépuscule.

« La Machine s'était arrêtée sur une grève en pente. La mer s'étendait vers le sud-ouest et s'élevait nette et brillante à l'horizon, contre le ciel blême. Il n'y avait ni vagues, ni écueils, ni brise. Seule, une légère et huileuse ondulation s'élevait et s'abaissait pour montrer que la mer éternelle s'agitait encore et vivait. Et sur le rivage, où l'eau parfois se brisait, était une épaisse incrustation de sel, rose sous le ciel livide. Je me sentis la tête oppressée, et je remarquai que je respirais très vite. Cette sensation me rappela mon unique expérience d'ascension dans les montagnes, et je jugeai par là que l'air devait s'être considérablement raréfié.

« Très loin, au haut de la pente désolée, j'entendis un cri discordant et je vis une chose semblable à un immense papillon blanc s'envoler, voltiger dans le ciel et, planant, disparaître enfin derrière quelques monticules peu élevés. Ce cri fut si lugubre que je frissonnai et m'installai plus solidement sur la selle. En portant de nouveau mes regards autour de moi, je vis que, tout près, ce que j'avais pris pour une masse rougeâtre de roche s'avançait lentement vers moi ; je vis alors que c'était en réalité une sorte de crabe monstrueux. Imaginez-vous un crabe aussi large que cette table là-bas, avec ses nombreux appendices, se mouvant lentement et en chancelant, brandissant ses énormes pinces et ses longues antennes comme des fouets de charretier, et ses yeux proéminents vous épiant de chaque côté de son front métallique. Sa carapace était rugueuse et ornée de bosses tumultueuses, et des incrustations verdâtres la pustulaient ici et là. Je voyais, pendant qu'il avançait, les nombreux palpes de sa bouche compliquée s'agiter et sentir.

« Tandis que je considérais avec ébahissement cette sinistre apparition rampant vers moi, je sentis sur ma joue un chatouillement, comme si un papillon venait de s'y poser. J'essayai de le chasser avec ma main, mais il revint aussitôt et, presque immédiatement, un autre vint se poser près de mon oreille. J'y portai vivement la main et attrapai une sorte de filament qui me glissa rapidement entre les doigts. Avec un soulèvement de cœur atroce, je me retournai et me rendis compte que j'avais saisi l'antenne d'un autre crabe monstrueux, qui se trouvait juste derrière moi. Des mauvais yeux se tortillaient sur leurs tiges proéminentes ; sa bouche semblait animée d'un grand appétit et ses vastes pinces maladroites — barbouillées d'une bave gluante — s'abaissaient sur moi. En un instant, ma main fut sur le levier, et je mis un mois de distance entre ces monstres et moi. Mais j'étais toujours sur la même grève et je les aperçus. Des douzaines d'autres semblaient ramper de tous côtés, dans la sombre lumière, parmi les couches superposées de vert intense.

« Il m'est impossible de vous exprimer la sensation d'abominable désolation qui enveloppait le monde ; le ciel rouge à l'orient, la ténèbre septentrionale, la mer morte et salée, la grève rocheuse encombrée de ces lentes et répugnantes bêtes monstrueuses, le vert uniforme et d'aspect empoisonné des végétations de lichen, l'air raréfié qui vous blessait les poumons, tout cela contribuait à produire l'épouvante. Je franchis encore un siècle et il y avait toujours le même soleil rouge — un peu plus large, un peu plus morne —, la même mer mourante, le même air glacial, et le même grouillement de crustacés rampants, parmi les végétations vertes et les rochers rougeâtres. Et dans le ciel occidental, je vis une pâle ligne courbe comme une immense lune naissante.

« Je continuai mon voyage, m'arrêtant de temps à autre, par grandes enjambées de milliers d'années ou plus, entraîné par le mystère du destin de la terre, guettant avec une étrange fascination le soleil toujours plus large et plus morne dans le ciel d'occident, et la vie de la vieille terre dans son déclin graduel. Enfin, à plus de trente millions d'années d'ici, l'immense dôme rouge du soleil avait fini par occuper presque la dixième partie des cieux sombres. Là, je m'arrêtai une fois encore, car la multitude des grands crabes avait disparu, et la grève rougeâtre, à part ses hépathiques et ses lichens d'un vert livide, paraissait dénuée de vie. Elle était maintenant recouverte d'une couche blanche ; un froid piquant m'assaillit. De rares flocons blancs tombaient parfois en tourbillonnant. Vers le nord-est, des reflets neigeux s'étendaient sous les étoiles d'un ciel de sable et j'apercevais les crêtes onduleuses de collines d'un blanc rosé. La mer était bordée de franges de glace, avec d'énormes glaçons qui voguaient au loin. Mais la vaste étendue de l'océan, tout rougeoyant sous l'éternel couchant, n'était pas encore gelée.

« Je regardai tout autour de moi pour voir s'il restait quelque trace de vie animale. Une certaine impression indéfinissable me faisait rester sur la selle de la Machine. Mais je ne vis rien remuer ni sur la terre, ni dans le ciel, ni sur la mer. Seule la vase verte sur les rochers témoignait que toute vie n'était pas encore abolie. Un banc de sable se montrait dans la mer et les eaux avaient abandonné le rivage. Je me figurai voir quelque objet voleter sur la grève, mais quand je l'observai, il resta immobile ; je crus que mes yeux avaient été abusés et que l'objet noir n'était que quelque fragment de roche. Les étoiles au ciel brillaient intensément et me paraissaient ne scintiller que fort peu.

« Tout à coup je remarquai que le contour occidental du soleil avait changé, qu'une concavité, qu'une baie apparaissait dans sa courbe. Je la vis s'accentuer ; pendant une minute peut-être je considérai, frappé de stupeur, ces ténèbres qui absorbaient la pâle clarté du jour, et je compris alors qu'une éclipse commençait. La lune ou la planète Mercure passait devant le disque du soleil. Naturellement, je crus d'abord que c'était la lune, mais j'ai bien des raisons de croire que ce que je vis était en réalité quelque planète s'interposant très près de la terre.

« L'obscurité croissait rapidement. Un vent froid commença à souffler de l'est par rafales fraîchissantes, et le vol des flocons s'épaissit. Du lointain de la mer s'approcha une ride légère et un murmure. Hors ces sons inanimés, le monde était plein de silence. Du silence ? Il est bien difficile d'exprimer ce calme qui pesait sur lui. Tous les bruits de l'humanité, le bêlement des troupeaux, le chant des oiseaux, le bourdonnement des insectes, toute l'agitation qui fait l'arrière-plan de nos vies, tout cela n'existait plus. Comme les ténèbres s'épaississaient, les flocons, tourbillonnant et dansant devant mes yeux, devinrent plus abondants et le froid de l'air devint plus intense. A la fin, un par un, les sommets blancs des collines lointaines s'évanouirent dans l'obscurité. La brise se changea en un vent gémissant. Je vis l'ombre centrale de l'éclipse s'étendre vers moi. En un autre instant, seules les pâles étoiles furent visibles. Tout le reste fut plongé dans la plus grande obscurité. Le ciel devint absolument noir.

« Une horreur me prit de ces grandes ténèbres. Le froid qui me pénétrait jusqu'aux moelles et la souffrance que me causait chacune de mes respirations eurent raison de moi. Je frissonnai et une nausée mortelle m'envahit. Alors, comme un grand fer rouge, réapparut au ciel le contour du disque solaire. Je descendis de la Machine pour reprendre mes sens, car je me sentais engourdi et incapable d'affronter le retour. Tandis que j'étais là, mal à l'aise et étourdi, je vis de nouveau, contre le fond rougeâtre de la mer, l'objet qui remuait sur le banc de sable : il n'y avait plus maintenant de méprise possible, c'était bien quelque chose d'animé, une chose ronde de la grosseur d'un ballon de football à peu près, ou peut-être un peu plus gros, avec des tentacules traînant par-derrière, qui paraissait noire contre le bouillonnement rouge sang de la mer, et sautillait gauchement de-ci, de-là. A ce moment, je me sentis presque défaillir. Mais la peur terrible de rester privé de secours dans ce crépuscule reculé et épouvantable me donna des forces suffisantes pour regrimper sur la selle. »

CHAPITRE XV

LE RETOUR DE L'EXPLORATEUR

« Et c'est ainsi que je revins. Je dus rester pendant longtemps insensible sur la Machine. La succession clignotante des jours et des nuits reprit, le soleil resplendit à nouveau et le ciel redevint bleu. Je respirai plus aisément. Les contours flottants de la contrée crûrent et décrurent. Les aiguilles sur les cadrans tournaient à rebours. Enfin je vis à nouveau de vagues ombres de maisons, des traces de l'humanité décadente qui elles aussi changèrent et passèrent pendant que d'autres leur succédaient.

« Après quelque temps, lorsque le cadran des millions fut à zéro, je ralentis la vitesse et je pus reconnaître notre chétive architecture familière ; l'aiguille des milliers revint à son point de départ ; le jour et la nuit alternèrent plus lentement. Puis les vieux murs du laboratoire m'entourèrent. Alors, très doucement, je ralentis encore le mécanisme.

« J'observai un petit fait qui me sembla bizarre. Je crois vous avoir dit que lors de mon départ et avant que ma vitesse ne fût très grande, la femme de charge avait traversé la pièce comme une fusée, me semblait-il. A mon retour, je passai par cette minute exacte où elle avait traversé le laboratoire. Mais cette fois chacun de ses mouvements parut être exactement l'inverse des précédents. Elle entra par la porte du bas bout, glissa tranquillement à reculons à travers le laboratoire, et disparut derrière la porte par où elle était auparavant entrée. Un instant avant il m'avait semblé voir Hillyer ; mais il passa comme un éclair.

« Alors j'arrêtai la Machine, et je vis de nouveau autour de moi mon vieux laboratoire, mes outils, mes appareils tels que je les avais laissés ; je descendis de machine tout ankylosé et me laissai tomber sur un siège où, pendant quelques minutes, je fus secoué d'un violent tremblement. Puis je me calmai, heureux de retrouver intact, autour de moi, mon vieil atelier. J'avais dû sans doute m'endormir là, et tout cela n'avait été qu'un rêve.

« Et cependant, quelque chose était changé ! La Machine était partie du coin gauche de la pièce. Elle était maintenant à droite contre le mur où vous l'avez vue. Cela vous donne la distance exacte qui séparait la pelouse du piédestal du Sphinx Blanc dans lequel les Morlocks avaient porté la Machine.

« Pendant un temps, j'eus le cerveau engourdi ; puis je me levai et par le passage je vins jusqu'ici, boitant, mon talon étant toujours douloureux, et me sentant désagréablement crasseux. Sur la table près de la porte, je vis la *Pall Mall Gazette*, qui était bien datée d'aujourd'hui et pendant que je levais les yeux vers la pendule qui marquait presque huit heures, j'entendis vos voix et le bruit des couverts. J'hésitai — me sentant si faible et si souffrant. Alors je reniflai une bonne et saine odeur de viande et j'ouvris la porte. Vous savez le reste. Je fis ma toilette, dînai — et maintenant je vous ai conté mon histoire. »

CHAPITRE XVI

APRÈS LE RÉCIT

« Je sais, dit-il après une pause, que tout ceci est pour vous absolument incroyable ; mais pour moi, la seule chose incroyable est que je sois ici ce soir, dans ce vieux fumoir intime, heureux de voir vos figures amicales et vous racontant toutes ces étranges aventures. »

Il se tourna vers le Docteur :

« Non, dit-il, je ne m'attends pas à ce que vous me croyiez. Prenez mon récit comme une fiction — ou une prophétie. Dites que j'ai fait un rêve dans mon laboratoire ; que je me suis livré à des spéculations sur les destinées de notre race jusqu'à ce que j'aie machiné cette fiction. Prenez mon attestation comme une simple touche d'art destinée à en rehausser l'intérêt. Et, tout bien placé à ce point de vue, qu'en pensez-vous ? »

Il prit sa pipe et commença, à sa manière habituelle, à la taper nerveusement sur les barres du garde-feu. Il y eut un moment de silence. Puis les chaises se mirent à craquer et les pieds à racler le tapis. Je détournai mes yeux de la figure de notre ami et examinai ses auditeurs. Ils étaient tous dans l'ombre et des petites taches de couleur flottaient devant eux. Le Docteur semblait absorbé dans la contemplation de notre hôte. Le Rédacteur en chef regardait obstinément le bout de son cigare — le sixième. Le Journaliste tira sa montre. Les autres, autant que je me rappelle, étaient immobiles.

Le Rédacteur en chef se leva en soupirant.

« Quel malheur que vous ne soyez pas écrivain, dit-il, en posant sa main sur l'épaule de l'Explorateur.

— Vous croyez à mon histoire ?

— Mais…

— Je savais bien que non ! »

L'Explorateur se tourna vers nous.

« Où sont les allumettes ? » dit-il.

Il en craqua une et parlant entre chaque bouffée de sa pipe :

« A vrai dire… j'y crois à peine moi-même… Et cependant !… »

Ses yeux s'arrêtèrent avec une interrogation muette sur les fleurs blanches, fanées, qu'il avait jetées sur la petite table. Puis il regarda le dessus de celle de ses mains qui tenait sa pipe, et je remarquai qu'il examinait quelques cicatrices à moitié guéries, aux jointures de ses doigts.

Le Docteur se leva, vint vers la lampe et examina les fleurs.

« Le pistil est curieux », dit-il.

Le Psychologue se pencha aussi pour voir et étendit le bras pour atteindre l'autre spécimen.

« Diable ! mais il est une heure moins le quart, dit le Journaliste. Comment vais-je faire pour rentrer chez moi ?

— Il y a des voitures à la station, dit le Psychologue.

— C'est extrêmement curieux, dit le Docteur, mais j'ignore certainement à quel genre ces fleurs appartiennent. Puis-je les garder ? »

L'Explorateur hésita, puis soudain :

« Non certes !

— Où les avez-vous eues réellement ? » demanda le Docteur.

L'Explorateur porta la main à son front, et il parla comme quelqu'un qui cherche à retenir une idée qui lui échappe.

« Elles furent mises dans ma poche par Weena, pendant mon voyage. »

Il promena ses regards autour de la pièce.

« Du diable si je ne suis pas halluciné ! Cette pièce, vous tous, cette atmosphère de vie quotidienne, c'est trop pour ma mémoire. Ai-je jamais construit une Machine, ou un modèle de Machine à voyager dans le Temps ? Ou bien tout cela n'est-il qu'un rêve ! On dit que la vie est un rêve, un pauvre rêve, précieux parfois — mais je puis en subir un autre qui ne s'accorde pas. C'est de la folie. Et d'où m'est venu ce rêve ? Il faut que j'aille voir la Machine... si vraiment il y en a une ! »

Brusquement, il prit la lampe et s'engagea dans le corridor. Nous le suivîmes. Indubitablement, là, sous la clarté vacillante de la lampe, se trouvait la Machine, laide, d'aspect trapu et louche, faite de cuivre, d'ébène, d'ivoire et de quartz translucide et scintillant. Rigide au toucher — car j'avançai et essayai la solidité des barres — avec des taches brunes et des mouchetures sur l'ivoire, des brins d'herbe et de mousse adhérant encore aux parties inférieures et l'une des barres faussée.

L'Explorateur posa la lampe sur l'établi, et passa sa main au long de la barre endommagée.

« Parfait : l'histoire que je vous ai contée est donc vraie. Je suis fâché de vous avoir amenés ici au froid. »

Il reprit la lampe, et, dans un silence absolu, nous retournâmes au fumoir.

Il nous accompagna dans le vestibule quand nous partîmes, et il aida le Rédacteur en chef à remettre son pardessus. Le Docteur examinait sa figure et, avec une certaine hésitation, lui dit qu'il devait souffrir de surmenage, ce qui le fit rire de bon cœur. Je me le rappelle, debout sur le seuil, nous souhaitant bonne nuit.

Je pris une voiture avec le Rédacteur en chef, qui jugea l'histoire une superbe invention. Pour ma propre part, il m'était impossible d'arriver à une conclusion. Le récit était si fantastique et si incroyable, la façon de le dire si convaincante et si grave ! Je restai éveillé une partie de la nuit, ne cessant d'y penser, et décidai de retourner le lendemain voir notre voyageur.

Lorsque j'arrivai, on me dit qu'il était dans son laboratoire, et comme je connaissais les êtres, j'allai le trouver. Le laboratoire cependant était vide. J'examinai un moment la Machine et de la main je touchai à peine le levier ; aussitôt cette masse d'aspect solide et trapu s'agita comme un rameau secoué par le vent. Son instabilité me surprit extrêmement et j'eus le singulier souvenir des jours de mon enfance, quand on me défendait de toucher à rien. Je retournai par le corridor. Je rencontrai mon ami dans le fumoir. Il sortait de sa chambre. Sous un bras il avait un petit appareil photographique, et sous l'autre un petit sac de voyage. En m'apercevant, il se mit à rire et me tendit son coude en guise de poignée de main.

« Je suis, dit-il, extrêmement occupé avec cette Machine.

— Ce n'est donc pas une mystification ? dis-je. Vous parcourez vraiment les âges ?

— Oui, réellement et véritablement. »

Il me fixa franchement dans les yeux. Soudain, il hésita. Ses regards errèrent par la pièce.

« J'ai besoin d'une demi-heure seulement, dit-il ; je sais pourquoi vous êtes venu, et c'est gentil à vous. Voici quelques revues. Si vous voulez rester à déjeuner, je vous rapporterai des preuves de mes explorations, spécimens et tout le reste, et vous serez plus que convaincu ; si vous voulez m'excuser de vous laisser seul un moment. »

Je consentis, comprenant alors à peine toute la portée de ses paroles, et, avec un signe de tête amical, il s'en alla par le corridor. J'entendis la porte du laboratoire se refermer, m'installai dans un fauteuil et entrepris la lecture d'un quotidien. Qu'allait-il faire avant l'heure du déjeuner ? Puis tout à coup, un nom dans une annonce me rappela que j'avais promis à Richardson, l'éditeur, un rendez-vous. Je me levai pour aller prévenir mon ami.

Au moment où j'avais la main sur la poignée de la porte, j'entendis une exclamation bizarrement inachevée, un cliquetis et un coup sourd. Une rafale d'air tourbillonna autour de moi, comme je poussais la porte, et de l'intérieur vint un bruit de verre cassé tombant sur le plancher. Mon voyageur n'était pas là. Il me sembla pendant un moment apercevoir une forme fantomatique et indistincte, assise dans une masse tourbillonnante, noire et jaune — une forme si transparente que la table derrière elle, avec ses feuilles de dessin, était absolument distincte ; mais cette fantasmagorie s'évanouit pendant que je me frottais les yeux. La Machine aussi était partie. A part un reste de poussière en mouvement, l'autre extrémité du laboratoire était vide. Un panneau du châssis vitré venait apparemment d'être renversé.

Je fus pris d'une terreur irraisonnée. Je sentais qu'une chose étrange s'était passée, et je ne pouvais pour l'instant distinguer quelle chose étrange. Tandis que je restais là, interdit, la porte du jardin s'ouvrit et le domestique parut. Nous nous regardâmes, et les idées me revinrent.

« Est-ce que votre maître est sorti par là ? dis-je.

— Non, monsieur, personne n'est sorti par là. Je croyais trouver Monsieur ici. »

Alors je compris. Au risque de désappointer Richardson, j'attendis le retour de mon ami ; j'attendis le second récit, peut-être plus étrange encore, et les spécimens et les photographies qu'il rapporterait sûrement. Mais je commence à craindre maintenant qu'il ne me faille attendre toute la vie. L'Explorateur du Temps disparut il y a trois ans, et, comme tout le monde le sait maintenant, il n'est jamais revenu.

CHAPITRE XVII

ÉPILOGUE

On ne peut s'empêcher de faire des conjectures. Reviendra-t-il jamais ? Il se peut qu'il se soit aventuré dans le passé et soit tombé parmi les sauvages chevelus et buveurs de sang de l'âge de pierre ; dans les abîmes de la mer crétacée ; ou parmi les sauriens gigantesques, les immenses reptiles de l'époque jurassique. Il est peut-être maintenant — si je puis employer cette phrase — en train d'errer sur quelque écueil oolithique peuplé de plésiosaures, ou aux bords désolés des mers salines de l'âge triasique. Ou bien, alla-t-il vers l'avenir, vers des âges prochains, dans lesquels les hommes sont encore des hommes, mais où les énigmes de notre époque et ses problèmes pénibles sont résolus ? Dans la maturité de la race : car, pour ma propre part, je ne puis croire que ces récentes périodes de timides expérimentations, de théories fragmentaires et de discorde mutuelle soient le point culminant où doive atteindre l'homme. Je dis : pour ma propre part. Lui, je le sais — car la question avait été débattue

entre nous longtemps avant qu'il inventât sa
Machine —, avait des idées décourageantes sur le
Progrès de l'Humanité, et il ne voyait dans les
successives transformations de la civilisation
qu'un entassement absurde destiné, à la fin, à
retomber et à détruire ceux qui l'avaient construite. S'il en est ainsi, il nous reste de vivre
comme s'il en était autrement. Mais pour moi,
l'avenir est encore obscur et vide ; il est une vaste
ignorance, éclairée, à quelques endroits acciden-
tels, par le souvenir de son récit. Et j'ai conservé,
pour mon réconfort, deux étranges fleurs
blanches — recroquevillées maintenant, brunies,
sèches et fragiles —, pour témoigner que lorsque
l'intelligence et la force eurent disparu, la gratitude et une tendresse mutuelle survécurent
encore dans le cœur de l'homme et de la femme.

L'ÎLE
DU DOCTEUR MOREAU

CHAPITRE PREMIER

UNE MÉNAGERIE À BORD

Je demeurai affalé sur l'un des bancs de rameurs du petit canot pendant je ne sais combien de temps, songeant que, si j'en avais seulement la force, je boirais de l'eau de mer pour devenir fou et mourir plus vite. Tandis que j'étais ainsi étendu, je vis, sans y attacher plus d'intérêt qu'à une image quelconque, une voile venir vers moi du bord de la ligne d'horizon. Mon esprit devait, sans doute, battre la campagne, et cependant je me rappelle fort distinctement tout ce qui arriva. Je me souviens du balancement infernal des flots, qui me donnait le vertige, et de la danse continuelle de la voile à l'horizon ; j'avais aussi la conviction absolue d'être déjà mort, et je pensais, avec une amère ironie, à l'inutilité de ce secours qui arrivait trop tard — et de si peu — pour me trouver encore vivant.

Pendant un espace de temps qui me parut interminable, je restai sur ce banc, la tête contre le bordage, à regarder s'approcher la goélette secouée et balancée. C'était un petit bâtiment,

gréé de voiles latines, qui courait de larges
bordées, car il allait en plein contre le vent. Il ne
me vint pas un instant l'idée d'essayer d'attirer
son attention, et, depuis le moment où j'aperçus
distinctement son flanc et celui où je me retrouvai
dans une cabine d'arrière, je n'ai que des souvenirs confus. Je garde encore une vague impression
d'avoir été soulevé jusqu'au passavant, d'avoir vu
une grosse figure rubiconde, pleine de taches de
rousseur et entourée d'une chevelure et d'une
barbe rouges, qui me regardait du haut de la
passerelle ; d'avoir vu aussi une autre face très
brune avec des yeux extraordinaires tout près des
miens ; mais jusqu'à ce que je les eusse revus, je
crus à un cauchemar. Il me semble qu'on dut
verser, peu après, quelque liquide entre mes dents
serrées, et ce fut tout.

Je restai sans connaissance pendant fort longtemps. La cabine dans laquelle je me réveillai
enfin était très étroite et plutôt malpropre. Un
homme assez jeune, les cheveux blonds, la mous-
tache jaune hérissée, la lèvre inférieure tombante
était assis auprès de moi et tenait mon poignet.
Un instant, nous nous regardâmes sans parler. Ses
yeux étaient gris, humides, et sans expression.

Alors, juste au-dessus de ma tête, j'entendis un
bruit comme celui d'une couchette de fer qu'on
remue, et le grognement sourd et irrité de quelque grand animal. En même temps, l'homme
parla. Il répéta sa question.

« Comment vous sentez-vous maintenant ? »

Je crois que je répondis me sentir bien. Je ne pouvais comprendre comment j'étais venu là, et l'homme dut lire dans mes yeux la question que je ne parvenais pas à articuler.

« On vous a trouvé dans une barque — mourant de faim. Le bateau s'appelait la *Dame Altière* et il y avait des taches bizarres sur le plat-bord. »

A ce moment, mes regards se portèrent sur mes mains : elles étaient si amaigries qu'elles ressemblaient à des sacs de peau sale pleins d'os ; à cette vue, tous mes souvenirs me revinrent.

« Prenez un peu de ceci », dit-il, et il m'administra une dose d'une espèce de drogue rouge et glacée. « Vous avez de la chance d'avoir été recueilli par un navire qui avait un médecin à bord. »

Il s'exprimait avec un défaut d'articulation, une sorte de zézaiement.

« Quel est ce navire ? proférai-je lentement et d'une voix que mon long silence avait rendue rauque.

— C'est un petit caboteur d'Arica et de Callao. Il s'appelle la *Chance Rouge*. Je n'ai pas demandé de quel pays il vient : sans doute du pays des fous. Je ne suis moi-même qu'un passager, embarqué à Arica. »

Le bruit recommença au-dessus de ma tête, mélange de grognements hargneux et d'intonations humaines. Puis une voix intima à un « triple idiot » l'ordre de se taire.

« Vous étiez presque mort, reprit mon interlo-

cuteur ; vous l'avez échappé belle. Mais maintenant je vous ai remis un peu de sang dans les
veines. Sentez-vous une douleur aux bras ? Ce
sont des injections. Vous êtes resté sans connaissance pendant près de trente heures. »

Je réfléchissais lentement. Tout à coup, je fus
tiré de ma rêverie par les aboiements d'une meute
de chiens.

« Puis-je reprendre un peu de nourriture
solide ? demandai-je.

— Grâce à moi ! répondit-il. On vous fait
cuire du mouton.

— C'est cela, affirmai-je avec assurance, je
mangerai bien un peu de mouton.

— Mais, continua-t-il avec une courte hésitation, je meurs d'envie de savoir comment il se fait
que vous vous soyez trouvé seul dans cette
barque. »

Je crus voir dans ses yeux une certaine expression soupçonneuse.

« Au diable ces hurlements ! »

Et il sortit précipitamment de la cabine.

Je l'entendis disputer violemment avec quelqu'un qui me parut lui répondre en un baragouin
inintelligible. Le débat sembla se terminer par des
coups, mais en cela je crus que mes oreilles se
trompaient. Puis le médecin se mit à crier après
les chiens et s'en revint vers la cabine.

« Eh bien, dit-il dès le seuil, vous commenciez à
me raconter votre histoire. »

Je lui appris d'abord que je m'appelais Edward

Prendick et que je m'occupais beaucoup d'histoire naturelle pour échapper à l'ennui des loisirs que me laissaient ma fortune relative et ma position indépendante. Ceci sembla l'intéresser.

« Moi aussi, j'ai fait des sciences, avoua-t-il. J'ai fait des études de biologie à l'University College de Londres, extirpant l'ovaire des lombrics et les organes des escargots. Eh ! oui, il y a dix ans de cela. Mais continuez... continuez... dites-moi pourquoi vous étiez dans ce bateau. »

Je lui racontai le naufrage de la *Dame Altière*, la façon dont je pus m'échapper dans la yole avec Constans et Helmar, la dispute au sujet du partage des rations, et comment mes deux compagnons tombèrent par-dessus bord en se battant.

La franchise avec laquelle je lui dis mon histoire parut le satisfaire. Je me sentais horriblement faible, et j'avais parlé en phrases courtes et concises. Quand j'eus fini, il se remit à causer d'histoire naturelle et de ses études biologiques. Selon toute probabilité, il avait dû être un très ordinaire étudiant en médecine et il en vint bientôt à parler de Londres et des plaisirs qu'on y trouve ; il me conta même quelques anecdotes.

« J'ai laissé tout cela il y a dix ans. On était jeune alors et on s'amusait ! Mais j'ai trop fait la bête... A vingt et un ans, j'avais tout mangé. Je peux dire que c'est bien différent maintenant... Mais il faut que j'aille voir ce que cet imbécile de cuisinier fait de votre mouton. »

Le grognement, au-dessus de ma tête, reprit

d'une façon si soudaine et avec une si sauvage colère que je tressaillis.

« Qu'est-ce qu'il y a donc ? » criai-je ; mais la porte était fermée.

Il revint bientôt avec le mouton bouilli, et l'odeur appétissante me fit oublier de le questionner sur les cris de bête que j'avais entendus.

Après une journée de repos et de sommes alternés, je repris un peu des forces perdues pendant ces huit jours d'inanition et de fièvre, et je pus aller de ma couchette jusqu'au hublot et voir les flots verts lutter de vitesse avec nous. Je jugeai que la goélette courait sous le vent. Montgomery — c'était le nom du médecin blond — entra comme j'étais là, debout, et je lui demandai mes vêtements. Ceux avec lesquels j'avais échappé au naufrage, me dit-il, avaient été jetés par-dessus bord. Il me prêta un costume de coutil qui lui appartenait, mais, comme il avait les membres très longs et une certaine corpulence, son vêtement était un peu trop grand pour moi.

Il se mit à parler de choses et d'autres et m'apprit que le capitaine était aux trois quarts ivre dans sa cabine. En m'habillant, je lui posai quelques questions sur la destination du navire. Il répondit que le navire allait à Hawaii, mais qu'il devait débarquer avant cela.

« Où ? demandai-je.

— Dans une île... où j'habite. Autant que je le sais, elle n'a pas de nom. »

Il me regarda, la lèvre supérieure pendante, et

avec un air tout à coup si stupide que je me figurai que ma question le gênait.

« Je suis prêt », fis-je, et il sortit le premier de la cabine.

Au capot de l'échelle, un homme nous barrait le passage. Il était debout sur les dernières marches, passant la tête par l'écoutille. C'était un être difforme, court, épais et gauche, le dos arrondi, le cou poilu et la tête enfoncée entre les épaules. Il était vêtu d'un costume de serge bleu foncé. J'entendis les chiens grogner furieusement et aussitôt l'homme descendit à reculons ; je le repoussai pour éviter d'être bousculé et il se retourna avec une vivacité tout animale.

Sa face noire, que j'apercevais ainsi soudainement, me fit tressaillir. Elle se projetait en avant d'une façon qui faisait penser à un museau, et son immense bouche à demi ouverte montrait deux rangées de dents blanches plus grandes que je n'en avais jamais vu dans aucune bouche humaine. Ses yeux étaient injectés de sang, avec un cercle de blanc extrêmement réduit autour des pupilles fauves. Il y avait sur toute cette figure une bizarre expression d'inquiétude et de surexcitation.

« Que le diable l'emporte ! Il est toujours dans le chemin », dit Montgomery.

L'homme s'écarta sans un mot. Je montai jusqu'au capot, suivant des yeux malgré moi l'étrange face. Montgomery resta en bas un instant.

« Tu n'as rien à faire ici. Ta place est à l'avant, dit-il d'un ton autoritaire.

— Euh !… Euh !… Ils… ne veulent pas de moi à l'avant », balbutia l'homme à la face noire, en tremblant. Il parlait lentement, avec quelque chose de rauque dans la voix.

« Ils ne veulent pas de toi à l'avant ! Mais je te commande d'y aller, moi ! » cria Montgomery sur un ton menaçant.

Il était sur le point d'ajouter quelque chose, lorsque, m'apercevant, il me suivit sur l'échelle. Je m'étais arrêté, le corps à demi passé par l'écoutille, contemplant et observant encore, avec une surprise extrême, la grotesque laideur de cet être. Je n'avais jamais vu de figure aussi extraordinairement répulsive, et cependant — si cette contradiction est admissible — je subis en même temps l'impression bizarre que j'avais déjà dû remarquer, je ne sais où, les mêmes traits et les mêmes gestes qui m'interloquaient maintenant. Plus tard, il me revint à l'esprit que je l'avais probablement vu tandis qu'on me hissait à bord et cela, néanmoins, ne parvint pas à satisfaire le soupçon que je conservais d'une rencontre antérieure. Mais qui donc, ayant une fois aperçu une face aussi singulière, pourrait oublier dans quelles circonstances ce fut ?

Le mouvement que fit Montgomery pour me suivre détourna mon attention, et mes yeux se portèrent sur le pont de la petite goélette. Les bruits que j'avais entendus déjà m'avaient à demi

préparé à ce qui s'offrait à mes regards. Certainement je n'avais jamais vu de pont aussi mal tenu ;
il était entièrement jonché d'ordures et d'immon-
dices indescriptibles. Une meute hurlante de
chiens courants était liée au grand mât avec des
chaînes, et ils se mirent à aboyer et à bondir vers
moi. Près du mât de misaine, un grand puma était
allongé au fond d'une cage de fer beaucoup trop
petite pour qu'il pût y tourner à l'aise. Plus loin,
contre le bastingage de tribord, d'immenses
caisses grillagées contenaient une quantité de
lapins, et à l'avant un lama solitaire était resserré
entre les parois d'une cage étroite. Les chiens
étaient muselés avec des lanières de cuir. Le seul
être humain qui fût sur le pont était un marin
maigre et silencieux, tenant la barre.

Les brigantines, sales et rapiécées, s'enflaient
sous le vent et le petit bâtiment semblait porter
toutes ses voiles. Le ciel était clair ; le soleil
descendait vers l'ouest ; de longues vagues, que
le vent coiffait d'écume, luttaient de vitesse
avec le navire. Passant près de l'homme de barre,
nous allâmes à l'arrière, et, appuyés sur la lisse
de couronnement, nous regardâmes, côte à côte,
pendant un instant, l'eau écumer contre la
coque de la goélette et les bulles énormes
danser et disparaître dans son sillage. Je me
retournai vers le pont encombré d'animaux et
d'ordures.

« C'est une ménagerie océanique ? dis-je.

— On le croirait, répondit Montgomery.

— Qu'est-ce qu'on veut faire de ces bêtes ?
Est-ce une cargaison ? Le capitaine pense-t-il
pouvoir les vendre aux naturels du Pacifique ?

— On le dirait, n'est-ce pas ? » fit encore
Montgomery, et il se retourna vers le sillage.

Tout à coup, nous entendîmes un jappe-
ment suivi de jurons furieux qui venaient de
l'écoutille, et l'homme difforme à la face noire
sortit précipitamment sur le pont. A sa vue,
les chiens, qui s'étaient tus, las d'aboyer après
moi, semblèrent pris de fureur, se mirent à
hurler et à gronder en secouant violemment
leurs chaînes. Le noir eut un instant d'hésitation devant eux, et cela permit à l'homme
aux cheveux rouges qui le poursuivait de lui
assener un terrible coup de poing entre les
épaules. Le pauvre diable tomba comme un
bœuf assommé et alla rouler sur les ordures,
parmi les chiens furieux. Il était heureux pour
lui qu'ils fussent muselés. L'homme aux cheveux rouges, qui était vêtu d'un costume de
serge malpropre, poussa alors un rugissement
de joie et resta là, titubant et en grand danger, me sembla-t-il, de tomber en arrière dans
l'écoutille, ou de choir en avant sur sa victime.

Au moment où le second homme avait paru
Montgomery avait violemment tressailli.

« Hé ! là-bas », cria-t-il d'un ton sec.

Deux matelots parurent sur le gaillard d'avant.

Le noir, qui poussait des hurlements bizarres,

se convulsait entre les pattes des chiens, sans que nul vînt à son secours. Les bêtes furieuses faisaient tous leurs efforts pour pouvoir le mordre entre les courroies des muselières. Leurs corps gris et souples se mêlaient en une lutte confuse par-dessus le noir qui se roulait en tous sens. Les deux matelots regardaient la scène comme si cela eût été un divertissement sans pareil. Montgomery laissa échapper une exclamation de colère et s'avança vers la meute.

A ce moment, le noir s'était relevé et gagnait l'avant en chancelant. Il se cramponna au bastingage, près des haubans de misaine, regardant les chiens par-dessus son épaule. L'homme aux cheveux rouges riait d'un gros rire satisfait.

« Dites donc, capitaine, ces manières-là ne me vont pas », dit Montgomery en secouant l'homme roux par le bras.

J'étais derrière le médecin. Le capitaine se tourna et regarda son interlocuteur avec les yeux mornes et solennels d'un ivrogne.

« Quoi ?... Qu'est-ce qui... ne vous va pas ? demanda-t-il... sale rebouteur ! Sale scieur d'os ! » ajouta-t-il, après avoir un instant fixé Montgomery d'un air endormi.

Il essaya de dégager son bras, mais après deux essais inutiles, il enfonça dans les poches de sa vareuse ses grosses pattes rousses.

« Cet homme est un passager, continua Montgomery, et je vous conseille de ne pas lever la main sur lui.

— Allez au diable ! hurla le capitaine. Je fais ce que je veux sur mon navire. »

Il tourna les talons, voulant gagner le bastingage.

Je pensais que Montgomery, le voyant ivre, allait le laisser, mais il devint seulement un peu plus pâle et suivit le capitaine.

« Vous entendez bien, capitaine, insista-t-il, je ne veux pas qu'on maltraite cet homme. Depuis qu'il est à bord, on n'a cessé de le brutaliser. »

Les fumées de l'alcool empêchèrent un instant le capitaine de répondre.

« Sale rebouteur ! » fut tout ce qu'il crut nécessaire de répliquer enfin.

Je vis bien que Montgomery avait fort mauvais caractère, et que cette querelle devait couver depuis longtemps.

« Cet homme est ivre, vous n'obtiendrez rien », dis-je un peu officieusement.

Montgomery fit faire une affreuse contorsion à sa lèvre pendante.

« Il est toujours ivre. Pensez-vous que ce soit une excuse pour assommer ses passagers ?

— Mon navire, commença le capitaine avec des gestes peu sûrs pour montrer les cages, mon navire était un bâtiment propre... Regardez-le maintenant. (Il était certainement rien moins que propre.) Mon équipage était propre et honorable...

— Vous avez accepté de prendre ces animaux.

— Je voudrais bien n'avoir jamais aperçu votre

île infernale. Que diable a-t-on besoin... de bêtes dans une île comme celle-là ? Et puis, votre domestique... j'avais cru que c'était un homme... mais c'est un fou... Il n'a rien à faire à l'arrière. Pensez-vous que tout le maudit bateau vous appartienne ?

— Depuis le premier jour, vos matelots n'ont pas cessé de brutaliser le pauvre diable.

— Oui ! c'est bien ce qu'il est... un diable, un ignoble diable... Mes hommes ne peuvent pas le sentir. Moi, je ne peux pas le voir. Personne ne peut le supporter. Ni vous non plus. »

Montgomery l'interrompit.

« N'importe, *vous*, vous devez laisser cet homme tranquille. »

Il accentuait ses paroles par d'énergiques hochements de tête ; mais le capitaine maintenant semblait vouloir continuer la querelle. Il éleva la voix.

« S'il revient encore par ici, je lui crève la panse. Oui, je lui crèverai sa maudite panse. Qui êtes-vous, *vous*, pour me donner des ordres, à *moi* ? Je suis le capitaine, et le navire m'appartient. Je suis la loi ici, vous dis-je — la loi et les prophètes. Il a été convenu que je mènerais un homme et son domestique à Arica et que je les ramènerais avec quelques animaux. Mais je n'avais pas fait marché de transporter un maudit idiot et un scieur d'os, un sale rebouteur, un... »

Mais peu importent les injures qu'il adressa à Montgomery. Je vis ce dernier faire un pas en avant, et je m'interposai :

« Il est ivre », dis-je.

Le capitaine vociférait des invectives de plus en plus grossières.

« Assez ! hein ? » fis-je en me tournant vivement vers lui, car j'avais vu le danger dans les yeux et dans la pâle figure de Montgomery, mais je réussis seulement à attirer sur moi l'averse d'injures.

J'étais heureux néanmoins d'avoir, au prix même de l'inimitié de l'ivrogne, écarté le péril d'une rixe. Je ne crois pas avoir entendu jamais autant de basses grossièretés couler en un flot continu des lèvres d'un homme, bien que j'aie, au cours de mes pérégrinations, fréquenté des compagnies pas mal excentriques. Il fut parfois si outrageant qu'il m'était difficile de rester calme — bien que je sois d'un caractère paisible. Mais, à coup sûr, en disant au capitaine de se taire, j'avais oublié que je n'étais guère qu'une épave humaine, privée de toutes ressources, et n'ayant pas payé mon passage — que je dépendais simplement de la générosité — ou de l'esprit spéculatif — du patron du bâtiment. Il sut me le rappeler avec une remarquable énergie.

Mais, en tous les cas, j'avais évité la rixe.

CHAPITRE II

MONTGOMERY PARLE

Au coucher du soleil, ce soir-là, on arriva en vue de terre, et la goélette se prépara à aborder. Montgomery m'annonça que cette île, l'île sans nom, était sa destination. Nous étions trop loin encore pour en distinguer les côtes : j'apercevais simplement une bande basse de bleu sombre dans le gris bleu incertain de la mer. Une colonne de fumée presque verticale montait vers le ciel.

Le capitaine n'était pas sur le pont quand la vigie annonça : terre ! Après avoir donné libre cours à sa colère, il était redescendu en titubant jusqu'à sa cabine et il s'était rendormi sur le plancher. Le second prit le commandement. C'était l'individu taciturne et maigre que nous avions vu à la barre et il paraissait, lui aussi, en fort mauvais termes avec Montgomery. Il ne faisait jamais la moindre attention à nous. Nous dînâmes avec lui, dans un silence maussade, après que j'eus inutilement essayé d'engager la conversation. Je m'aperçus aussi que les hommes d'équipage regardaient mon compagnon et ses animaux d'une manière singulièrement hostile. Montgomery était plein de réticences quand je l'interrogeai sur sa destination et sur ce qu'il voulait faire de ces bêtes ; mais bien que ma curiosité ne fît qu'augmenter, je n'insistai pas.

Nous restâmes à causer sur le tillac jusqu'à ce que le ciel fût criblé d'étoiles. La nuit était très tranquille, et troublée seulement par un bruit passager sur le gaillard d'avant ou quelques mouvements des animaux. Le puma, ramassé au fond de sa cage, nous observait avec ses yeux brillants, et les chiens étaient endormis. Nous allumâmes un cigare.

Montgomery se mit à me causer de Londres, sur un ton de demi-regret, me posant toute sorte de questions sur les changements récents. Il parlait comme un homme qui avait aimé la vie qu'il avait menée et qu'il avait dû quitter soudain et irrévocablement. Je lui répondais de mon mieux, en bavardant de choses et d'autres, et pendant ce temps tout ce qu'il y avait en lui d'étrange commençait à m'apparaître clairement. Tout en causant, j'examinais sa figure blême et bizarre, aux faibles lueurs de la lanterne de l'habitacle, qui éclairait la boussole et le compas de route. Puis mes yeux cherchèrent sur la mer obscure sa petite île cachée dans les ténèbres.

Cet homme, me semblait-il, était sorti de l'immensité, simplement pour me sauver la vie. Demain il quitterait le navire, et disparaîtrait de mon existence. Même en des circonstances plus

banales, cela m'aurait rendu quelque peu pensif ;
mais il y avait ici, tout d'abord, la singularité d'un
homme d'éducation vivant dans cette petite île
inconnue et ensuite, s'ajoutant à cela, l'extraordinaire nature de son bagage. Je me répétais la
question du capitaine : Que voulait-il faire de ces
animaux ? Pourquoi, aussi, lorsque j'avais fait
mes premières remarques sur cette cargaison,
avait-il prétendu qu'elle ne lui appartenait pas ?
Puis encore il y avait dans l'aspect de son
domestique quelque chose de bizarre qui
m'impressionnait vivement. Tous ces détails
enveloppaient cet homme d'une brume mystérieuse : ils s'emparaient de mon imagination et
me gênaient pour l'interroger.

Vers minuit, notre conversation sur Londres
s'épuisa, et nous demeurâmes coude à coude,
penchés sur le bastingage, les yeux errant rêveuse-
ment sur la mer étoilée et silencieuse, chacun
suivant ses pensées. C'était une excellente occasion de sentimentaliser et je me mis à causer de
ma reconnaissance.

« Vous me laisserez bien dire que vous m'avez
sauvé la vie.

— Le hasard, répondit-il ; rien que le hasard.

— Je préfère, quand même, adresser mes
remerciements à celui qui en est l'instrument.

— Ne remerciez personne. Vous aviez besoin
de secours ; j'avais le savoir et le pouvoir. Je vous
ai soigné et soutenu de la même façon que j'aurais
recueilli un spécimen rare. Je m'ennuyais consi-

dérablement et je sentais la nécessité de m'occuper. Si j'avais été dans un de mes jours d'inertie,
ou si votre figure ne m'avait pas plu, eh bien !... je
me demande où vous seriez maintenant. »

Ces paroles calmèrent quelque peu mes dispositions.

« En tout cas..., commençai-je.

— C'est pure chance, je vous affirme, inter-
rompit-il, comme tout ce qui arrive dans la vie
d'un homme. Il n'y a que les imbéciles qui ne le
voient pas. Pourquoi suis-je ici, maintenant —
proscrit de la civilisation —, au lieu d'être un
homme heureux et de jouir de tous les plaisirs de
Londres ? Tout simplement, parce que, il y a onze
ans, par une nuit de brouillard, j'ai perdu la tête
pendait dix minutes. »

Il s'arrêta.

« Vraiment ? dis-je.

— C'est tout. »

Nous retombâmes dans le silence. Soudain, il
se mit à rire.

« Il y a quelque chose, dans cette nuit étoilée,
qui vous délie la langue. Je sais bien que c'est
imbécile, mais cependant il me semble que j'aime-
rais vous raconter...

— Quoi que vous me disiez, vous pouvez
compter que je garderai pour moi... Si c'est là ce
que... »

Il était sur le point de commencer, mais il
secoua la tête d'un air de doute.

« Ne dites rien, continuai-je, peu m'importe.

Après tout, il vaut mieux garder votre secret. Vous ne gagnerez qu'un mince soulagement si j'accepte votre confidence. Sinon... ma foi ?... »

Il marmotta quelques mots indécis. Je sentais que je le prenais à son désavantage, que je l'avais surpris dans une disposition à l'épanchement, et, à dire vrai, je n'étais pas curieux de savoir ce qui avait pu amener si loin de Londres un étudiant en médecine. J'ai aussi une imagination. Je haussai les épaules et m'éloignai. Sur la lisse de poupe, était penchée une forme noire et silencieuse, regardant fixement les vagues. C'était l'étrange domestique de Montgomery. Quand j'approchai, il jeta un rapide coup d'œil par-dessus son épaule, puis reprit sa contemplation.

Cela vous paraîtra sans doute une chose insignifiante, mais j'en fus néanmoins fort vivement frappé. La seule lumière qu'il y eût près de nous était la lanterne de la boussole. La figure de cette créature se tourna, l'espace d'une seconde, de l'obscurité du tillac vers la clarté de la lanterne, et je vis alors que les yeux qui me regardaient brillaient d'une pâle lueur verte.

Je ne savais pas, alors, qu'une luminosité rougeâtre n'est pas rare dans les yeux humains, et ce reflet vert me parut être absolument inhumain. Cette face noire avec ses yeux de feu, bouleversa toutes mes pensées et mes sentiments d'adulte, et pendant un moment les terreurs oubliées de mon enfance envahirent mon esprit. Puis l'effet se passa comme il était venu. Je ne voyais plus qu'une bizarre forme noire, accoudée sur la lisse du couronnement, et j'entendis Montgomery qui me parlait.

« Je pense qu'on pourrait rentrer, disait-il, si vous en avez assez. »

Je lui fis une réponse imprécise et nous descendîmes. A la porte de ma cabine, il me souhaita bonne nuit.

Pendant mon sommeil, j'eus quelques rêves fort désagréables. La lune décroissante se leva tard. Sa clarté jetait à travers ma cabine un pâle et fantomatique rayon qui dessinait des ombres sinistres. Puis les chiens s'éveillèrent et se mirent à aboyer et à hurler, de sorte que mon sommeil fut agité de cauchemars et que je ne pus guère vraiment dormir qu'à l'approche du jour.

CHAPITRE III

L'ABORDAGE DANS L'ÎLE

Au petit matin — c'était le second jour après mon retour à la vie, et le quatrième après que j'avais été recueilli par la goélette — je m'éveillai au milieu de rêves tumultueux, rêves de canons et de multitudes hurlantes, et j'entendis, au-dessus de moi, des cris enroués et rauques. Je me frottai les yeux, attentif à ces bruits et me demandant encore dans quel lieu je pouvais bien me trouver. Puis il y eut un trépignement de pieds nus, des chocs d'objets pesants que l'on remuait, un craquement violent et un cliquetis de chaînes. J'entendis le tumulte des vagues contre la goélette qui virait de bord et un flot d'écume d'un vert jaunâtre vint se briser contre le petit hublot rond qui ruissela. Je passai mes vêtements en hâte et montai sur le pont.

En arrivant à l'écoutille, j'aperçus contre le ciel rose — car le soleil se levait — le dos large et la tête rousse du capitaine, et, par-dessus son épaule, la cage du puma se balançant à une poulie attachée à la bôme de misaine. La pauvre bête semblait horriblement effrayée et se blottissait au fond de sa petite cage.

« Par-dessus bord, par-dessus bord, toute cette vermine ! braillait le capitaine. Le navire va être propre maintenant, bon Dieu, le navire va bientôt être propre ! »

Il me barrait le passage, de sorte que, pour arriver sur le pont, il me fallut lui mettre la main sur l'épaule. Il se retourna en sursautant, et tituba en arrière de quelques pas pour mieux me voir. Il ne fallait pas être bien expert pour affirmer que l'homme était encore ivre.

« Tiens ! tiens ! » fit-il, avec un air stupide.

Puis une lueur passa dans ses yeux.

« Mais... c'est Mister... Mister... ?

— Prendick, lui dis-je.

— Au diable avec Prendick ! s'exclama-t-il. Fermez ça, voilà votre nom. Mister Fermez-ça ! »

Il ne valait pas la peine de répondre à cette brute, mais je ne m'attendais certes pas au tour qu'il allait me jouer. Il étendit sa main vers le passavant auprès duquel Montgomery causait avec un personnage de haute taille, aux cheveux blancs, vêtu de flanelle bleue et sale, et qui, sans doute, venait d'arriver à bord.

« Par là ! Espèce de Fermez-ça ! Par là ! » rugissait le capitaine.

Montgomery et son compagnon, entendant ses cris, se retournèrent.

« Que voulez-vous dire ? demandai-je.

— Par là ! Espèce de Fermez-ça — voilà ce que je veux dire. Par-dessus bord, Mister Fermez-ça ! — et vite ! On déblaie et on nettoie ! On débarrasse mon bienheureux navire, et *vous*, vous allez passer par-dessus bord. »

Je le regardais, stupéfait. Puis il me vint à l'idée que c'était justement ce que je demandais. La perspective d'une traversée à faire comme seul passager en compagnie de cette brute irascible n'était guère tentante. Je me tournai vers Montgomery.

« Nous ne pouvons vous prendre, répondit sèchement son compagnon.

— Vous ne pouvez me prendre ? » répétai-je, consterné.

Cet homme avait la figure la plus volontaire et la plus résolue que j'aie jamais rencontrée.

« Dites donc ? commençai-je, en me tournant vers le capitaine.

— Par-dessus bord ! répondit l'ivrogne. Mon navire n'est pas pour les bêtes, ni pour des gens pires que des bêtes. Vous passerez par-dessus bord ! Mister Fermez-ça ! S'ils ne veulent pas de vous, on vous laissera à la dérive. Mais n'importe comment, vous débarquez — avec vos amis. On ne m'y verra plus dans cette maudite île. Amen ! J'en ai assez !

— Mais, Montgomery... » implorai-je.

Il tordit sa lèvre inférieure, hocha la tête en indiquant le grand vieillard, pour me dire son impuissance à me sauver.

« Attendez ! je vais m'occuper de vous », dit le capitaine.

Alors commença un curieux débat à trois. Je m'adressai alternativement aux trois hommes, d'abord au personnage à cheveux blancs pour qu'il me permît d'aborder, puis au capitaine ivrogne pour qu'il me gardât à bord, et aux matelots eux-mêmes. Montgomery ne desserrait pas les dents et se contentait de hocher la tête.

« Je vous dis que vous passerez par-dessus bord ! Au diable la loi ! Je suis maître ici ! » répétait sans cesse le capitaine.

Enfin, je m'arrêtai court aux violentes menaces commencées, et me réfugiai à l'arrière, ne sachant plus que faire.

Pendant ce temps, l'équipage procédait avec rapidité au débarquement des caisses, des cages et des animaux. Une large chaloupe, gréée en lougre, se tenait sous l'écoute de la goélette, et on y empilait l'étrange ménagerie. Je ne pouvais voir alors ceux qui recevaient les caisses, car la coque de la chaloupe m'était dissimulée par le flanc de notre bâtiment.

Ni Montgomery, ni son compagnon ne faisaient la moindre attention à moi ; ils étaient fort occupés à aider et à diriger les matelots qui déchargeaient leur bagage. Le capitaine s'en mêlait aussi, mais fort maladroitement.

Il me venait alternativement à l'idée les résolutions les plus téméraires et les plus désespérées. Une fois ou deux, en attendant que mon sort se

décidât, je ne pus m'empêcher de rire de ma
misérable perplexité. Je n'avais encore rien pris, et
cela me rendait malheureux, plus malheureux
encore. La faim et l'absence d'un certain nombre
de corpuscules du sang suffisent à enlever tout
courage à un homme. Je me rendais bien compte
que je n'avais pas les forces nécessaires pour
résister au capitaine qui voulait m'expulser, ni
pour m'imposer à Montgomery et à son compagnon. Aussi, attendis-je passivement le tour que
prendraient les événements — et le transfert de la
cargaison de Montgomery dans la chaloupe
continuait comme si je n'avais pas existé.

Bientôt le transbordement fut terminé. Alors,
je fus traîné, en n'opposant qu'une faible résistance, jusqu'au passavant, et c'est à ce moment
que je remarquai l'étrangeté des personnages qui
étaient avec Montgomery dans la chaloupe. Mais
celle-ci, n'attendant plus rien, poussa au large
rapidement. Un gouffre d'eau verte s'élargit
devant moi, et je me rejetai en arrière de toutes
mes forces pour ne pas tomber la tête la première.

Les gens de la chaloupe poussèrent des cris de
dérision, et j'entendis Montgomery les invectiver.
Puis le capitaine, le second et l'un des matelots me
ramenèrent à la poupe. Le canot de la *Dame
Altière* était resté à la remorque. Il était à demi
rempli d'eau, n'avait pas d'avirons et ne contenait
aucune provision. Je refusai de m'y embarquer et
me laissai tomber de tout mon long sur le pont.
Enfin, ils réussirent à m'y faire descendre au

moyen d'une corde — car ils n'avaient pas d'échelle d'arrière — et coupèrent la remorque.

Je m'éloignai de la goélette, en dérivant lentement. Avec une sorte de stupeur, je vis tout l'équipage se mettre à la manœuvre et tranquillement la goélette vira de bord pour prendre le vent. Les voiles palpitèrent et s'enflèrent sous la poussée de la brise. Je regardais fixement son flanc fatigué par les flots donner de la bande vers moi ; puis elle s'éloigna rapidement.

Je ne détournai pas la tête pour la suivre des yeux, croyant à peine ce qui venait d'arriver. Je m'affalai au fond du canot, abasourdi et contemplant confusément la mer calme et vide.

Puis, je me rendis compte que je me trouvais de nouveau dans ce minuscule enfer, prêt à couler bas. Jetant un regard par-dessus le plat-bord, j'aperçus la goélette qui reculait dans la distance et par-dessus la lisse d'arrière la tête du capitaine qui me criait des railleries. Me tournant vers l'île, je vis la chaloupe diminuant aussi à mesure qu'elle approchait du rivage.

Soudain, la cruauté de cet abandon m'apparut clairement. Je n'avais aucun moyen d'atteindre le bord à moins que le courant ne m'y entraînât. J'étais encore affaibli par les jours de fièvre et de jeûne supportés récemment, et je défaillais de besoin, sans quoi j'aurais eu plus de cœur. Je me mis tout à coup à sangloter et à pleurer, comme je ne l'avais plus fait depuis mon enfance. Les larmes me coulaient au long des joues. Pris d'un accès de désespoir, je donnai de grands coups de poing dans l'eau qui emplissait le fond du canot, et de sauvages coups de pied contre les plats-bords. A haute voix, je suppliai la divinité de me laisser mourir.

Je dérivai très lentement vers l'est, me rapprochant de l'île, et bientôt je vis la chaloupe virer de bord et revenir de mon côté. Elle était lourdement chargée et, quand elle fut plus près, je pus distinguer les larges épaules et la tête blanche du compagnon de Montgomery, installé avec les chiens et diverses caisses entre les écoutes d'arrière. Il me regardait fixement sans bouger ni parler. L'estropié à la face noire blotti près de la cage du puma, à l'avant, fixait aussi sur moi ses yeux farouches. Il y avait, de plus, trois autres hommes, d'étranges êtres à l'aspect de brutes, après lesquels les chiens grondaient sauvagement. Montgomery, qui tenait la barre, amena son embarcation contre la mienne et, se penchant, il attacha l'avant de mon canot à l'arrière de la chaloupe pour me prendre en remorque — car il n'y avait pas de place pour me faire monter à bord.

Mon accès de découragement était maintenant passé et je répondis assez bravement à l'appel qu'il me lança en approchant. Je lui dis que le canot était à moitié empli d'eau et il me passa un gamelot. Au moment où la corde qui liait les deux embarcations se tendit, je trébuchai en arrière, mais je me mis à écoper activement mon canot, ce qui dura un certain temps.

Ma petite embarcation était en parfait état, et l'eau qu'elle contenait était venue seulement par-dessus bord ; lorsqu'elle fut vidée, j'eus enfin le loisir d'examiner à nouveau l'équipage de la chaloupe.

L'homme aux cheveux blancs m'observait encore attentivement, mais maintenant, me sembla-t-il, avec une expression quelque peu perplexe. Quand mes yeux rencontrèrent les siens, il baissa la tête et regarda le chien qui était couché entre ses jambes. C'était un homme puissamment bâti, avec un très beau front et des traits plutôt épais ; il avait sous les yeux ce bizarre affaissement de la peau qui vient souvent avec l'âge, et les coins tombant de sa grande bouche lui donnaient une expression de volonté combative. Il causait avec Montgomery, mais trop bas pour que je pusse entendre.

Mes yeux le quittèrent pour examiner les trois hommes d'équipage, et c'étaient là de fort étranges matelots. Je ne voyais que leurs figures, et il y avait sur ces visages quelque chose d'indéfinissable qui me produisait une singulière nausée. Je les examinai plus attentivement sans que cette impression se dissipât ni que je pusse me rendre compte de ce qui l'occasionnait. Ils me semblaient alors être des hommes au teint foncé, mais leurs membres, jusqu'aux doigts des mains et des pieds, étaient emmaillotés dans une sorte d'étoffe mince d'un blanc sale. Jamais encore, à part certaines femmes en Orient, je n'avais vu gens aussi

complètement enveloppés. Ils portaient également-
ment des turbans sous lesquels leurs yeux
m'épiaient. Leur mâchoire inférieure faisait saillie ; ils avaient des cheveux noirs, longs et plats,
et, assis, ils me paraissaient être d'une stature
supérieure à celle des diverses races d'hommes
que j'avais vues ; ils dépassaient de la tête
l'homme aux cheveux blancs, qui avaient bien six
pieds de haut. Peu après, je m'aperçus qu'ils
n'étaient en réalité pas plus grands que moi, mais
que leur buste était d'une longueur anormale et
que la partie de leurs membres inférieurs qui
correspondait à la cuisse était fort courte et
curieusement tortillée. En tout cas, c'était une
équipe extraordinairement laide et au-dessus
d'eux, sous la voile d'avant, je voyais la face noire
de l'homme dont les yeux étaient lumineux dans
les ténèbres.

Pendant que je les examinais, ils rencontrèrent
mes yeux, et chacun d'eux détourna la tête pour
fuir mon regard direct, tandis qu'ils m'observaient encore furtivement. Je me figurai que je les
ennuyais sans doute et je portai toute mon
attention sur l'île dont nous approchions.

La côte était basse et couverte d'épaisses végétations, principalement d'une espèce de palmier.
D'un endroit, un mince filet de vapeur blanche
s'élevait obliquement jusqu'à une grande hauteur
et là s'éparpillait comme un duvet. Nous entrions
maintenant dans une large baie flanquée, de
chaque côté, par un promontoire bas. La plage

était de sable d'un gris terne et formait un talus en pente rapide jusqu'à une arête haute de soixante ou de soixante-dix pieds au-dessus de la mer et irrégulièrement garnie d'arbres et de broussailles. A mi-côte, se trouvait un espace carré, enclos de murs construits, comme je m'en rendis compte plus tard, en partie de coraux et en partie de lave et de pierre ponce. Au-dessus de l'enclos se voyaient deux toits de chaume.

Un homme nous attendait, debout sur le rivage. Il me sembla voir, de loin, d'autres créatures grotesques s'enfuir dans les broussailles des pentes, mais de près je n'en vis plus rien. L'homme qui attendait avait une taille moyenne, une face négroïde, une bouche large et presque sans lèvres, des bras extrêmement longs et grêles, de grands pieds étroits et des jambes arquées. Il nous regardait venir, sa tête bestiale projetée en avant. Comme Montgomery et son compagnon, il était vêtu d'une blouse et d'un pantalon de serge bleue.

Quand les embarcations approchèrent, cet individu commença à courir en tous sens sur le rivage en faisant les plus grotesques contorsions. Sur un ordre de Montgomery, les quatre hommes de la chaloupe se levèrent, avec des gestes singulièrement maladroits, et amenèrent les voiles. Montgomery gouverna habilement dans une sorte de petit dock étroit creusé dans la grève, et juste assez long, à cette heure de la marée, pour abriter la chaloupe.

J'entendis les quilles racler le fond ; avec le gamelot, j'empêchai mon canot d'écraser le gouvernail de la chaloupe, et, détachant le cordage, j'abordai. Les trois hommes emmaillotés se hissèrent hors de la chaloupe, et, avec les contorsions les plus gauches, se mirent immédiatement à décharger l'embarcation, aidés par l'homme du rivage qui était accouru les rejoindre. Je fus particulièrement frappé par les curieux mouvements des jambes des trois matelots emmaillotés et bandés — ces mouvements n'étaient ni raides ni gênés, mais défigurés d'une façon bizarre, comme si les jointures eussent été à l'envers. Les chiens continuaient à tirer sur leurs chaînes et à gronder vers ces gens, tandis que l'homme aux cheveux blancs abordait en les maintenant.

Les trois créatures aux longs bustes échangeaient des sons étrangement gutturaux, et l'homme qui nous avait attendus sur la plage se mit à leur parler avec agitation — un dialecte inconnu pour moi — au moment où ils mettaient la main sur quelques ballots entassés à l'arrière de la chaloupe. J'avais entendu quelque part des sons semblables sans pouvoir me rappeler en quel endroit.

L'homme aux cheveux blancs, retenant avec peine ses chiens excités, criait des ordres dans le tapage de leurs aboiements. Montgomery, après avoir enlevé le gouvernail, sauta à terre et se mit à diriger le déchargement. Après mon long jeûne et sous ce soleil brûlant ma tête nue, je me sentais trop faible pour offrir mon aide.

Soudain l'homme aux cheveux blancs parut se souvenir de ma présence et s'avança vers moi.

« Vous avez la mine de quelqu'un qui n'a pas déjeuné », dit-il.

Ses petits yeux brillaient, noirs, sous ses épais sourcils.

« Je vous fais mes excuses de n'y avoir pas pensé plus tôt… maintenant, vous êtes notre hôte, et nous allons vous mettre à l'aise, bien que vous n'ayez pas été invité, vous savez. »

Ses yeux vifs me regardaient bien en face.

« Montgomery me dit que vous êtes un homme instruit, monsieur Prendick…, que vous vous occupez de science. Puis-je vous demander de plus amples détails ? »

Je lui racontai que j'avais étudié pendant quelques années au Collège Royal des Sciences, et que j'avais fait diverses recherches biologiques sous la direction de Huxley. A ces mots, il éleva légèrement les sourcils.

« Cela change un peu les choses, monsieur Prendick, dit-il, avec un léger respect dans le ton de ses paroles. Il se trouve que, nous aussi, nous sommes des biologistes. C'est ici une station biologique… en un certain sens. »

Ses yeux suivaient les êtres vêtus de blanc qui traînaient, sur des rouleaux, la cage du puma vers l'enclos.

« Nous sommes biologistes… Montgomery et moi, du moins », ajouta-t-il.

Puis, au bout d'un instant, il reprit :

« Je ne puis guère vous dire quand vous pourrez partir d'ici. Nous sommes en dehors de toute route connue. Nous ne voyons de navire que tous les douze ou quinze mois. »

Il me laissa brusquement, grimpa le talus, rattrapa le convoi du puma et entra, je crois, dans l'enclos. Les deux autres hommes étaient restés avec Montgomery et entassaient sur un petit chariot à roues basses une pile de bagages de moindres dimensions. Le lama était encore dans la chaloupe avec les cages à lapins, et une seconde meute de chiens était restée attachée à un banc. Le chariot étant chargé, les trois hommes se mirent à le haler dans la direction de l'enclos, à la suite du puma. Bientôt Montgomery revint et me tendit la main.

« Pour ma part, dit-il, je suis bien content. Ce capitaine était un sale bougre. Il vous aurait fait la vie dure.

— C'est vous, qui m'avez encore sauvé.

— Cela dépend. Vous verrez bientôt que cette île est un endroit infernal, je vous le promets. A votre place, j'examinerais soigneusement mes faits et gestes. *Il…* »

Il hésita et parut changer d'avis sur ce qu'il allait dire.

« Voulez-vous m'aider à décharger ces cages ? » me demanda-t-il.

Il procéda d'une façon singulière avec les lapins. Je l'aidai à descendre à terre une des cages, et cela à peine fait, il en détacha le couvercle et, la penchant, renversa sur le sol tout son contenu grouillant. Les lapins dégringolèrent en tas, les uns par-dessus les autres. Il frappa dans ses mains et une vingtaine de ces bêtes, avec leur allure sautillante, grimpèrent la pente à toute vitesse.

« Croissez et multipliez, mes amis, repeuplez l'île. Nous manquions un peu de viande ces temps derniers », fit Montgomery.

Pendant que je les regardais s'enfuir, l'homme aux cheveux blancs revint avec un flacon d'eau-de-vie et des biscuits.

« Voilà de quoi passer le temps, Prendick », me dit-il d'un ton beaucoup plus familier qu'auparavant.

Sans faire de cérémonie, je me mis en devoir de manger les biscuits, tandis que l'homme aux cheveux blancs aidait Montgomery à lâcher encore une vingtaine de lapins. Néanmoins trois grandes cages pleines furent menées vers l'enclos.

Je ne touchai pas à l'eau-de-vie, car je me suis toujours abstenu d'alcool.

CHAPITRE IV

L'OREILLE POINTUE

Tout ce qui m'entourait me semblait alors fort étrange et ma position était le résultat de tant d'aventures imprévues que je ne discernais pas d'une façon distincte l'anomalie de chaque chose en particulier. Je suivis la cage du lama que l'on dirigeait vers l'enclos, et je fus rejoint par Montgomery qui me pria de ne pas franchir les murs de pierre. Je remarquai alors que le puma dans sa cage, et la pile des autres bagages avaient été placés en dehors de l'entrée de l'enclos.

En me retournant, je vis qu'on avait achevé de décharger la chaloupe et qu'on l'avait échouée sur le sable. L'homme aux cheveux blancs s'avança vers nous et s'adressa à Montgomery.

« Il s'agit maintenant de s'occuper de cet hôte inattendu. Qu'allons-nous faire de lui ?

— Il a de solides connaissances scientifiques, répondit Montgomery.

— Je suis impatient de me remettre à l'œuvre sur ces nouveaux matériaux, dit l'homme en

faisant un signe de tête du côté de l'enclos, tandis
que ses yeux brillaient soudain.

— Je le pense bien! répliqua Montgomery
d'un ton rien moins que cordial.

— Nous ne pouvons pas l'envoyer là-bas, et
nous n'avons pas le temps de lui construire une
nouvelle cabane. Nous ne pouvons certes pas non
plus le mettre dès maintenant dans notre confidence.

— Je suis entre vos mains », dis-je.

Je n'avais aucune idée de ce qu'il voulait dire en
parlant de *là-bas*.

« J'ai déjà pensé à tout cela, répondit Montgomery. Il y a ma chambre avec la porte extérieure…

— C'est parfait », interrompit vivement le
vieillard.

Nous nous dirigeâmes tous trois du côté de
l'enclos.

« Je suis fâché de tout ce mystère, monsieur
Prendick — mais nous ne vous attendions pas.
Notre petit établissement cache un ou deux
secrets : c'est, en somme, la chambre de Barbe-
Bleue, mais, en réalité, ce n'est rien de bien
terrible… pour un homme sensé. Mais, pour le
moment… comme nous ne vous connaissons
pas…

— Certes, répondis-je, je serais bien mal venu
de m'offenser de vos précautions. »

Sa grande bouche se tordit en un faible sourire
et il eut un hochement de tête pour reconnaître
mon amabilité. Il était de ces gens taciturnes qui

sourient en abaissant les coins de la bouche. Nous passâmes devant l'entrée principale de l'enclos. C'était une lourde barrière de bois, encadrée de ferrures et solidement fermée, auprès de laquelle la cargaison était entassée ; au coin, se trouvait une petite porte que je n'avais pas encore remarquée. L'homme aux cheveux blancs sortit un trousseau de clefs de la poche graisseuse de sa veste bleue, ouvrit la porte et entra. Ces clefs et cette fermeture compliquée me surprirent tout particulièrement.

Je le suivis et me trouvai dans une petite pièce, meublée simplement, mais avec assez de confort et dont la porte intérieure, légèrement entrebâillée, s'ouvrait sur une cour pavée. Montgomery alla immédiatement clore cette porte. Un hamac était suspendu dans le coin le plus sombre de la pièce, et une fenêtre exiguë sans vitres, défendue par une barre de fer, prenait jour du côté de la mer.

Cette pièce, me dit l'homme aux cheveux blancs, devait être mon logis, et la porte intérieure qu'il allait, par crainte d'accident, ajouta-t-il, condamner de l'autre côté, était une limite que je ne devais pas franchir. Il attira mon attention sur un fauteuil pliant installé commodément devant la fenêtre, et sur un rayon près du hamac, une rangée de vieux livres, parmi lesquels se trouvaient surtout des manuels de chirurgie et des éditions de classiques latins et grecs — que je ne peux lire qu'assez difficilement.

Il sortit par la porte extérieure, comme s'il eût voulu éviter d'ouvrir une seconde fois la porte intérieure.

« Nous prenons ordinairement nos repas ici », m'apprit Montgomery ; puis, comme s'il lui venait un doute soudain, il sortit pour rattraper l'autre.

« Moreau ! » l'entendis-je appeler, sans, à ce moment, remarquer particulièrement ces syllabes.

Un instant après, pendant que j'examinais les livres, elles me revinrent à l'esprit. Où pouvais-je bien avoir entendu ce nom ?

Je m'assis devant la fenêtre, et me mis à manger avec appétit les quelques biscuits qui me restaient.

« Moreau ?... »

Par la fenêtre, j'aperçus l'un de ces êtres extraordinaires vêtus de blanc, qui traînait une caisse sur le sable. Bientôt, il fut caché par le châssis. Puis, j'entendis une clef entrer dans la serrure et fermer à double tour la porte intérieure. Peu de temps après, derrière la porte close, je perçus le bruit que faisaient les chiens qu'on avait amenés de la chaloupe. Ils n'aboyaient pas, mais reniflaient et grondaient d'une manière curieuse. J'entendais leur incessant piétinement et la voix de Montgomery qui leur parlait pour les calmer.

Je me sentais fort impressionné par les multiples précautions que prenaient les deux hommes pour tenir secret le mystère de leur enclos. Pendant longtemps, je pensai à cela et à ce qu'avait d'inexplicablement familier le nom de Moreau. Mais la mémoire humaine est si bizarre que je ne pus alors rien me rappeler de ce qui concernait ce nom bien connu. Ensuite, mes pensées se tournèrent vers l'indéfinissable étrangeté de l'être difforme emmailloté de blanc que je venais de voir sur le rivage.

Je n'avais encore jamais rencontré de pareille allure, de mouvements aussi baroques que ceux qu'il avait en traînant la caisse. Je me souviens qu'aucun de ces hommes ne m'avait parlé, bien qu'ils m'eussent à diverses reprises examiné d'une façon singulièrement furtive et tout à fait différente du regard franc de l'ordinaire sauvage. Je me demandais quel était leur langage. Tous m'avaient paru particulièrement taciturnes, et quand ils parlaient c'était avec une voix des plus anormales. Que pouvaient-ils bien avoir ? Puis je revis les yeux du domestique mal bâti de Montgomery.

A ce moment même où je pensais à lui, il entra. Il était maintenant revêtu d'un habillement blanc et portait un petit plateau sur lequel se trouvaient des légumes bouillis et du café. Je pus à peine réprimer un frisson de répugnance en le voyant faire une aimable révérence et poser le plateau sur la table devant moi.

Je fus paralysé par l'étonnement. Sous les longues mèches plates de ses cheveux, j'aperçus son oreille. Je la vis tout à coup, très proche. L'homme avait des oreilles pointues et couvertes de poils bruns très fins.

« Votre déjeuner, messié », dit-il.

Je le considérais fixement sans songer à lui répondre. Il tourna les talons et se dirigea vers la porte en m'observant bizarrement par-dessus l'épaule.

Tandis que je le suivais des yeux, il me revint en tête, par quel procédé mental inconscient, une phrase qui fit retourner ma mémoire de dix ans en arrière. Elle flotta imprécise en mon esprit pendant un moment, puis je revis un titre en lettres rouges : LE DOCTEUR MOREAU, sur la couverture chamois d'une brochure révélant des expériences qui vous donnaient, à les lire, la chair de poule. Ensuite mes souvenirs se précisèrent, et cette brochure depuis longtemps oubliée me revint en mémoire, avec une surprenante netteté. J'étais encore bien jeune à cette époque, et Moreau devait avoir au moins la cinquantaine. C'était un physiologiste fameux et de première force, bien connu dans les cercles scientifiques pour son extraordinaire imagination et la brutale franchise avec laquelle il exposait ses opinions. Était-ce le même Moreau que je venais de voir ? Il avait fait connaître, sur la transfusion du sang, certains faits des plus étonnants et, de plus, il s'était acquis une grande réputation par des travaux sur les fermentations morbides. Soudain, cette belle carrière prit fin ; il dut quitter l'Angleterre. Un journaliste s'était fait admettre à son laboratoire en qualité d'aide, avec l'intention bien arrêtée de surprendre et de publier des secrets sensationnels ; puis, par

suite d'un accident désagréable — si ce fut un
accident — sa brochure révoltante acquit une
notoriété énorme. Le jour même de la publica-
tion, un misérable chien, écorché vif et diverse-
ment mutilé, s'échappa du laboratoire de Moreau.

Cela se passait dans la morte-saison des nouvelles, et un habile directeur de journal, cousin du
faux aide de laboratoire, en appela à la conscience
de la nation tout entière. Ce ne fut pas la première
fois que la conscience se tourna contre la méthode
expérimentale ; on poussa de tels hurlements que
le docteur dut simplement quitter le pays. Il est
possible qu'il ait mérité cette réprobation, mais je
m'obstine à considérer comme une véritable
honte le chancelant appui que le malheureux
savant trouva auprès de ses confrères et la façon
indigne dont il fut lâché par les hommes de
science. D'après les révélations du journaliste,
certaines de ses expériences étaient inutilement
cruelles. Il aurait peut-être pu faire sa paix avec la
société, en abandonnant ces investigations, mais il
dut sans aucun doute préférer ses travaux, comme
l'auraient fait à sa place la plupart des gens qui ont
une fois cédé à l'enivrement des découvertes
scientifiques. Il était célibataire et il n'avait en
somme qu'à considérer ses intérêts personnels...

Je finis par me convaincre que j'avais retrouvé
ce même Moreau. Tout m'amenait à cette conclusion. Et je compris alors à quel usage étaient
destinés le puma et tous les animaux qu'on avait
maintenant rentrés, avec tous les bagages, dans la

cour, derrière mon logis. Une odeur ténue et bizarre, rappelant vaguement quelque exhalaison familière, et dont je ne m'étais pas encore rendu compte, revint agiter mes souvenirs. C'était l'odeur antiseptique des salles d'opérations. J'entendis, derrière le mur, le puma rugir, et l'un des chiens hurla comme s'il venait d'être blessé.

Cependant, la vivisection n'avait rien de si horrible — surtout pour un homme de science — qui pût servir à expliquer toutes ces précautions mystérieuses. D'un bond imprévu et soudain, ma pensée revint, avec une netteté parfaite, aux oreilles pointues et aux yeux lumineux du domestique de Montgomery. Puis mon regard erra sur la mer verte, qui écumait sous une brise fraîchissante et les souvenirs étranges de ces derniers jours occupèrent toutes mes pensées.

Qu'est-ce que tout cela signifiait? Un enclos fermé sur une île déserte, un vivisecteur trop fameux et ces êtres estropiés et difformes?

Vers une heure, Montgomery entra, me tirant ainsi du pêle-mêle d'énigmes et de soupçons où je me débattais. Son grotesque domestique le suivait portant un plateau sur lequel se trouvaient divers légumes cuits, un flacon de whisky, une carafe d'eau, trois verres et trois couteaux. J'observai du coin de l'œil l'étrange créature tandis qu'il m'épiait aussi avec ses singuliers yeux fuyants. Montgomery m'annonça qu'il venait déjeuner avec moi, mais que Moreau, trop occupé par de nouveaux travaux, ne viendrait pas.

« Moreau ! dis-je, je connais ce nom.

— Comment ?... Ah ! bien, du diable alors ! Je ne suis qu'un âne de l'avoir prononcé, ce nom ! J'aurais dû y penser. N'importe, comme cela, vous aurez quelques indices de nos mystères. Un peu de whisky ?

— Non, merci — je ne prends jamais d'alcool.

— J'aurais bien dû faire comme vous. Mais maintenant... A quoi bon fermer la porte quand le voleur est parti ? C'est cette infernale boisson qui m'a amené ici... elle et une nuit de brouillard. J'avais cru à une bonne fortune pour moi quand Moreau m'offrit de m'emmener. C'est singulier...

— Montgomery, dis-je tout à coup, au moment où la porte extérieure se refermait, pourquoi votre homme a-t-il des oreilles pointues ? »

Il eut un juron, la bouche pleine, me regarda fixement pendant un instant et répéta :

« Des oreilles pointues ?...

— Oui, continuai-je, avec tout le calme possible malgré ma gorge serrée, oui, ses oreilles se terminent en pointe et sont garnies d'un fin poil noir. »

Il se servit du whisky et de l'eau avec une assurance affectée et affirma :

« Il me semblait que... ses cheveux couvraient ses oreilles.

— Sans doute, mais je les ai vues quand il

s'est penché pour poser sur la table le café que vous m'avez envoyé ce matin. De plus, ses yeux sont lumineux dans l'obscurité. »

Montgomery s'était remis de la surprise causée par ma question.

« J'avais toujours pensé, prononça-t-il délibérément et en accentuant son zézaiement, que ses oreilles avaient quelque chose de bizarre... La manière dont il les couvrait... A quoi ressemblaient-elles ? »

La façon dont il me répondit tout cela me convainquit que son ignorance était feinte. Pourtant, il m'était difficile de lui dire qu'il mentait.

« Elles étaient pointues, répétai-je, pointues... plutôt petites... et poilues... oui, très distinctement poilues... mais cet homme, tout entier, est bien l'un des êtres les plus étranges qu'il m'ait été donné de voir. »

Le hurlement violent et rauque d'un animal qui souffre nous vint de derrière le mur qui nous séparait de l'enclos. Son ampleur et sa profondeur me le firent attribuer au puma. Montgomery eut un soubresaut d'inquiétude.

« Ah ! fit-il.

— Où avez-vous rencontré ce bizarre individu ?

— Euh... euh... à San Francisco... J'avoue qu'il a l'air d'une vilaine brute... A moitié idiot, vous savez. Je ne me rappelle plus d'où il venait. Mais, n'est-ce pas, je suis habitué à lui... et lui à moi. Quelle impression vous fait-il ?

— Il ne fait pas l'effet d'être naturel. Il y a quelque chose en lui... Ne croyez pas que je plaisante... Mais il donne une petite sensation désagréable, une crispation des muscles quand il m'approche. Comme un contact... diabolique, en somme... »

Pendant que je parlais, Montgomery s'était interrompu de manger.

« C'est drôle, constata-t-il, je ne ressens rien de tout cela. »

Il reprit des légumes.

« Je n'avais pas la moindre idée de ce que vous me dites, continua-t-il la bouche pleine. L'équipage de la goélette... dut éprouver la même chose... Ils tombaient tous à bras raccourcis sur le pauvre diable... Vous avez vu, vous-même, le capitaine ?... »

Tout à coup le puma se remit à hurler et cette fois plus douloureusement. Montgomery émit une série de jurons à voix basse. Il me vint à l'idée de l'entreprendre au sujet des êtres de la chaloupe, mais la pauvre bête, dans l'enclos, laissa échapper une série de cris aigus et courts.

« Les gens qui ont déchargé la chaloupe, questionnai-je, de quelle race sont-ils ?

— De solides gaillards, hein ? » répondit-il distraitement, en fronçant les sourcils, tandis que l'animal continuait à hurler.

Je n'ajoutai rien de plus. Il me regarda avec ses mornes yeux gris et se servit du whisky. Il essaya de m'entraîner dans une discussion sur l'alcool,

prétendant m'avoir sauvé la vie avec ce seul
remède, et semblant vouloir attacher une grande
importance au fait que je lui devais la vie. Je lui
répondais à tort et à travers et bientôt notre repas
fut terminé. Le monstre difforme aux oreilles
pointues vint desservir et Montgomery me laissa
seul à nouveau dans la pièce. Il avait été, pendant
la fin du repas, dans un état d'irritation mal
dissimulée, évidemment causée par les cris du
puma soumis à la vivisection ; il m'avait fait part
de son bizarre manque de courage, me laissant
ainsi le soin d'en faire la facile application.

Je trouvais moi-même que ces cris étaient
singulièrement irritants, et, à mesure que l'après-
midi s'avançait, ils augmentèrent d'intensité et de
profondeur. Ils me furent d'abord pénibles, mais
leur répétition constante finit par me bouleverser
complètement. Je jetai de côté une traduction
d'Horace que j'essayais de lire et, crispant les
poings, mordant mes lèvres, je me mis à arpenter
la pièce en tous sens.

Bientôt je me bouchai les oreilles avec mes
doigts.

L'émouvant appel de ces hurlements me pénétrait peu à peu et ils devinrent finalement une si
atroce expression de souffrance que je ne pus
rester plus longtemps enfermé dans cette chambre. Je franchis le seuil et, dans la lourde chaleur
de cette fin d'après-midi, je partis ; en passant
devant l'entrée principale, je remarquai qu'elle
était de nouveau fermée.

Au grand air, les cris résonnaient encore plus fort ; on eût dit que toute la douleur du monde avait trouvé une voix pour s'exprimer. Pourtant, il me semble — j'y ai pensé depuis — que j'aurais assez bien supporté de savoir la même souffrance près de moi si elle eût été muette. La pitié vient surtout nous bouleverser quand la souffrance trouve une voix pour tourmenter nos nerfs. Mais malgré l'éclat du soleil et l'écran vert des arbres agités par une douce brise marine, tout, autour de moi, n'était que confusion, et, jusqu'à ce que je fusse hors de portée des cris, des fantasmagories noires et rouges dansèrent devant mes yeux.

CHAPITRE V

DANS LA FORÊT

Je m'avançai à travers les broussailles qui revêtaient le talus, derrière la maison, ne me souciant guère de savoir où j'allais ; je continuai sous un épais et obscur taillis d'arbres aux troncs droits, et me trouvai bientôt à quelque distance sur l'autre pente, descendant vers un ruisseau qui courait dans une étroite vallée. Je m'arrêtai pour écouter. La distance à laquelle j'étais parvenu ou les masses intermédiaires des fourrés amortissaient tous les sons qui auraient pu venir de l'enclos. L'air était tranquille. Alors, avec un léger bruit, un lapin parut et décampa derrière la pente. J'hésitai et m'assis au bord de l'ombre.

L'endroit était ravissant. Le ruisseau était dissimulé par les luxuriantes végétations de ses rives, sauf en un point où je pouvais voir les reflets de ses eaux scintillantes. De l'autre côté, j'apercevais, à travers une brume bleuâtre, un enchevêtrement d'arbres et de lianes au-dessus duquel surplombait le bleu lumineux du ciel. Ici et là des éclaboussures de blanc et d'incarnat indiquaient

des touffes fleuries d'épiphytes rampants. Je
laissai mes yeux errer un instant sur ce paysage,
puis mon esprit revint sur les étranges singularités
de l'homme de Montgomery. Mais il faisait trop
chaud pour qu'il fût possible de réfléchir longuement, et bientôt je tombai dans une sorte de
torpeur, quelque chose entre l'assoupissement et
la veille.

Je fus soudain réveillé, je ne sais au bout de
combien de temps, par un bruissement dans la
verdure de l'autre côté du cours d'eau. Pendant
un instant, je ne pus voir autre chose que les
sommets agités des fougères et des roseaux. Puis,
tout à coup, sur le bord du ruisseau parut quelque
chose — tout d'abord, je ne pus distinguer ce que
c'était. Une tête se pencha vers l'eau et commença
à boire. Alors je vis que c'était un homme qui
marchait à quatre pattes comme une bête.

Il était revêtu d'étoffes bleuâtres. Sa peau était
d'une nuance cuivrée et sa chevelure noire. Il
semblait qu'une laideur grotesque fût la caractéristique invariable de ces insulaires. J'entendais le
bruit qu'il faisait en aspirant l'eau.

Je m'inclinai en avant pour mieux le voir et un
morceau de lave qui se détacha sous ma main
descendit bruyamment la pente. L'être leva craintivement la tête et rencontra mon regard. Immédiatement, il se remit sur pied et, sans me quitter
des yeux, se mit à s'essuyer la bouche d'un geste
maladroit. Ses jambes avaient à peine la moitié de
la longueur de son corps. Nous restâmes ainsi,

peut-être l'espace d'une minute, à nous observer, aussi décontenancés l'un que l'autre ; puis il s'esquiva parmi les buissons, vers la droite, en s'arrêtant une fois ou deux pour regarder en arrière, et j'entendis le bruissement des branches s'affaiblir peu à peu dans la distance. Longtemps après qu'il eut disparu, je restai debout, les yeux fixés dans la direction où il s'était enfui. Je ne pus retrouver mon calme assoupissement.

Un bruit derrière moi me fit tressaillir et, me tournant tout à coup, je vis la queue blanche d'un lapin qui disparaissait au sommet de la pente. Je me dressai d'un bond.

L'apparition de cette créature grotesque et à demi bestiale avait soudain peuplé pour mon imagination la tranquillité de l'après-midi. Je regardai autour de moi, tourmenté et regrettant d'être sans armes. Puis l'idée me vint que cet homme était vêtu de cotonnade bleue, alors qu'un sauvage eût été nu, et d'après ce fait j'essayai de me persuader qu'il était probablement d'un caractère très pacifique et que la morne férocité de son aspect le calomniait.

Pourtant cette apparition me tourmentait grandement.

Je m'avançai vers la gauche au long du talus, attentif et surveillant les alentours entre les troncs droits des arbres. Pourquoi un homme irait-il à quatre pattes et boirait-il à même le ruisseau ? Bientôt j'entendis de nouveaux gémissements et, pensant que ce devait être le puma, je tournai dans une direction diamétralement opposée. Cela me ramena au ruisseau, que je traversai, et je continuai à me frayer un chemin à travers les broussailles de l'autre rive.

Une grande tache d'un rouge vif, sur le sol, attira soudain mon attention, et, m'en approchant, je trouvai que c'était une sorte de fongosité à branches rugueuses comme un lichen foliacé, mais se changeant, si l'on y touchait, en une sorte de matière gluante. Plus loin, à l'ombre de quelques fougères géantes, je tombai sur un objet désagréable : le cadavre encore chaud d'un lapin, la tête arrachée et couvert de mouches luisantes. Je m'arrêtai stupéfait à la vue du sang répandu. L'île, ainsi, était déjà débarrassée d'au moins un de ses visiteurs.

Il n'y avait à l'entour aucune trace de violence. Il semblait que la bête eût été soudain saisie et tuée et, tandis que je considérais le petit cadavre, je me demandais comment la chose avait pu se faire. La vague crainte dont je n'avais pu me défendre, depuis que j'avais vu l'être à la face si peu humaine boire au ruisseau, se précisa peu à peu. Je commençai à me rendre compte de la témérité de mon expédition parmi ces gens inconnus. Mon imagination transforma les fourrés qui m'entouraient. Chaque ombre devint quelque chose de plus qu'une ombre, fut une embûche, chaque bruissement devint une menace. Je me figurais être épié par des choses invisibles.

Je résolus de retourner à l'enclos. Faisant

soudain demi-tour, je pris ma course, une course forcenée à travers les buissons, anxieux de me retrouver dans un espace libre.

Je ralentis peu à peu mon allure et m'arrêtai juste au moment de déboucher dans une clairière. C'était une sorte de trouée faite dans la forêt par la chute d'un grand arbre ; les rejetons jaillissaient déjà de partout pour reconquérir l'espace vacant, et, au-delà, se refermaient de nouveau les troncs denses, les lianes entrelacées et les touffes de plantes parasites et de fleurs. Devant moi, accroupis sur les débris fongueux de l'arbre et ignorant encore ma présence, se trouvaient trois créatures grotesquement humaines. Je pus voir que deux étaient des mâles et l'autre évidemment une femelle. A part quelques haillons d'étoffe écarlate autour des hanches, ils étaient nus et leur peau était d'un rose foncé et terne que je n'avais encore jamais remarqué chez aucun sauvage. Leurs figures grasses étaient lourdes et sans menton, avec le front fuyant et, sur la tête, une chevelure rare et hérissée. Je n'avais jamais vu de créatures à l'aspect aussi bestial.

Elles causaient ou du moins l'un des mâles parlait aux deux autres et tous trois semblaient être trop vivement intéressés pour avoir remarqué le bruit de mon approche. Ils balançaient de gauche à droite leur tête et leurs épaules. Les mots me parvenaient embarrassés et indistincts ; je pouvais les entendre nettement sans pouvoir en saisir le sens. Celui qui parlait me semblait réciter quelque baragouin inintelligible. Bientôt il articula d'une façon plus aiguë et, étendant les bras, il se leva.

Alors les autres se mirent à crier à l'unisson, se levant aussi, étendant les bras et balançant leur corps suivant la cadence de leur mélopée. Je remarquai la petitesse anormale de leurs jambes et leurs pieds longs et informes. Tous trois tournèrent lentement dans le même cercle, frappant du pied et agitant les bras ; une sorte de mélodie se mêlait à leur récitation rythmique, ainsi qu'un refrain qui devait être : *Aloula* ou *Baloula*. Bientôt leurs yeux étincelèrent et leurs vilaines faces s'animèrent d'une expression d'étrange plaisir. Au coin de leur bouche sans lèvres la salive découlait.

Soudain, tandis que j'observais leur mimique grotesque et inexplicable, je perçus clairement, pour la première fois, ce qui m'offensait dans leur contenance, ce qui m'avait donné ces deux impressions incompatibles et contradictoires de complète étrangeté et cependant de singulière familiarité. Les trois créatures qui accomplissaient ce rite mystérieux étaient de forme humaine, et cependant, ces êtres humains évoquaient dans toute leur personne une singulière ressemblance avec quelque animal familier. Chacun de ces monstres, malgré son aspect humain, ses lambeaux de vêtements et la grossière humanité de ses membres, portait avec lui, dans ses mouvements, dans l'expression de ses traits et de

ses gestes, dans toute son allure, quelque irrésistible suggestion rappelant le porc, la marque évidente de l'animalité.

Je restai là, abasourdi par cette constatation, et
alors les plus horribles interrogations se pressèrent
en mon esprit. Les bizarres créatures se mirent
alors à sauter l'une après l'autre, poussant des cris
et des grognements. L'une d'elles trébucha et se
trouva un instant à quatre pattes pour se relever
d'ailleurs immédiatement. Mais cette révélation
passagère du véritable animalisme de ces monstres
me suffisait. En faisant le moins de bruit possible,
je revins sur mes pas, m'arrêtant à chaque instant
dans la crainte que le craquement d'une branche
ou le bruissement d'une feuille ne vînt à me faire
découvrir, et j'allai longtemps ainsi avant d'oser
reprendre la liberté de mes mouvements.

Ma seule idée pour le moment était de m'éloigner de ces répugnantes créatures et je suivais sans
m'en apercevoir un sentier à peine marqué parmi
les arbres. En traversant une étroite clairière,
j'entrevis, avec un frisson désagréable, au milieu
du taillis, deux jambes bizarres, suivant à pas
silencieux une direction parallèle à la mienne à
trente mètres à peine de moi. La tête et le tronc
étaient cachés par un fouillis de lianes. Je m'arrêtai
brusquement, espérant que la créature ne m'aurait
pas vu. Les jambes s'arrêtèrent aussitôt. J'avais les
nerfs tellement irrités que je ne contins qu'avec la
plus grande difficulté une impulsion subite de fuir
à toute vitesse.

Je restai là un instant, le regard fixe et attentif, et je parvins à distinguer, dans l'entrelace-
ment des branches, la tête et le corps de la
brute que j'avais vue boire au ruisseau. Sa tête
bougea. Quand son regard croisa le mien, il y
eut dans ses yeux un éclat verdâtre, à demi
lumineux, qui s'évanouit quand il eut remué de
nouveau. Il resta immobile un instant, m'épiant
dans la pénombre, puis, avec de silencieuses
enjambées, il se mit à courir à travers la verdure des fourrés. L'instant d'après il avait disparu derrière les buissons. Je ne pouvais le
voir, mais je sentais qu'il s'était arrêté et
m'épiait encore.

Qui diable pouvait-il être ? Homme ou animal ? Que me voulait-il ? Je n'avais aucune
arme, pas même un bâton : fuir eût été folie ;
en tout cas, quel qu'il fût, il n'avait pas le
courage de m'attaquer. Les dents serrées, je
m'avançai droit sur lui. Je ne voulais à aucun
prix laisser voir la crainte qui me glaçait. Je me
frayai un passage à travers un enchevêtrement
de grands buissons à fleurs blanches et aperçus
le monstre à vingt pas plus loin, observant par-
dessus son épaule, hésitant. Je fis deux ou trois
pas en le regardant fixement dans les yeux.

« Qui êtes-vous ? » criai-je.

Il essaya de soutenir mon regard.

« Non ! » fit-il tout à coup et, tournant les
talons il s'enfuit en bondissant à travers le
sous-bois. Puis, se retournant encore, il se mit

à m'épier : ses yeux brillaient dans l'obscurité des branchages épais.

Je suffoquais, sentant bien que ma seule chance de salut était de faire face au danger, et résolument je me dirigeai vers lui. Faisant demi-tour, il disparut dans l'ombre. Je crus une fois de plus apercevoir le reflet de ses yeux et ce fut tout.

Alors seulement je me rendis compte que l'heure tardive pouvait avoir pour moi des conséquences fâcheuses. Le soleil, depuis quelques minutes, était tombé derrière l'horizon ; le bref crépuscule des tropiques fuyait déjà de l'orient ; une phalène, précédant les ténèbres, voltigeait silencieusement autour de ma tête. A moins de passer la nuit au milieu des dangers inconnus de la forêt mystérieuse, il fallait me hâter pour rentrer à l'enclos.

La pensée du retour à ce refuge de souffrance m'était extrêmement désagréable, mais l'idée d'être surpris par l'obscurité et tout ce qu'elle cachait l'était encore davantage. Donnant un dernier regard aux ombres bleues qui cachaient la bizarre créature, je me mis à descendre la pente vers le ruisseau, croyant suivre le chemin par lequel j'étais venu.

Je marchais précipitamment, fort troublé par tout ce que j'avais vu, et je me trouvai bientôt dans un endroit plat, encombré de troncs d'arbres abattus. L'incolore clarté qui persiste après les rougeurs du couchant s'assombrissait. L'azur du ciel devint de moment en moment plus profond et, une à une, les petites étoiles percèrent la lumière atténuée. Les intervalles des arbres, les trouées dans les végétations, qui de jour étaient d'un bleu brumeux, devenaient noirs et mystérieux.

Je poussai en avant. Le monde perdait toute couleur : les arbres dressaient leurs sombres silhouettes contre le ciel limpide et tout au bas les contours se mêlaient en d'informes ténèbres. Bientôt les arbres s'espacèrent et les broussailles devinrent plus abondantes. Ensuite, il y eut une étendue désolée couverte de sable blanc, puis une autre de taillis enchevêtrés.

Sur ma droite, un faible bruissement m'inquiétait. D'abord je crus à une fantaisie de mon imagination, car, chaque fois que je m'arrêtais, je ne percevais dans le silence que la brise du soir agitant la cime des arbres. Quand je me remettais en route, il y avait un écho persistant à mes pas.

Je m'éloignai des fourrés, suivant exclusivement les espaces découverts et m'efforçant, par de soudaines volte-face, de surprendre, si elle existait, la cause de ce bruit. Je ne vis rien et néanmoins la certitude d'une autre présence s'imposait de plus en plus. J'accélérai mon allure et, au bout de peu de temps, j'arrivai à un léger monticule ; je le franchis, et, me retournant brusquement, je regardai avec grande attention le chemin que je venais de parcourir. Tout se détachait noir et net contre le ciel obscur.

Bientôt une ombre informe parut momentanément contre la ligne d'horizon et s'évanouit. J'étais convaincu maintenant que mon fauve antagoniste me pourchassait encore, et à cela vint s'ajouter une autre constatation désagréable : j'avais perdu mon chemin.

Je continuai, désespérément perplexe, à fuir en hâte, persécuté par cette furtive poursuite. Quoi qu'il en soit, la créature n'avait pas le courage de m'attaquer ou bien elle attendait le moment de me prendre à mon désavantage. Tout en avançant, je restais soigneusement à découvert, me tournant parfois pour écouter, et, de nouveau, je finis par me persuader que mon ennemi avait abandonné la chasse ou qu'il n'était qu'une simple hallucination de mon esprit désordonné. J'entendis le bruit des vagues. Je hâtai le pas, courant presque, et immédiatement je perçus que, derrière moi, quelqu'un trébuchait.

Je me retournai vivement, tâchant de discerner quelque chose entre les arbres indistincts. Une ombre noire parut bondir dans une autre direction. J'écoutai, immobile, sans rien entendre que l'afflux du sang dans mes oreilles. Je crus que mes nerfs étaient détraqués et que mon imagination me jouait des tours. Je me remis résolument en marche vers le bruit de la mer.

Les arbres s'espacèrent, et, deux ou trois minutes après, je débouchai sur un promontoire bas et dénudé qui s'avançait dans les eaux sombres. La nuit était calme et claire et les reflets de la multitude croissante des étoiles frissonnaient sur les ondulations tranquilles de la mer. Un peu au large, les vagues se brisaient sur une bande irrégulière de récifs et leur écume brillait d'une lumière pâle. Vers l'ouest je vis la lumière zodiacale se mêler à la jaune clarté de l'étoile du soir. La côte, à l'est, disparaissait brusquement, et, à l'ouest, elle était cachée par un épaulement du cap. Alors, je me souvins que l'enclos de Moreau se trouvait à l'ouest.

Une branche sèche cassa derrière moi et il y eut un bruissement. Je fis face aux arbres sombres — sans qu'il fût possible de rien voir — ou plutôt je voyais trop. Dans l'obscurité, chaque forme vague avait un aspect menaçant, suggérait une hostilité aux aguets. Je demeurai ainsi, l'espace d'une minute peut-être, puis, sans quitter les arbres des yeux, je me tournai vers l'ouest pour franchir le promontoire. Au moment même où je me tournai, une ombre, au milieu des ténèbres vigilantes, s'ébranla pour me suivre.

Mon cœur battait à coups précipités. Bientôt la courbe vaste d'une baie s'ouvrant vers l'ouest devint visible, et je fis halte. L'ombre silencieuse fit halte aussi à quinze pas. Un petit point de lumière brillait à l'autre extrémité de la courbe et la grise étendue de la plage sablonneuse se prolongeait faiblement sous la lueur des étoiles. Le point lumineux se trouvait peut-être à deux milles de distance. Pour gagner le rivage, il me fallait traverser le bois où les ombres me guettaient et descendre une pente couverte de buissons touffus.

Je pouvais maintenant apercevoir mon ennemi un peu plus distinctement. Ce n'était pas un animal, car il marchait debout. J'ouvris alors la bouche pour parler, mais un phlegme rauque me coupa la voix. J'essayai de nouveau :

« Qui va là ? » criai-je.

Il n'y eut pas de réponse. Je fis un pas. La silhouette ne bougea pas et sembla seulement se ramasser sur elle-même ; mon pied heurta un caillou.

Cela me donna une idée. Sans quitter des yeux la forme noire, je me baissai pour ramasser le morceau de roc. Mais, à ce mouvement, l'ombre fit une soudaine volte-face, à la manière d'un chien, et s'enfonça obliquement dans les ténèbres. Je me souvins alors d'un moyen ingénieux dont les écoliers se servent contre les chiens : je nouai le caillou dans un coin de mon mouchoir, que j'enroulai solidement autour de mon poignet. Parmi les ombres éloignées j'entendis le bruit de mon ennemi en retraite, et soudain mon intense surexcitation m'abandonna. Je me mis à trembler et une sueur froide m'inonda, pendant qu'il fuyait et que je restais là avec mon arme inutile dans la main.

Un bon moment s'écoula avant que je pusse me résoudre à descendre, à travers le bois et les taillis, le flanc du promontoire jusqu'au rivage. Enfin, je les franchis en un seul élan et, comme je sortais du fourré et m'engageais sur la plage, j'entendis les craquements des pas de l'autre lancé à ma poursuite.

Alors la peur me fit complètement perdre la tête et je me mis à courir sur le sable. Immédiatement, je fus suivi par ce même bruit de pas légers et rapides. Je poussai un cri farouche et redoublai de vitesse. Sur mon passage, de vagues choses noires, ayant trois ou quatre fois la taille d'un lapin remontèrent le talus en courant et en bondissant. Tant que je vivrai, je me rappellerai la terreur de cette poursuite. Je courais au bord des flots et j'entendais de temps en temps le clapotis des pas qui gagnaient sur moi. Au loin, désespérément loin, brillait faiblement la lueur jaune. La nuit, tout autour de nous, était noire et muette. Plaff! Plaff! faisaient continuellement les pieds de mon ennemi. Je me sentis à bout de souffle, car je n'étais nullement entraîné; à chaque fois ma respiration sifflait et j'éprouvais à mon côté une douleur aiguë comme un coup de couteau.

Nous courions ainsi sous les étoiles tranquilles, vers le reflet jaune, vers la clarté désespérément lointaine de la maison. Et bientôt, avec un réel soulagement, j'entendis le pitoyable gémissement du puma, ce cri de souffrance qui avait été la cause de ma fuite et m'avait fait partir en exploration à travers l'île mystérieuse. Alors, malgré ma faiblesse et mon épuisement, je rassemblai mes

forces et me remis à courir vers la lumière. Il me
sembla qu'une voix m'appelait. Puis, soudain, les
pas, derrière moi, se ralentirent, changèrent de
direction et je les entendis se reculer dans la nuit.

CHAPITRE VI

UNE SECONDE ÉVASION

Quand je fus assez près, je vis que la lumière venait de la porte ouverte de ma chambre, et j'entendis, sortant de l'obscurité qui cernait cette échappée de clarté, la voix de Montgomery, m'appelant de toutes ses forces.

Je continuai à courir. Bientôt, je l'entendis de nouveau. Je répondis faiblement et l'instant d'après j'arrivai jusqu'à lui, chancelant et haletant.

« D'où sortez-vous ? questionna-t-il en me prenant par le bras et me maintenant de telle façon que la lumière m'éclairait en pleine figure. Nous avons été si occupés, tous les deux, que nous vous avions oublié et il n'y a qu'un instant qu'on s'est préoccupé de vous. »

Il me conduisit dans la pièce et me fit asseoir dans le fauteuil pliant. La lumière m'aveugla pendant quelques minutes.

« Nous ne pensions pas que vous vous risque-riez à explorer l'île sans nous en prévenir, dit-il... J'avais peur... mais... quoi ?... eh bien ?... »

Mon dernier reste d'énergie m'abandonna et je

me laissai aller, la tête sur la poitrine. Il éprouva,
je crois, une certaine satisfaction à me faire boire
du cognac.

« Pour l'amour de Dieu, implorai-je, fermez
cette porte.

— Vous avez rencontré quelque... quelque
bizarre créature, hein ? » interrogea-t-il.

Il alla fermer la porte et revint. Sans me poser
d'autres questions, il me donna une nouvelle
gorgée de cognac étendu d'eau et me pressa de
manger. J'étais complètement affaissé. Il grommela de vagues paroles à propos d' « oubli » et
d' « avertissement » ; puis il me demanda brièvement quand j'étais parti et ce que j'avais vu. Je lui
répondis tout aussi brièvement et par phrases
laconiques.

« Dites-moi ce que cela signifie ? lui criai-je
dans un état d'énervement indescriptible.

— Ça n'est rien de si terrible, fit-il. Mais je
crois que vous en avez eu assez pour aujour-
d'hui. »

Soudain, le puma poussa un hurlement déchi-
rant, et Montgomery jura à mi-voix.

« Que le diable m'emporte, si cette boîte n'est
pas pire que le laboratoire... à Londres... avec ses
chats...

— Montgomery, interrompis-je, quelle est
cette chose qui m'a poursuivi ? Était-ce une bête
ou était-ce un homme ?

— Si vous ne dormez pas maintenant,
conseilla-t-il, vous battrez la campagne demain.

— Quelle est cette chose qui m'a poursuivi ? »
répétai-je en me levant et me plantant devant lui.

Il me regarda franchement dans les yeux, et une
crispation lui tordit la bouche. Son regard, qui, la
minute d'avant, s'était animé, redevint terne.

« D'après ce que vous en dites, fit-il, je pense
que ce doit être un spectre. »

Un accès de violente irritation s'empara de moi
et disparut presque aussitôt. Je me laissai retomber dans le fauteuil et pressai mon front dans mes
mains. Le puma se reprit à gémir. Montgomery
vint se placer derrière moi, et, me posant la main
sur l'épaule, il parla :

« Écoutez bien, Prendick, je n'aurais pas dû
vous laisser vagabonder dans cette île stupide...
Mais rien n'est aussi terrible que vous le pensez,
mon cher. Vous avez les nerfs détraqués. Voulez-
vous que je vous donne quelque chose qui vous
fera dormir ? *Ceci...* (il voulait dire les cris du
puma) va durer encore pendant plusieurs heures.
Il faut tout bonnement que vous dormiez ou je ne
réponds plus de rien. »

Je ne répondis pas, et, les coudes sur les
genoux, je cachai ma figure dans mes mains.
Bientôt, il revint avec une petite fiole contenant
un liquide noirâtre qu'il me fit boire. Je l'ingurgi-
tai sans résistance et il m'aida à m'installer dans le
hamac.

Quand je m'éveillai, il faisait grand jour. Je
demeurai assez longtemps sans bouger, contemplant le plafond. Les chevrons, remarquai-je,

étaient faits avec les épaves d'un vaisseau. Tournant la tête, j'aperçus un repas préparé sur la table. J'avais faim et je me mis en devoir de sortir du hamac, lequel, allant très poliment au-devant de mon intention, bascula et me déposa à quatre pattes sur le plancher.

Je me relevai et m'installai à table ; j'avais la tête lourde, et, tout d'abord, je ne retrouvai que de vagues souvenirs de ce qui s'était passé la veille. La brise matinale, soufflant doucement par la fenêtre sans vitres, et la nourriture que je pris contribuèrent à me donner cette sensation de bien-être animal que j'éprouvai ce matin-là. Soudain, la porte intérieure qui menait dans l'enclos s'ouvrit derrière moi. Je me retournai et aperçus Montgomery.

« Ça va ? fit-il. Je suis terriblement occupé. »

Il tira la porte après lui, et je découvris ensuite qu'il avait oublié de la fermer à clef.

L'expression qu'avait sa figure, la nuit précédente, me revint et tous les souvenirs de mes expériences se reproduisirent tour à tour dans ma mémoire. Une sorte de crainte s'emparait à nouveau de moi, et, au même moment, un cri de douleur se fit encore entendre. Mais cette fois ce n'était plus la voix du puma.

Je reposai sur mon assiette la bouchée préparée et j'écoutai. Partout le silence, à part le murmure de la brise matinale. Je commençai à croire que mes oreilles me décevaient.

Après une longue pause, je me remis à manger,

demeurant aux écoutes. Bientôt, je perçus un autre bruit, très faible et bas. Je restai comme pétrifié. Bien que le bruit fût affaibli et sourd, il m'émut plus profondément que toutes les abominations que j'avais entendues jusqu'ici derrière ce mur. Cette fois, il n'y avait pas d'erreur possible sur la nature de ces sons atténués et intermittents ; aucun doute quant à leur provenance. C'étaient des gémissements entrecoupés de sanglots et de spasmes d'angoisse. Cette fois, je ne pouvais me méprendre sur leur signification : c'était un être humain qu'on torturait !

A cette idée, je me levai ; en trois enjambées, j'eus traversé la pièce, et saisissant le loquet, j'ouvris toute grande la porte intérieure.

« Eh ! là, Prendick ! arrêtez ! » cria Montgomery, intervenant.

Un grand chien, surpris, aboya et gronda. Je vis du sang dans une rigole, du sang coagulé et d'autre encore rouge, et je respirai l'odeur particulière de l'acide phénique. Par l'entrebâillement d'une porte, de l'autre côté de la cour, j'aperçus, dans l'ombre à peine distincte, quelque chose qui était lié sur une sorte de cadre, un être tailladé, sanguinolent et entouré de bandages, par endroits. Puis, cachant ce spectacle, apparut le vieux Moreau, pâle et terrible.

En un instant, il m'eut empoigné par l'épaule d'une main toute souillée de sang, et, me soulevant de terre, comme si j'eusse été un petit enfant, il me lança la tête la première dans ma chambre. Je tombai de tout mon long sur le plancher ; la porte claqua, me dérobant l'expression de violente colère de sa figure. Puis la clef tourna furieusement dans la serrure, et j'entendis la voix de Montgomery se disculpant.

« ... ruiner l'œuvre de toute une vie ! disait Moreau.

— Il ne comprend pas, expliquait Montgomery, parmi d'autres phrases indistinctes.

— Je n'ai pas encore le loisir... » répondait Moreau.

Le reste m'échappa. Je me remis sur pied, tout tremblant, tandis que mon esprit n'était qu'un chaos d'appréhensions des plus horribles. Était-ce concevable, pensais-je, qu'une chose pareille fût possible ? La vivisection humaine ! Cette question passait comme un éclair dans un ciel tumultueux. Soudain, l'horreur confuse de mon esprit se précisa en une vive réalisation du danger que je courais.

Il me vint à l'idée, comme un espoir irraisonné de salut, que la porte de ma chambre m'était encore ouverte. J'étais convaincu maintenant, absolument certain que Moreau était occupé à viviséquer un être humain. Depuis que j'avais, pour la première fois après mon arrivée, entendu son nom, je m'étais sans cesse efforcé, d'une façon quelconque, de rapprocher de ses abominations le grotesque animalisme des insulaires ; et, maintenant je croyais tout deviner. Le souvenir me revint de ses travaux sur la transfusion du sang. Ces créatures que j'avais vues étaient les victimes de ses hideuses expériences.

Les abominables sacripants qu'étaient Moreau et Montgomery avaient simplement l'intention de me garder, de me duper avec leur promesse de confidences, pour me faire bientôt subir un sort plus horrible que la mort : la torture, et, après la torture, la plus hideuse dégradation qu'il fût possible de concevoir, m'envoyer, âme perdue, abêtie, rejoindre le reste de leurs monstres. Je cherchai des yeux une arme quelconque ; rien. Une inspiration me vint. Je retournai le fauteuil pliant et, maintenant un des côtés par terre avec mon pied, j'arrachai le barreau le plus fort. Par hasard, un clou s'arracha en même temps que le bois, et, le traversant de part en part, donnait un air dangereux à une arme qui, autrement, eût été inoffensive. J'entendis un pas au-dehors et j'ouvris immédiatement la porte : Montgomery était à quelques pas, venant dans l'intention de fermer aussi l'issue extérieure.

Je levai sur lui mon arme, visant sa tête, mais il bondit en arrière. J'hésitai un moment, puis je m'enfuis à toutes jambes et tournai le coin du mur.

« Prendick !... hé !... Prendick !... l'entendis-je crier, tout étonné. Prendick !... Ne faites donc pas l'imbécile !... »

Une minute de plus, pensais-je, et j'aurais été enfermé, tout aussi certain de mon sort qu'un cobaye de laboratoire. Il parut au coin de l'enclos d'où je l'entendis encore une fois m'appeler. Puis il se lança à mes trousses, me criant des choses que je ne comprenais pas.

Cette fois, j'allais à toute vitesse, sans savoir où, dans la direction du nord-est, formant angle droit avec le chemin que j'avais suivi dans ma précédente expédition. Une fois, comme j'escaladais le talus du rivage, je regardai par-dessus mon épaule, et je vis Montgomery suivi maintenant de son domestique. Je m'élançai furieusement jusqu'au haut de la pente et m'enfonçai dans une vallée rocailleuse, bordée de fourrés impénétrables. Je courus ainsi pendant peut-être un mille, la poitrine haletante, le cœur me battant dans les oreilles ; puis, n'entendant plus ni Montgomery ni son domestique, et me sentant presque épuisé, je tournai court dans la direction du rivage, suivant ce que je pouvais croire, et me tapis à l'abri d'un fouillis de roseaux.

J'y restai longtemps, trop effrayé pour bouger et même beaucoup trop affolé pour songer à quelque plan d'action. Le paysage farouche qui m'entourait dormait silencieusement sous le soleil et le seul bruit que je pusse percevoir était celui que faisaient quelques insectes dérangés par ma présence. Bientôt, me parvint un son régulier et berceur — le soupir de la mer mourant sur le sable.

Au bout d'une heure environ, j'entendis Montgomery qui criait mon nom, au loin, vers le nord. Cela me décida à combiner un plan d'action.

Selon ce que j'interprétais alors, l'île n'était habitée que par ces deux vivisecteurs et leurs victimes animalisées. Sans doute, ils pourraient se servir de certains de ces monstres contre moi, si besoin en était. Je savais que Moreau et Montgomery avaient chacun des revolvers, et à part mon faible barreau de bois blanc, garni d'un petit clou — caricature de massue — j'étais sans défense.

Aussi je demeurai où j'étais jusqu'à ce que je vinsse à penser à manger et à boire, et, à ce moment, je me rendis compte de ce que ma situation avait d'absolument désespéré. Je ne connaissais aucun moyen de me procurer de la nourriture. Je savais trop peu de botanique pour découvrir autour de moi la moindre ressource de racine ou de fruit ; je n'avais aucun piège pour attraper les quelques lapins lâchés dans l'île. Plus j'y pensais et plus j'étais découragé. Enfin, devant cette position sans issue, mon esprit revint à ces hommes animalisés que j'avais rencontrés. J'essayai de me redonner quelque espoir avec ce que je pus me rappeler d'eux. Tour à tour, je me représentai chacun de ceux que j'avais vus et j'essayai de tirer de ma mémoire quelque bon augure d'assistance.

Soudain, j'entendis un chien aboyer, et cela me fit penser à un nouveau danger. Sans prendre le temps de réfléchir — sans quoi ils m'auraient attrapé — je saisis mon bâton et me lançai aussi vite que je pus du côté d'où venait le bruit de la mer. Je me souviens d'un buisson de plantes

garnies d'épines coupant comme des canifs. J'en
sortis, sanglant et les vêtements en lambeaux,
pour déboucher au nord d'une longue crique qui
s'ouvrait au nord. Je m'avançai droit dans l'eau,
sans une minute d'hésitation, et me trouvai
bientôt en avoir jusqu'aux genoux. Je parvins
enfin à l'autre rive, et, le cœur battant à tout
rompre, je me glissai dans un enchevêtrement de
lianes et de fougères, attendant l'issue de la
poursuite. J'entendis le chien — il n'y en avait
qu'un — s'approcher et aboyer quand il traversa
les épines. Puis tout bruit cessa et je commençai à
croire que j'avais échappé.

Les minutes passaient, le silence se prolongeait
et enfin, au bout d'une heure de sécurité, mon
courage me revint.

Je n'étais plus alors ni très terrifié, ni très
misérable, car j'avais, pour ainsi dire, dépassé les
bornes de la terreur et du désespoir. Je me rendais
compte que ma vie était positivement perdue, et
cette persuasion me rendait capable de tout oser.
Même, j'avais un certain désir de rencontrer
Moreau, de me trouver face à face avec lui. Et
puisque j'avais traversé l'eau, je pensai que si
j'étais serré de trop près, j'avais au moins un
moyen d'échapper à mes tourments, puisqu'ils ne
pouvaient guère m'empêcher de me noyer. J'eus
presque l'idée de me noyer tout de suite, mais une
bizarre curiosité de voir comment l'aventure
finirait, un intérêt, un étrange et impersonnel
besoin de me voir moi-même en spectacle me

retinrent. J'étirai mes membres engourdis et endoloris par les déchirures des épines ; je regardai les arbres autour de moi, et, si soudainement qu'elle sembla se projeter hors de son cadre de verdure, mes yeux se posèrent sur une face noire qui m'épiait.

Je reconnus la créature simiesque qui était venue à la rencontre de la chaloupe, sur le rivage ; le monstre était suspendu au tronc oblique d'un palmier. Je serrai mon bâton dans ma main, et me levai, lui faisant face. Il se mit à baragouiner.

« Vou... vou... vou... » fut d'abord tout ce que je pus distinguer.

Soudain, il sauta à terre et, écartant les branches, m'examina curieusement.

Je n'éprouvais pas pour cet être la même répugnance que j'avais ressentie lors de mes autres rencontres avec les hommes animalisés.

« Vous..., dit-il, dans le bateau... »

Puisqu'il parlait, c'était un homme — du moins autant que le domestique de Montgomery.

« Oui, répondis-je, je suis arrivé dans le bateau... débarqué du navire...

— Oh ! » fit-il.

Le regard de ses yeux brillants et mobiles me parcourait des pieds à la tête, se fixant sur mes mains, sur le bâton que je tenais, sur mes pieds, sur les endroits de mon corps que laissaient voir les déchirures faites par les épines. Quelque

chose semblait le rendre perplexe. Ses yeux
revinrent à mes mains. Il étendit une des siennes
et compta lentement ses doigts :

« Un, deux, trois, quatre, cinq, — eh ? »

Je ne compris pas alors ce qu'il voulait dire.
Plus tard je trouvai qu'un certain nombre de ces
bipèdes avaient des mains mal formées, aux-
quelles, parfois, il manquait jusqu'à trois doigts.
Mais, m'imaginant que cela était un signe de
bienvenue, je répondis par le même geste. Il
grimaça avec la plus parfaite satisfaction. Alors
son regard furtif et rapide m'examina de nouveau.
Il eut un vif mouvement de recul et disparut ; les
branches de fougères qu'il avait tenues écartées se
rejoignirent.

Je fis quelques pas dans le fourré pour le suivre,
et fus étonné de le voir se balancer joyeusement,
suspendu par un long bras maigre à une poignée
de lianes qui tombaient des branches plus élevées.
Il me tournait le dos.

« Eh bien ? » prononçai-je.

Il sauta à terre en tournant sur lui-même, et me
fit face.

« Dites-moi, lui demandai-je, où je pourrais
trouver quelque chose à manger.

— Manger ! fit-il. Manger de la nourriture des
hommes, maintenant… Dans les huttes ! »

Ses yeux retournèrent aux lianes pendantes.

« Mais où sont les huttes ?

— Ah !

— Je suis nouveau, vous comprenez. »

Sur ce, il fit demi-tour et se mit à marcher d'une vive allure. Tous ses mouvements étaient curieusement rapides.

« Suivez-moi », commanda-t-il.

Je lui emboîtai le pas, décidé à pousser l'aventure jusqu'au bout. Je devinais que les huttes devaient être quelque grossier abri, où il habitait avec certains autres de ces bipèdes. Peut-être, les trouverais-je animés de bonnes dispositions à mon égard ; peut-être, aurais-je le moyen de m'emparer de leurs esprits. Je ne savais pas encore combien ils étaient éloignés de l'héritage humain que je leur attribuais.

Mon simiesque compagnon trottait à côté de moi, les bras ballants et la mâchoire inférieure protubérante. Je me demandais quelle faculté de se souvenir il pouvait posséder.

« Depuis combien de temps êtes-vous dans cette île ? demandai-je.

— Combien de temps… » fit-il.

Après que je lui eus répété la question, il ouvrit trois doigts de la main. Il valait donc un peu mieux qu'un idiot. J'essayai de lui faire préciser ce qu'il voulait dire par ce geste, mais cela parut l'ennuyer beaucoup. Après deux ou trois interrogations, il s'écarta soudain et sauta après quelque fruit qui pendait d'une branche d'arbre. Il arracha une poignée de gousses garnies de piquants et se mit à en manger le contenu. Je l'observai avec satisfaction, car, ici du moins, j'avais une indication pour trouver à me sustenter. J'essayai de lui poser d'autres questions, mais ses réponses, rapides et babillardes, étaient la plupart du temps intempestives et incohérentes : rarement elles se trouvaient appropriées, et le reste semblait des phrases de perroquet.

Mon attention était tellement absorbée par tous ces détails que je remarquai à peine le sentier que nous suivions. Bientôt nous passâmes auprès de troncs d'arbres entaillés et noirâtres, puis, dans un endroit à ciel ouvert, encombré d'incrustations d'un blanc jaunâtre, à travers lequel se répandait une âcre fumée qui vous prenait au nez et à la gorge. Sur la droite, par-dessus un fragment de roche nue, j'aperçus l'étendue bleue de la mer. Le sentier se repliait brusquement en un ravin étroit entre deux masses écroulées de scories noirâtres et noueuses. Nous y descendîmes.

Ce passage, après l'aveuglante clarté que reflétait le sol sulfureux, était extrêmement sombre. Ses murs se dressaient à pic et vers le haut se rapprochaient. Des lueurs écarlates et vertes dansaient devant mes yeux. Mon conducteur s'arrêta soudain.

« Chez moi », dit-il.

Je me trouvais au fond d'une fissure, qui, tout d'abord, me parut absolument obscure. J'entendis divers bruits étranges et je me frottai énergiquement les yeux avec le dos de ma main gauche. Une odeur désagréable monta, comme celle d'une cage de singe mal tenue. Au-delà, le roc s'ouvrait de nouveau sur une pente régulière de verdures ensoleillées, et, de chaque côté, la lumière venait se heurter par un étroit écartement contre l'obscurité intérieure.

CHAPITRE VII

L'ENSEIGNEMENT DE LA LOI

Alors, quelque chose de froid toucha ma main. Je tressaillis violemment et aperçus tout contre moi une vague forme rosâtre, qui ressemblait à un enfant écorché plus qu'à un autre être. La créature avait exactement les traits doux et repoussants de l'aï, le même front bas et les mêmes gestes lents. Quand fut dissipé le premier aveuglement causé par le passage subit du grand jour à l'obscurité, je commençai à y voir plus distinctement. La petite créature qui m'avait touché était debout devant moi, m'examinant. Mon conducteur avait disparu.

L'endroit était un étroit passage creusé entre de hauts murs de lave, une profonde crevasse, de chaque côté de laquelle des entassements d'herbes marines, de palmes et de roseaux entrelacés et appuyés contre la roche, formaient des repaires grossiers et impénétrablement sombres. L'interstice sinueux qui remontait le ravin avait à peine trois mètres de large et il était encombré de débris de fruits et de toutes sortes de détritus qui expliquaient l'odeur fétide.

Le petit être rosâtre continuait à m'examiner avec ses yeux clignotants, quand mon Homme-Singe reparut à l'ouverture de la plus proche de ces tanières, me faisant signe d'entrer. Au même moment, un monstre lourd et gauche sortit en se tortillant de l'un des antres qui se trouvaient au bout de cette rue étrange ; il se dressa, silhouette difforme, contre le vert brillant des feuillages et me fixa. J'hésitai — à demi décidé à m'enfuir par le chemin que j'avais suivi pour venir —, puis, déterminé à pousser l'aventure jusqu'au bout, je serrai plus fort mon bâton dans ma main et me glissai dans le fétide appentis derrière mon conducteur.

C'était un espace semi-circulaire, ayant la forme d'une demi-ruche d'abeilles, et, contre le mur rocheux qui formait la paroi intérieure, se trouvait une provison de fruits variés, noix de coco et autres. Des ustensiles grossiers de lave et de bois étaient épars sur le sol et l'un d'eux était sur une sorte de mauvais escabeau. Il n'y avait pas de feu. Dans le coin le plus sombre de la hutte était accroupie une masse informe qui grogna en me voyant ; mon Homme-Singe resta debout, éclairé par la faible clarté de l'entrée, et me tendit une noix de coco ouverte, tandis que je me glissai dans le coin opposé où je m'accroupis. Je pris la noix et commençai à la grignoter, l'air aussi calme que possible, malgré ma crainte intense et l'intolérable manque d'air de la hutte. La petite créature rose apparut à l'ouverture, et quelque autre bipède avec une figure brune et des yeux brillants vint aussi regarder par-dessus son épaule.

« Hé ? grogna la masse indistincte du coin opposé.

— C'est un Homme, c'est un Homme, débita mon guide ; un Homme, un Homme, un Homme vivant, comme moi !

— Assez ! » intervint avec un grognement la voix qui sortait des ténèbres.

Je rongeais ma noix de coco au milieu d'un silence impressionnant, cherchant, sans pouvoir y réussir, à distinguer ce qui se passait dans les ténèbres.

« C'est un Homme ? répéta la voix. Il vient vivre avec nous ? »

La voix forte, un peu hésitante, avait quelque chose de bizarre, une sorte d'intonation sifflante qui me frappa d'une façon particulière, mais l'accent était étrangement correct.

L'Homme-Singe me regarda comme s'il espérait quelque chose. J'eus l'impression que ce silence était interrogatif.

« Il vient vivre avec vous, dis-je.

— C'est un Homme ; il faut qu'il apprenne la Loi. »

Je commençais à distinguer maintenant quelque chose de plus sombre dans l'obscurité, le vague contour d'un être accroupi la tête enfoncée dans les épaules. Je remarquai alors que l'ouver-

ture de la hutte était obscurcie par deux nouvelles têtes. Ma main serra plus fort mon arme.
La chose dans les ténèbres parla sur un ton plus
élevé :

« Dites les mots. »

Je n'avais pas entendu ce qu'il avait ânonné
auparavant, aussi répéta-t-il sur une sorte de ton
de mélopée :

« Ne pas marcher à quatre pattes. C'est la
Loi… »

J'étais ahuri.

« Dites les mots », bredouilla l'Homme-Singe.

Lui-même les répéta, et tous les êtres qui se
trouvaient à l'entrée firent chorus, avec quelque
chose de menaçant dans leur intonation.

Je me rendis compte qu'il me fallait aussi
répéter cette formule stupide, et alors commença
une cérémonie insensée. La voix, dans les ténèbres, entonna phrase à phrase une suite de
litanies folles, que les autres et moi répétâmes.
En articulant les mots, ils se balançaient de côté
et d'autre, frappant leurs cuisses, et je suivis leur
exemple. Je pouvais m'imaginer que j'étais mort
et déjà dans un autre monde en cette hutte
obscure, avec ces personnages vagues et grotesques, tachetés ici et là par un reflet de lumière,
tous se balançant et chantant à l'unisson :

« Ne pas marcher à quatre pattes. C'est la Loi.
Ne sommes-nous pas des Hommes ?

— Ne pas laper pour boire. C'est la Loi. Ne
sommes-nous pas des Hommes ?

— Ne pas manger de chair ni de poisson. C'est la Loi. Ne sommes-nous pas des Hommes ?

— Ne pas griffer l'écorce des arbres. C'est la Loi. Ne sommes-nous pas des Hommes ?

— Ne pas chasser les autres Hommes. C'est la Loi. Ne sommes-nous pas des Hommes ? »

On peut aisément imaginer le reste, depuis la prohibition de ces actes de folie jusqu'à la défense de ce que je croyais alors être les choses les plus insensées, les plus impossibles et les plus indécentes. Une sorte de ferveur rythmique s'empara de nous tous ; avec un balancement et un baragouin de plus en plus accélérés, nous répétâmes les articles de cette loi étrange. Superficiellement, je subissais la contagion de ces brutes, mais tout au fond de moi le rire et le dégoût se disputaient la place. Nous parcourûmes une interminable liste de prohibitons, puis la mélopée reprit sur une nouvelle formule.

« A lui, la maison de souffrance.

— A lui, la main qui crée.

— A lui, la main qui blesse.

— A lui, la main qui guérit. »

Et ainsi de suite, toute une autre longue série, la plupart du temps en un jargon absolument incompréhensible pour moi, fut débitée sur *lui*, quel qu'il pût être. J'aurais cru rêver, mais jamais encore je n'avais entendu chanter en rêve.

« A lui, l'éclair qui tue.

— A lui, la mer profonde », chantions-nous.

Une idée horrible me vint à l'esprit, que

Moreau, après avoir animalisé ces hommes, avait infecté leurs cerveaux rabougris avec une sorte de déification de lui-même. Néanmoins, je savais trop bien quelles dents blanches et quelles griffes puissantes m'entouraient pour interrompre mon chant, même après cette explication.

« A lui, les étoiles du ciel. »

Pourtant, ces litanies prirent fin. Je vis la figure de l'Homme-Singe ruisselante de sueur et, mes yeux s'étant maintenant accoutumés aux ténèbres, je distinguai mieux le personnage assis dans le coin d'où venait la voix. Il avait la taille d'un homme, mais semblait couvert d'un poil terne et gris assez semblable à celui d'un chien terrier. Qu'était-il ? Qu'étaient-ils tous ? Imaginez-vous entouré des idiots et des estropiés les plus horribles qu'il soit possible de concevoir, et vous pourrez comprendre quelques-uns de mes sentiments, tandis que j'étais au milieu de ces grotesques caricatures d'humanité.

« C'est un homme à cinq doigts, à cinq doigts, à cinq doigts... comme moi », disait l'Homme-Singe.

J'étendis mes mains. La créature grisâtre du coin se pencha en avant.

« Ne pas marcher à quatre pattes. C'est la Loi. Ne sommes-nous pas des Hommes ? » dit-elle.

Elle avança une espèce de moignon étrangement difforme et prit mes doigts. On eût dit le sabot d'un daim découpé en griffes. Je me retins pour ne pas crier de surprise et de douleur. Sa figure se pencha encore pour examiner mes ongles ; le monstre s'avança dans la lumière qui venait de l'ouverture et je vis, avec un frisson de dégoût, qu'il n'avait figure ni d'homme ni de bête, mais une masse de poils gris avec trois arcades sombres qui indiquaient la place des yeux et de la bouche.

« Il a les ongles courts, remarqua entre ses longs poils l'effrayant personnage. Ça vaut mieux : il y en a tant qui sont gênés par de grands ongles. »

Il laissa retomber ma main et instinctivement je pris mon bâton.

« Manger des racines et des arbres — c'est *sa* volonté, proféra l'Homme-Singe.

— C'est moi qui enseigne la Loi, dit le monstre gris. Ici viennent tous ceux qui sont nouveaux pour apprendre la Loi. Je suis assis dans les ténèbres et je répète la Loi.

— C'est vrai, affirma un des bipèdes de l'entrée.

— Terrible est la punition de ceux qui transgressent la Loi. Nul n'échappe.

— Nul n'échappe, répétèrent-ils tous, en se lançant des regards furtifs.

— Nul, nul, nul n'échappe, confirma l'Homme-Singe. Regardez ! J'ai fait une petite chose, une chose mauvaise, une fois. Je jacassai, je jacassai, je ne parlai plus. Personne ne comprenait. Je suis brûlé, marqué au feu dans la main. Il est grand ; il est bon.

— Nul n'échappe, répéta dans son coin le monstre gris.

— Nul n'échappe, répétèrent les autres en se regardant de côté.

— Chacun a un besoin qui est mauvais, continua le monstre gris. Votre besoin, nous ne le savons pas. Nous le saurons. Certains ont besoin de suivre les choses qui remuent, d'épier, de se glisser furtivement, d'attendre et de bondir, de tuer et de mordre, de mordre profond... C'est mauvais. — Ne pas chasser les autres Hommes. C'est la Loi. Ne sommes-nous pas des Hommes ? — Ne pas manger de chair ni de poisson. C'est la Loi. Ne sommes-nous pas des Hommes ?

— Nul n'échappe, interrompit une brute debout dans l'entrée.

— Chacun a un besoin qui est mauvais, reprit le monstre gardien de la Loi. Certains ont besoin de creuser avec les dents et les mains entre les racines et de renifler la terre... c'est mauvais.

— Nul n'échappe, répétèrent les bipèdes de l'entrée.

— Certains écorchent les arbres, certains vont creuser sur les tombes des morts, certains se battent avec le front, ou les pieds, ou les ongles, certains mordent brusquement sans provocation, certains aiment l'ordure.

— Nul n'échappe, prononça l'Homme-Singe en se grattant le mollet.

— Nul n'échappe, dit aussi le petit être rose.

— La punition est rude et sûre. Donc, apprenez la Loi. Répétez les mots. »

Immédiatement, il recommença l'étrange litanie de cette loi et, de nouveau, tous ces êtres et moi, nous nous mîmes à chanter et à nous balancer. La tête me tournait, à cause de cette monotone psalmodie et de l'odeur fétide de l'endroit, mais je me raidis, comptant trouver bientôt l'occasion d'en savoir plus long.

« Ne pas marcher à quatre pattes. C'est la Loi. Ne sommes-nous pas des Hommes ? »

Nous faisions un tel tapage que je ne pris pas garde à un bruit venant du dehors, jusqu'à ce que quelqu'un, qui était, je pense, l'un des deux Hommes-Porcs que j'avais aperçus, passant sa tête par-dessus la petite créature rose, cria sur un ton de frayeur quelque chose que je ne saisis pas. Aussitôt ceux qui étaient debout à l'entrée disparurent ; mon Homme-Singe se précipita dehors, l'être qui restait assis dans l'obscurité le suivit — je remarquai qu'il était gros et maladroit et couvert de poils argentés — et je me trouvai seul.

Puis, avant que j'eusse atteint l'ouverture, j'entendis l'aboiement d'un chien.

Au même instant, j'étais hors de la hutte, mon bâton de chaise à la main, tremblant de tous mes membres. Devant moi, j'avais les dos mal bâtis d'une vingtaine peut-être de ces bipèdes, leurs têtes difformes à demi enfoncées dans les omoplates. Ils gesticulaient avec animation. D'autres faces à demi animales sortaient, inquiètes, des autres huttes. Portant mes regards dans la direction vers laquelle ils étaient tournés, je vis, venant à travers la brume, sous les arbres, au bout du passage des tanières, la silhouette sombre et la terrible tête blanche de Moreau. Il maintenait le chien qui bondissait, et, le suivant de près, venait Montgomery, le revolver au poing.

Un instant, je restai frappé de terreur.

Je me retournai et vis le passage, derrière moi, bloqué par une énorme brute, à la face large et grise et aux petits yeux clignotants. Elle s'avançait vers moi. Je regardai de tous côtés et aperçus à ma droite, dans le mur de roche, à cinq ou six mètres de distance, une étroite fissure, à travers laquelle venait un rayon de lumière coupant obliquement l'ombre.

« Arrêtez ! » cria Moreau en me voyant me diriger vers la fissure ; puis il ordonna : « Arrêtez-le ! »

A ces mots, les figures des brutes se tournèrent une à une vers moi. Heureusement, leur cerveau bestial était lent à comprendre.

D'un coup d'épaule, j'envoyai rouler à terre un monstre gauche et maladroit, qui se retournait pour voir ce que voulait dire Moreau, et il alla tomber en en renversant un autre. Il chercha à se rattraper à moi, mais me manqua. La petite créature rose se précipita pour me saisir, mais je l'abattis d'un coup de bâton et le clou balafra sa vilaine figure. L'instant d'après, j'escaladais un sentier à pic, une sorte de cheminée inclinée qui sortait du ravin. J'entendis un hurlement et des cris :

« Attrapez-le ! Arrêtez-le ! »

Le monstre gris apparut derrière moi et engagea sa masse dans la brèche. Les autres suivaient en hurlant.

J'escaladai l'étroite crevasse et débouchai sur la solfatare du côté ouest du village des hommes-animaux. Je franchis cet espace en courant, descendis une pente abrupte où poussaient quelques arbres épars, et arrivai à un bas-fond plein de grands roseaux. Je m'y engageai, avançant jusqu'à un épais et sombre fourré dont le sol cédait sous les pieds.

La brèche avait été, pour moi, une chance inespérée, car le sentier étroit et montant obliquement dut gêner grandement et retarder ceux qui me poursuivaient. Au moment où je m'enfonçai dans les roseaux, le plus proche émergeait seulement de la crevasse.

Pendant quelques minutes, je continuai à courir dans le fourré. Bientôt, autour de moi, l'air fut plein de cris menaçants. J'entendis le tumulte de la poursuite, le bruit des roseaux écrasés, et, de temps en temps, le craquement des branches. Quelques-uns des monstres rugissaient comme des bêtes féroces. Vers la gauche, le chien aboyait ; dans la même direction, j'entendis Moreau et Montgomery pousser leurs appels. Je

tournai brusquement vers la droite. Il me sembla
à ce moment entendre Montgomery me crier de
fuir, si je tenais à la vie.

Bientôt le sol, gras et bourbeux, céda sous mes
pieds ; mais, avec une énergie désespérée, je m'y
jetai tête baissée, barbotant jusqu'aux genoux, et
je parvins enfin à un sentier sinueux entre de
grands roseaux. Le tumulte de la poursuite s'éloigna vers la gauche. A un endroit, trois étranges
animaux roses, de la taille d'un chat, s'enfuirent
en sautillant devant moi. Ce sentier montait à
travers un autre espace libre, couvert d'incrustations blanches, pour s'enfoncer de nouveau dans
les roseaux.

Puis, soudain, il tournait, suivant le bord d'une
crevasse à pic, survenant comme le saut-de-loup
d'un parc anglais, brusque et imprévue. J'arrivais
en courant de toutes mes forces et ne remarquai
ce précipice qu'en m'y sentant dégringoler dans le
vide.

Je tombai, la tête et les épaules en avant, parmi
des épines, et me relevai, une oreille déchirée et la
figure ensanglantée. J'avais culbuté dans un ravin
escarpé, plein de roches et d'épines. Un brouillard s'enroulait en longues volutes autour de moi,
et un ruisselet étroit d'où montait cette brume
serpentait jusqu'au fond. Je fus étonné de trouver
du brouillard dans la pleine ardeur du jour, mais
je n'avais pas le loisir de m'attarder à réfléchir.
J'avançai en suivant la direction du courant,
espérant arriver ainsi jusqu'à la mer et avoir le

chemin libre pour me noyer; ce fut plus tard seulement que je m'aperçus que j'avais perdu mon bâton dans ma chute.

Bientôt, le ravin se rétrécit sur un certain espace, et, insouciamment, j'entrai dans le courant. J'en ressortis bien vite, car l'eau était presque brûlante. Je remarquai aussi une mince écume sulfureuse flottant à sa surface. Presque immédiatement le ravin faisait un angle brusque et j'aperçus l'indistinct horizon bleu. La mer proche reflétait le soleil par des myriades de facettes. Je vis ma mort devant moi.

Mais j'étais trempé de sueur et haletant. Je ressentais aussi une certaine exaltation d'avoir devancé ceux qui me pourchassaient, et cette joie et cette surexcitation m'empêchèrent alors de me noyer sans plus attendre.

Je me retournai dans la direction d'où je venais, l'oreille aux écoutes. A part le bourdonnement des moucherons et le bruissement de certains insectes qui sautaient parmi les buissons, l'air était absolument tranquille.

Alors, me parvinrent, très faibles, l'aboiement d'un chien, puis un murmure confus de voix, le claquement d'un fouet. Ces bruits s'accrurent, puis diminuèrent, remontèrent le courant, pour s'évanouir. Pour un temps, la chasse semblait terminée.

Mais je savais maintenant quelle chance de secours je pouvais trouver dans ces bipèdes.

Je repris ma route vers la mer. Le ruisseau

d'eau chaude s'élargissait en une embouchure encombrée de sables et d'herbes, sur lesquels une quantité de crabes et de bêtes aux longs corps munis de nombreuses pattes grouillèrent à mon approche. J'avançai jusqu'au bord des flots, où, enfin, je me sentis en sécurité. Je me retournai et, les mains sur les hanches, je contemplai l'épaisse verdure dans laquelle le ravin vaporeux faisait une brèche embrumée. Mais j'étais trop surexcité et — chose réelle, dont douteront ceux qui n'ont jamais connu le danger — trop désespéré pour mourir.

Alors, il me vint à l'esprit que j'avais encore une chance. Tandis que Moreau, Montgomery et leur cohue bestiale me pourchassaient à travers l'île, ne pourrais-je pas contourner la grève et arriver à l'enclos ? tenter de faire une marche de flanc contre eux et alors, avec une pierre arrachée au mur peu solidement bâti, briser la serrure de la petite porte et essayer de trouver un couteau, un pistolet, que sais-je, pour leur tenir tête à leur retour ? En tous les cas, c'était une chance de vendre chèrement ma vie.

Je me tournai vers l'ouest, avançant au long des flots. L'aveuglante ardeur du soleil couchant flamboyait devant mes yeux ; et la faible marée du Pacifique montait en longues ondulations.

Bientôt le rivage s'éloigna vers le sud et j'eus le soleil à ma droite. Puis, tout à coup, loin en face de moi, je vis, une à une, plusieurs figures émerger des buissons — Moreau, avec son grand chien gris, ensuite Montgomery et deux autres. A cette vue, je m'arrêtai.

Ils m'aperçurent et se mirent à gesticuler et à avancer. Je restai immobile, les regardant venir. Les deux hommes-animaux s'élancèrent en courant pour me couper la retraite vers les buissons de l'intérieur. Montgomery aussi se mit à courir, mais droit vers moi. Moreau suivait plus lentement avec le chien.

Enfin, je secouai mon inaction et, me tournant du côté de la mer, j'entrai délibérément dans les flots. J'y fis une trentaine de mètres avant que l'eau me vînt à la taille. Vaguement, je pouvais voir les bêtes de marée s'enfuir sous mes pas.

« Mais que faites-vous ? » cria Montgomery. Je me retournai, de l'eau jusqu'à mi-corps, et les regardai.

Montgomery était resté haletant au bord du flot. Sa figure, après cette course, était d'un rouge vif, ses longs cheveux plats étaient en désordre, et sa lèvre inférieure, tombante, laissait voir ses dents irrégulières. Moreau approchait seulement, la face pâle et ferme, et le chien qu'il maintenait aboya après moi. Les deux hommes étaient munis de fouets solides. Plus haut, au bord des broussailles, se tenaient les hommes-animaux aux aguets.

« Ce que je fais ? — Je vais me noyer. »

Montgomery et Moreau échangèrent un regard.

« Pourquoi ? demanda Moreau.

— Parce que cela vaut mieux qu'être torturé par vous.

— Je vous l'avais dit », fit Montgomery ; et Moreau lui répondit quelque chose à voix basse.

« Qu'est-ce qui vous fait croire que je vais vous torturer ? demanda Moreau.

— Ce que j'ai vu, répondis-je. Et puis, ceux-là — là-bas !

— Chut ! fit Moreau en levant la main.

— Je ne me tairai pas, dis-je. Ils étaient des hommes : que sont-ils maintenant ? Moi, du moins, je ne serai pas comme eux. »

Mes regards allèrent plus loin que mes interlocuteurs. En arrière, sur le rivage, se tenaient M'ling, le domestique de Montgomery, et l'une des brutes vêtues de blanc qui avaient manié la chaloupe. Plus loin encore, dans l'ombre des arbres, je vis un petit Homme-Singe, et, derrière lui, quelques vagues figures.

« Qui sont ces créatures ? m'écriai-je en les indiquant du doigt et en élevant de plus en plus la voix pour qu'ils m'entendissent. C'étaient des hommes — des hommes comme vous, dont vous avez fait des êtres abjects par quelque flétrissure bestiale — des hommes dont vous avez fait vos esclaves, et que vous craignez encore. — Vous qui écoutez, m'écriai-je, en indiquant Moreau, et m'égosillant pour être entendu par les monstres, vous qui m'écoutez, ne voyez-vous pas que ces hommes vous crai-

gnent, qu'ils ont peur de vous ? Pourquoi n'osez-
vous pas ? Vous êtes nombreux...

— Pour l'amour de Dieu, cria Montgomery,
taisez-vous, Prendick !

— Prendick ! » appela Moreau.

Ils crièrent tous deux ensemble comme pour
étouffer ma voix. Derrière eux, se précisaient les
faces curieuses des monstres, leurs yeux interro-
gateurs, leurs mains informes pendantes, leurs
épaules contrefaites. Ils paraissaient, comme je
me l'imaginais, s'efforcer de me comprendre, de
se rappeler quelque chose de leur passé humain.

Je continuai à vociférer mille choses dont je ne
me souviens pas : sans doute que Moreau et
Montgomery pouvaient être tués ; qu'il ne fallait
pas avoir peur d'eux. Telles furent les idées que je
révélai à ces monstres pour ma perte finale. Je vis
l'être aux yeux verts et aux loques sombres, qui
était venu au-devant de moi, le soir de mon
arrivée, sortir des arbres et d'autres le suivre pour
mieux m'entendre.

Enfin, à bout de souffle, je m'arrêtai.

« Écoutez-moi un instant, fit Moreau de sa
voix ferme et brève, et après vous direz ce que
vous voudrez.

— Eh bien ? » dis-je.

Il toussa, réfléchit quelques secondes, puis
cria :

« En latin, Prendick, en mauvais latin, en latin
de cuisine, mais essayez de comprendre. *Hi non
sunt homines, sunt animalia quae nos habemus...*

vivisectés. Fabrication d'humanité. Je vous expliquerai. Mais sortez de là.

— Elle est bonne ! m'écriai-je en riant. Ils parlent, construisent des cabanes, cuisinent. Ils étaient des hommes. Prenez-y garde que je sorte d'ici.

— L'eau, juste au-delà d'où vous êtes, est profonde... et il y a des requins en quantité.

— C'est ce qu'il me faut, répondis-je. Courte et bonne. Tout à l'heure. Je vais d'abord vous jouer un bon tour.

— Attendez. »

Il sortit de sa poche quelque chose qui étincela au soleil et il jeta l'objet à ses pieds.

« C'est un revolver chargé, dit-il. Montgomery va faire de même. Ensuite nous allons remonter la grève jusqu'à ce que vous estimiez la distance convenable. Alors venez et prenez les revolvers.

— C'est ça ; et l'un de vous en a un troisième.

— Je vous prie de réfléchir un peu, Prendick. D'abord, je ne vous ai pas demandé de venir dans cette île. Puis, nous vous avions drogué la nuit dernière et l'occasion eût été bonne. Ensuite, maintenant que votre première terreur est passée et que vous pouvez peser les choses — est-ce que Montgomery vous paraît être le type que vous dites ? Nous vous avons cherché et poursuivi pour votre bien, parce que cette île est pleine de... phénomènes hostiles. Pourquoi tirerions-nous sur vous quand vous offrez de vous noyer vous-même ?

— Pourquoi avez-vous lancé vos… gens sur moi, quand j'étais dans la hutte ?

— Nous étions sûrs de vous rejoindre et de vous tirer du danger. Après cela, nous avons volontairement perdu votre piste, pour votre salut. »

Je réfléchis. Cela semblait possible. Puis je me rappelai quelque chose.

« Mais ce que j'ai vu… dans l'enclos…, dis-je.

— C'était le puma.

— Écoutez, Prendick, dit Montgomery. Vous êtes un stupide imbécile. Sortez de l'eau, prenez les revolvers et on pourra causer. Nous ne pouvons rien faire de plus que ce que nous faisons maintenant. »

Il me faut avouer qu'alors, et, à vrai dire, toujours, je me méfiais, et avais peur de Moreau. Mais Montgomery était un homme avec qui je pouvais m'entendre.

« Remontez la grève et levez les mains en l'air, ajoutai-je, après réflexion.

— Pas cela, dit Montgomery, avec un signe de tête explicatif par-dessus son épaule. Manque de dignité.

— Allez jusqu'aux arbres, dans ce cas, s'il vous plaît.

— Quelles idiotes cérémonies ! » dit Montgomery.

Ils se retournèrent tous deux et firent face aux six ou sept grotesques bipèdes, qui étaient debout au soleil, solides, mobiles, ayant une ombre et pourtant si incroyablement irréels. Montgomery fit claquer son fouet et, tournant immédiatement les talons, ils s'enfuirent à la débandade sous les arbres. Lorsque Montgomery et Moreau furent à une distance que je jugeai convenable, je revins au rivage, ramassai les revolvers et les examinai. Pour me satisfaire contre toute supercherie, je tirai sur un morceau de lave arrondie et eus le plaisir de voir la pierre pulvérisée et le sable couvert de fragments et de plomb.

Pourtant j'hésitai encore un moment.

« J'accepte le risque », dis-je enfin, et un revolver à chaque main, je remontai la grève pour les rejoindre.

« Ça vaut mieux, dit Moreau sans affectation. Avec tout cela, vous avez gâché la meilleure partie de ma journée. »

Avec un air dédaigneux qui m'humilia, Montgomery et lui se mirent à marcher en silence devant moi.

La bande des monstres, encore surpris, s'était reculée sous les arbres. Je passai devant eux aussi tranquillement que possible. L'un d'eux fit mine de me suivre, mais il se retira quand Montgomery eut fait claquer son fouet. Le reste, sans bruit, nous suivit des yeux. Ils pouvaient sans doute avoir été des animaux. Mais je n'avais encore jamais vu un animal essayer de penser.

CHAPITRE VIII

MOREAU S'EXPLIQUE

« Et maintenant, Prendick, je m'explique, dit le docteur Moreau, aussitôt que nous eûmes mangé et bu. Je dois avouer que vous êtes bien l'hôte le plus exigeant que j'aie jamais traité et je vous avertis que c'est la dernière chose que je fais pour vous obliger. Vous pouvez, à votre aise, menacer de vous suicider ; je ne bougerai pas, même si je devais en avoir quelque ennui. »

Il s'assit dans le fauteuil pliant, un cigare entre ses doigts pâles et souples. La clarté d'une lampe suspendue tombait sur ses cheveux blancs ; son regard errait dans les étoiles par la petite fenêtre sans vitres. J'étais assis aussi loin de lui que possible, la table entre nous et les revolvers à portée de la main. Montgomery n'était pas là. Je ne me souciais pas encore d'être avec eux dans une si petite pièce.

« Vous admettez que l'être humain vivisecté, comme vous l'appeliez, n'est, après tout, qu'un puma ? » dit Moreau.

Il m'avait mené dans l'intérieur de l'enclos pour que je pusse m'assurer de la chose.

« C'est le puma, répondis-je, le puma encore vivant, mais taillé et mutilé de telle façon que je souhaite ne plus voir jamais de semblable chair vivante. De tous les abjects...

— Peu importe ! interrompit Moreau. Du moins, épargnez-moi ces généreux sentiments. Montgomery était absolument de même. Vous admettez que c'est le puma. Maintenant, tenez-vous en repos pendant que je vais vous débiter ma conférence de physiologie. »

Aussitôt, sur le ton d'un homme souveraine-ment ennuyé, mais s'échauffant peu à peu, il commença à m'expliquer ses travaux. Il s'expri-mait d'une façon très simple et convaincante. De temps à autre, je remarquai dans son ton un accent sarcastique, et bientôt je me sentis rouge de honte à nos positions respectives.

Les créatures que j'avais vues n'étaient pas des hommes, n'avaient jamais été des hommes. C'étaient des animaux — animaux humanisés — triomphe de la vivisection.

« Vous oubliez tout ce qu'un habile vivisecteur peut faire avec des êtres vivants, disait Moreau. Pour ma part, je me demande encore pourquoi les choses que j'ai essayées ici n'ont pas encore été faites. Sans doute, on a tenté quelques efforts — amputations, ablations, résections, excisions. Sans doute, vous savez que le strabisme peut être produit ou guéri par la chirurgie. Dans les cas

d'ablation vous avez toutes sortes de changements sécrétoires, de troubles organiques, de
modifications des passions, de transformations
dans la sensation des tissus. Je suis certain que
vous avez entendu parler de tout cela ?

— Sans doute, répondis-je. Mais ces répu-
gnants bipèdes que...

— Chaque chose en son temps, dit-il, avec un
geste rassurant. Je commence seulement. Ce sont
là des cas ordinaires de transformation. La chirurgie peut faire mieux que cela. On peut construire
aussi facilement qu'on détruit ou qu'on trans-
forme. Vous avez entendu parler, peut-être,
d'une opération fréquente en chirurgie à laquelle
on a recours dans les cas où le nez n'existe plus.
Un fragment de peau est enlevé sur le front,
reporté sur le nez et il se greffe à sa nouvelle
place. C'est une sorte de greffe d'une partie d'un
animal sur une autre partie de lui-même. On peut
aussi greffer une partie récemment enlevée d'un
autre animal. C'est le cas pour les dents, par
exemple. La greffe de la peau et de l'os est faite
pour faciliter la guérison. Le chirurgien place
dans le milieu de la blessure des morceaux de
peau coupés sur un autre animal ou des fragments
d'os d'une victime récemment tuée. Vous avez
peut-être entendu parler de l'ergot de coq que
Hunter avait greffé sur le cou d'un taureau. Et les
rats à trompe des zouaves d'Algérie, il faut aussi
en parler — monstres confectionnés au moyen
d'un fragment de queue d'un rat ordinaire trans-

féré dans une incision faite sur leur museau et reprenant vie dans cette position.

— Des monstres confectionnés ! Alors, vous voulez dire que...

— Oui. Ces créatures, que vous avez vues, sont des animaux taillés et façonnés en de nouvelles formes. A cela — à l'étude de la plasticité des formes vivantes — ma vie a été consacrée. J'ai étudié pendant des années, acquérant à mesure de nouvelles connaissances. Je vois que vous avez l'air horrifié, et cependant je ne vous dis rien de nouveau. Tout cela se trouve depuis fort longtemps à la surface de l'anatomie pratique, mais personne n'a eu la témérité d'y toucher. Ce n'est pas seulement la forme extérieure d'un animal que je puis changer. La physiologie, le rythme chimique de la créature peuvent aussi subir une modification durable dont la vaccination et autres méthodes d'inoculation de matières vivantes ou mortes sont des exemples qui vous sont, à coup sûr, familiers. Une opération similaire est la transfusion du sang, et c'est avec cela, à vrai dire, que j'ai commencé. Ce sont là des cas fréquents. Moins ordinaires, mais probablement beaucoup plus hardies, étaient les opérations de ces praticiens du Moyen Age qui fabriquaient des nains, des culs-de-jatte, des estropiés et des monstres de foire ; des vestiges de cet art se retrouvent encore dans les manipulations préliminaires que subissent les saltimbanques et les acrobates. Victor Hugo en parle longuement dans *L'Homme qui*

rit... Mais vous comprenez peut-être mieux ce
que je veux dire. Vous commencez à voir que
c'est une chose possible de transplanter le tissu
d'une partie d'un animal à une autre, ou d'un
animal à un autre animal, de modifier ses réac-
tions chimiques et ses méthodes de croissance, de
retoucher les articulations de ses membres, et en
somme de le changer dans sa structure la plus
intime.

« Cependant, cette extraordinaire branche de la
connaissance n'avait jamais été cultivée, comme
une fin et systématiquement, par les investiga-
teurs modernes, jusqu'à ce que je la prenne en
main. Diverses choses de ce genre ont été indiquées par quelques tentatives chirurgicales ; la
plupart des exemples analogues qui vous revien-
dront à l'esprit ont été démontrés, pour ainsi dire,
par accident — par des tyrans, des criminels, par
les éleveurs de chevaux et de chiens, par toute
sorte d'ignorants et de maladroits travaillant pour
des résultats égoïstes et immédiats. Je fus le
premier qui soulevai cette question, armé de la
chirurgie antiseptique et possédant une connaissance réellement scientifique des lois naturelles.

« On pourrait s'imaginer que cela fut pratiqué
en secret auparavant. Des êtres tels que les frères
siamois... Et dans les caveaux de l'Inquisition...
Sans doute, leur but principal était la torture
artistique, mais du moins quelques-uns des inqui-
siteurs durent avoir une vague curiosité scientifique...

— Mais, interrompis-je, ces choses, ces animaux *parlent !* »

Il répondit qu'ils parlaient en effet et continua à
démontrer que les possibilités de la vivisection ne
s'arrêtent pas à une simple métamorphose physique. Un cochon peut recevoir une éducation. La
structure mentale est moins déterminée encore
que la structure corporelle. Dans la science de
l'hypnotisme, qui grandit et se développe, nous
trouvons la possibilité promise de remplacer de
vieux instincts ataviques par des suggestions
nouvelles, greffées sur des idées héréditaires et
fixes ou prenant leur place. A vrai dire, beaucoup
de ce que nous appelons l'éducation morale est
une semblable modification artificielle et une
perversion de l'instinct combatif ; la pugnacité se
canalise en courageux sacrifice de soi et la sexua-
lité supprimée en émotion religieuse. La grande
différence entre l'homme et le singe est dans le
larynx, dit-il, dans la capacité de former délicatement différents sons-symboles par lesquels la
pensée peut se soutenir.

Sur ce point, je n'étais pas de son avis, mais,
avec une certaine incivilité, il refusa de prendre
garde à mon objection. Il répéta que le fait était
exact et continua l'exposé de ses travaux.

Je lui demandai pourquoi il avait pris la forme
humaine comme modèle. Il me semblait alors, et
il me semble encore maintenant, qu'il y avait dans
ce choix une étrange perversité.

Il avoua qu'il avait choisi cette forme par hasard.

« J'aurais aussi bien pu transformer des moutons en lamas, et des lamas en moutons. Je suppose qu'il y a dans la forme humaine quelque chose qui appelle à la tournure artistique de l'esprit plus puissamment qu'aucune autre forme animale. Mais je ne me suis pas borné à fabriquer des hommes. Une fois ou deux... »

Il se tut pendant un moment.

« Ces années ! avec quelle rapidité elles se sont écoulées ! Et voici que j'ai perdu une journée pour vous sauver la vie et que je perds une heure encore à vous donner des explications.

— Cependant, dis-je, je ne comprends pas encore. Quelle est votre justification pour infliger toutes ces souffrances ? La seule chose qui pourrait à mes yeux excuser la vivisection serait quelque application...

— Précisément, dit-il. Mais, vous le voyez, je suis constitué différemment. Nous nous plaçons à des points de vue différents. Vous êtes matérialiste.

— Je ne suis pas matérialiste, interrompis-je vivement.

— A mon point de vue, à mon point de vue. Car c'est justement cette question de souffrance qui nous partage. Tant que la souffrance, qui se voit ou s'entend, vous rendra malade, tant que vos propres souffrances vous mèneront, tant que la douleur sera la base de vos idées sur le mal, sur le péché, vous serez un animal, je vous le dis, pensant un peu moins obscurément ce qu'un animal ressent. Cette douleur... »

J'eus un haussement d'épaules impatient à de pareils sophismes.

« Mais c'est si peu de chose, continua-t-il. Un esprit réellement ouvert à ce que la science révèle doit se rendre compte que c'est fort peu de chose. Il se peut que, sauf dans cette petite planète, ce grain de poussière cosmique, invisible de la plus proche étoile, il se peut que nulle part ailleurs ne se rencontre ce qu'on appelle la souffrance. Les lois vers lesquelles nous nous acheminons en tâtonnant... D'ailleurs, même sur cette terre, même parmi tout ce qui vit, qu'est donc la douleur ? »

En parlant, il tira de sa poche un petit canif, en ouvrit une lame, avança son fauteuil de façon que je puisse voir sa cuisse ; puis, choisissant la place, il enfonça délibérément la lame dans sa chair et l'en retira.

« Vous aviez, sans doute, déjà vu cela. On ne le sent pas plus qu'une piqûre d'épingle. Qu'en conclure ? La capacité de souffrir n'est pas nécessaire dans le muscle et ne s'y trouve pas ; elle n'est que nécessaire dans la peau, et, dans la cuisse, à peine ici ou là se trouve-t-il un point capable de sentir la douleur. La douleur n'est que notre conseiller médical intime pour nous avertir et nous stimuler. Toute chair vivante n'est pas douloureuse, non plus que les nerfs, ni même tous les nerfs sensoriels. Il n'y a aucune trace de souffrance réelle dans les sensations du nerf optique. Si vous blessez le nerf optique, vous voyez simplement des flamboiements de lumière, de même qu'une lésion du nerf auditif se manifeste simplement par un bourdonnement dans les oreilles. Les végétaux ne ressentent aucune douleur ; les animaux inférieurs — il est possible que des animaux tels que l'astérie ou l'écrevisse ne ressentent pas la douleur. Alors, quant aux hommes, plus intelligents ils deviennent et plus intelligemment ils travailleront à leur bien-être et moins nécessaire sera l'aiguillon qui les avertit du danger. Je n'ai encore jamais vu de chose inutile qui ne soit tôt ou tard déracinée et supprimée de l'existence — et vous ? or, la douleur devient inutile.

« D'ailleurs, je suis un homme religieux, Prendick, comme tout homme sain doit l'être. Il se peut que je me figure être un peu mieux renseigné que vous sur les méthodes du Créateur de ce monde — car j'ai cherché ses lois à *ma* façon, toute ma vie, tandis que vous, je crois, vous collectionnez des papillons. Et je vous réponds bien que le plaisir et la douleur n'ont rien à voir avec le ciel ou l'enfer. Le plaisir et la douleur !... Bah ! Qu'est-ce que l'extase du théologien, sinon la houri de Mahomet dans les ténèbres ? Ce grand cas que les hommes et les femmes font du plaisir et de la douleur, Prendick, est la marque de la bête en eux, la marque de la bête dont ils

descendent. La souffrance ! Le plaisir et la douleur !... Nous ne les sentons qu'aussi longtemps
que nous nous roulons dans la poussière.

« Vous voyez, j'ai continué mes recherches
dans la voie où elles m'ont mené. C'est la seule
façon que je sache de conduire des recherches. Je
pose une question, invente quelque méthode
d'avoir une réponse et j'obtiens... une nouvelle
question. Ceci ou cela est-il possible ? Vous ne
pouvez vous imaginer ce que cela signifie pour un
investigateur, quelle passion intellectuelle
s'empare de lui. Vous ne pouvez vous imaginer
les étranges délices de ces désirs intellectuels. La
chose que vous avez devant vous n'est plus un
animal, une créature comme vous, mais un problème. La souffrance par sympathie — tout ce
que j'en sais est le souvenir d'une chose dont j'ai
souffert il y a bien des années. Je voulais — c'était
mon seul désir — trouver la limite extrême de
plasticité dans une forme vivante.

— Mais, fis-je, c'est une abomination...

— Jusqu'à ce jour je ne me suis nullement
préoccupé de l'éthique de la matière. L'étude de
la Nature rend un homme au moins aussi impitoyable que la Nature. J'ai poursuivi mes
recherches sans me soucier d'autre chose que de
la question que je voulais résoudre et les matériaux... ils sont là-bas, dans les huttes... Il y a
bientôt onze ans que nous sommes venus ici,
Montgomery et moi, avec six Canaques. Je me
rappelle la verte tranquillité de l'île et l'océan vide

autour de nous, comme si c'était hier. L'endroit semblait m'attendre.

« Les provisions furent débarquées et l'on construisit la maison. Les Canaques établirent leurs huttes près du ravin. Je me mis à travailler ici sur ce que j'avais apporté. Au début, des choses désagréables arrivèrent. Je commençai avec un mouton, mais, après un jour et demi de travail, mon scalpel glissa et la bête mourut ; je pris un autre mouton ; j'en fis une chose de douleur et de peur et bandai ses blessures pour qu'il guérît. Une fois fini, il me sembla parfaitement humain, mais quand je le revis, j'en fus mécontent. Il se rappelait de moi, éprouvait une terreur indicible et n'avait pas plus d'esprit qu'un mouton. Plus je le regardais, plus il me semblait difforme, et enfin je fis cesser les misères de ce monstre. Ces animaux sans courage, ces êtres craintifs et sensibles, sans la moindre étincelle d'énergie combative pour affronter la souffrance, ne valent rien pour confectionner des hommes.

« Puis, je pris un gorille que j'avais, et avec lui, travaillant avec le plus grand soin, venant à bout de chaque difficulté, l'une après l'autre, je fis mon premier homme. Toute une semaine, jour et nuit, je le façonnai ; c'était surtout son cerveau qui avait besoin d'être retouché ; il fallut y ajouter grandement et le changer beaucoup. Quand j'eus fini et qu'il fut là, devant moi, lié, bandé, immobile, je jugeai que c'était un beau spécimen du type négroïde. Je ne le quittai que quand je fus

certain qu'il survivrait, et je vins dans cette pièce,
où je trouvai Montgomery dans un état assez
semblable au vôtre. Il avait entendu quelques-uns
des cris de la bête à mesure qu'elle s'humanisait,
des cris comme ceux qui vous ont tellement
troublé. Je ne l'avais pas admis entièrement dans
mes confidences, tout d'abord. Les Canaques,
eux aussi, s'étaient mis martel en tête, et ma seule
vue les effarouchait. Je regagnai la confiance de
Montgomery, jusqu'à un certain point, mais nous
eûmes toutes les peines du monde à empêcher les
Canaques de déserter. A la fin, ils y réussirent, et
nous perdîmes aussi le yacht. Je passai de nombreuses journées à faire l'éducation de ma brute
— en tout trois ou quatre mois. Je lui enseignai
les rudiments de l'anglais, lui donnai quelque idée
des nombres, lui fis même lire l'alphabet. Mais il
avait le cerveau lent — bien que j'aie vu des idiots
plus lents certainement. Il commença avec la table
rase, mentalement, il n'avait dans son esprit
aucun souvenir de ce qu'il avait été. Quand ses
cicatrices furent complètement fermées, qu'il ne
fut plus raide et endolori, qu'il put dire quelques
mots, je l'emmenai là-bas et le présentai aux
Canaques comme un nouveau compagnon.

« D'abord, ils eurent horriblement peur de lui
— ce qui m'offensa quelque peu, car j'éprouvais
un certain orgueil de mon œuvre — mais ses
manières paraissaient si douces, et il était si abject
qu'au bout de peu de temps, ils l'acceptèrent et
prirent en main son éducation. Il apprenait avec

rapidité, imitant et s'appropriant tout, et il se construisit une cabane, mieux faite même, me sembla-t-il, que leurs huttes. Il y en avait un parmi eux, vaguement missionnaire, qui lui apprit à lire ou du moins à épeler, lui donna quelques idées rudimentaires de moralité, mais il paraît que les habitudes de la bête n'étaient pas tout ce qu'il y avait de plus désirable.

« Après cela, je pris quelques jours de repos, et j'eus l'idée de rédiger un exposé de toute l'affaire pour réveiller les physiologistes européens. Mais, une fois, je trouvai ma créature perchée dans un arbre, jacassant et faisant des grimaces à deux des Canaques qui l'avaient taquinée. Je la menaçai, lui reprochai l'inhumanité d'un tel procédé, réveillai chez lui le sens de la honte, et revins ici, résolu à faire mieux encore avant de faire connaître le résultat de mes travaux. Et j'ai fait mieux ; mais, quoi qu'il en soit, les brutes rétrogradent, la bestialité opiniâtre reprend jour après jour le dessus. J'ai l'intention de faire mieux encore. J'en viendrai à bout. Ce puma…

« Mais revenons au récit. Tous les Canaques sont morts maintenant. L'un tomba par-dessus bord, de la chaloupe ; un autre mourut d'une blessure au talon qu'il empoisonna, d'une façon quelconque, avec du jus de plante. Trois s'enfuirent avec le yacht et furent noyés, je le suppose et je l'espère. Le dernier… fut tué. Mais — je les ai remplacés. Montgomery se comporta d'abord comme vous étiez disposé à le faire puis…

— Qu'est devenu l'autre, demandai-je vivement, l'autre Canaque qui a été tué ?

— Le fait est qu'après que j'eus fabriqué un certain nombre de créatures humaines, je fis un être... »

Il hésita.

« Eh bien ? dis-je.

— Il fut tué.

— Je ne comprends pas. Voulez-vous dire que...

— Il tua le Canaque... oui. Il tua plusieurs autres choses qu'il attrapa. Nous le pourchassâmes pendant deux jours. Il avait été lâché par accident — je n'avais pas eu l'intention de le mettre en liberté. Il n'était pas fini. C'était simplement une expérience. Une chose sans membres qui se tortillait sur le sol à la façon d'un serpent. Ce monstre était d'une force immense et rendu furieux par la douleur ; il avançait avec une grande rapidité, de l'allure roulante d'un marsouin qui nage. Il se cacha dans les bois pendant quelques jours, s'en prenant à tout ce qu'il rencontrait, jusqu'à ce que nous nous fussions mis en chasse ; alors il se traîna dans la partie nord de l'île, et nous nous divisâmes pour le cerner. Montgomery avait insisté pour se joindre à moi. Le Canaque avait une carabine et quand nous trouvâmes son corps, le canon de son arme était tordu en forme d'S et presque traversé à coups de dents... Montgomery abattit le monstre d'un coup de fusil... Depuis lors, je m'en suis tenu à l'idéal de l'humanité... excepté pour de petites choses. »

Il se tut. Je demeurai silencieux, examinant son visage.

« Ainsi, reprit-il, pendant vingt ans entiers — en comptant neuf années en Angleterre — j'ai travaillé, et il y a encore quelque chose dans tout ce que je fais qui déjoue mes plans, qui me mécontente, qui me provoque à de nouveaux efforts. Quelquefois je dépasse mon niveau, d'autres fois je tombe au-dessous, mais toujours je reste loin des choses que je rêve. La forme humaine, je puis l'obtenir maintenant, presque avec facilité, qu'elle soit souple et gracieuse, ou lourde et puissante, mais souvent j'ai de l'embarras avec les mains et les griffes — appendices douloureux que je n'ose façonner trop librement. Mais c'est la greffe et la transformation subtiles qu'il faut faire subir au cerveau qui sont mes principales difficultés. L'intelligence reste souvent singulièrement primitive, assez d'inexplicables lacunes, des vides inattendus. Et le moins satisfaisant de tout est quelque chose que je ne puis atteindre, quelque part — je ne puis déterminer où — dans le siège des émotions. Des appétits, des instincts, des désirs qui nuisent à l'humanité, un étrange réservoir caché qui éclate soudain et inonde l'individualité tout entière de la créature : de colère, de haine ou de crainte. Ces êtres que j'ai façonnés vous ont paru étranges et dangereux aussitôt que vous avez commencé à les observer, mais à moi, aussitôt que je les ai achevés, ils me semblent être indiscutablement des êtres humains. C'est après, quand je les observe, que ma conviction disparaît. D'abord, un trait animal, puis un autre, se glisse à la surface et m'apparaît flagrant. Mais j'en viendrai à bout, encore. Chaque fois que je plonge une créature vivante dans ce bain de douleur cuisante, je me dis : cette fois, toute l'animalité en lui sera brûlée, cette fois je vais créer de mes mains une créature raisonnable. Après tout, qu'est-ce que dix ans ? Il a fallu des centaines de milliers d'années pour faire l'homme. »

Il parut plongé dans de profondes pensées.

« Mais j'approche du but, je saurai le secret. Ce puma que je... »

Il se tut encore.

« Et ils rétrogradent, reprit-il. Aussitôt que je n'ai plus la main dessus, la bête commence à reparaître, à revendiquer ses droits... »

Un autre long silence se fit.

« Alors, dis-je, vous envoyez dans les repaires du ravin les monstres que vous fabriquez.

— Ils y vont. Je les lâche quand je commence à sentir la bête en eux, et bientôt, ils sont là-bas. Tous, ils redoutent cette maison et moi. Il y a dans le ravin une parodie d'humanité. Montgomery en sait quelque chose, car il s'immisce dans leurs affaires. Il en a dressé un ou deux à nous servir. Il en a honte, mais je crois qu'il a une sorte d'affection pour quelques-uns de ces êtres. C'est son affaire, ça ne me regarde pas. Ils me donnent une impression de raté qui me dégoûte. Ils ne m'intéressent pas. Je crois qu'ils suivent les règles que le missionnaire canaque a indiquées et qu'ils ont une sorte d'imitation dérisoire de vie rationnelle — les pauvres brutes ! Ils ont quelque chose qu'ils appellent *la Loi*, ils chantent des mélopées où ils proclament *tout à lui*. Ils construisent eux-mêmes leurs repaires, recueillent des fruits et arrachent des herbes — s'accouplent même. Mais je ne vois clairement dans tout cela, dans leurs âmes mêmes, rien autre chose que des âmes de bêtes, de bêtes qui périssent — la colère et tous les appétits de vivre et de se satisfaire... Pourtant, ils sont étranges, bizarres — complexes comme tout ce qui vit. Il y a en eux une sorte de tendance vers quelque chose de supérieur — en partie faite de vanité, en partie d'émotion cruelle superflue, en partie de curiosité gaspillée. Ce n'est qu'une singerie, une raillerie... J'ai quelque espoir pour ce puma. J'ai laborieusement façonné sa tête et son cerveau...

« Et maintenant, continua-t-il — en se levant après un long intervalle de silence pendant lequel nous avions l'un et l'autre suivi nos pensées — que dites-vous de tout cela ? Avez-vous encore peur de moi ? »

Je le regardai, et vis simplement un homme pâle, à cheveux blancs, avec des yeux calmes. Sous sa remarquable sérénité, l'aspect de beauté, presque, qui résultait de sa régulière tranquillité et de sa magnifique carrure, il aurait pu faire bonne figure parmi cent autres vieux gentlemen respectables. J'eus un frisson. Pour répondre à sa seconde question, je lui tendis un revolver.

« Gardez-les », fit-il en dissimulant un bâillement.

Il se leva, me considéra un moment, et sourit.

« Vous avez eu deux journées bien remplies. »

Il resta pensif un instant et sortit par la porte intérieure. Je donnai immédiatement un tour de clef à la porte extérieure.

Je m'assis à nouveau, plongé un certain temps dans un état de stagnation, une sorte d'engourdissement, si las, mentalement, physiquement et émotionnellement, que je ne pouvais conduire mes pensées au-delà du point où il les avait menées. La fenêtre me contemplait comme un grand œil noir. Enfin, avec un effort, j'éteignis la lampe et m'étendis dans le hamac. Je fus bientôt profondément endormi.

CHAPITRE IX

LES MONSTRES

Je m'éveillai de très bonne heure, ayant encore claire et nette à l'esprit l'explication de Moreau. Quittant le hamac, j'allai jusqu'à la porte m'assurer que la clef était tournée. Puis je tirai sur la barre de la fenêtre que je trouvai fixée solidement. Sachant que ces créatures d'aspect humain n'étaient en réalité que des monstres animaux, de grotesques parodies d'humanité, j'éprouvais une inquiétude vague de ce dont ils étaient capables, et cette impression était bien pire qu'une crainte définie. On frappa à la porte et j'entendis la voix glutinante de M'ling qui parlait. Je mis un des revolvers dans ma poche, gardant l'autre à la main, et j'allai lui ouvrir.

« Bonjour, messié », dit-il, apportant, avec l'habituel déjeuner d'herbes bouillies, un lapin mal cuit.

Montgomery le suivait. Son œil rôdeur remarqua la position de mon bras et il sourit de travers.

Le puma, ce jour-là, restait en repos pour hâter sa guérison ; mais Moreau, dont les habitudes

étaient singulièrement solitaires, ne se joignit pas
à nous. J'entamai la conversation avec Montgomery pour éclaircir un peu mes idées au sujet de
la vie que menaient les bipèdes du navire. Je
désirais vivement savoir, en particulier, comment
il se faisait que ces monstres ne tombaient pas sur
Moreau et Montgomery et ne se déchiraient pas
entre eux.

Il m'expliqua que leur relative sécurité, à
Moreau et à lui, était due à la cérébralité limitée
de ces monstres. En dépit de leur intelligence
augmentée et de la tendance rétrograde vers leurs
instincts animaux, ils possédaient certaines idées
fixes, implantées par Moreau dans leur esprit, qui
bornaient absolument leur imagination. Ils
étaient pour ainsi dire hypnotisés, on leur avait
dit que certaines choses étaient impossibles, que
d'autres ne devaient pas être faites, et ces prohibitions s'entremêlaient dans la contexture de leurs
esprits jusqu'à annihiler toute possibilité de déso-
béissance ou de discussion. Certaines choses,
cependant, pour lesquelles le vieil instinct était en
conflit avec les intentions de Moreau, se trouvaient moins stables. Une série de propositions
appelées : *la Loi* — les litanies que j'avais entendues — bataillaient dans leurs cerveaux contre les
appétits profondément enracinés et toujours
rebelles de leur nature animale. Ils répétaient sans
cesse cette loi et la transgressaient sans cesse.
Montgomery et Moreau déployaient une surveil-
lance particulière pour leur laisser ignorer le goût

du sang. Ils redoutaient les suggestions inévitables de cette saveur.

Montgomery me conta que le joug de la Loi, spécialement parmi les monstres félins, s'affaiblissait singulièrement à la nuit tombante ; l'animal, en eux, était alors prédominant ; au crépuscule, un esprit d'aventure les agitait et ils osaient alors des choses qui ne leur seraient pas venues à l'idée pendant le jour. C'est à cela que j'avais dû d'être pourchassé par l'Homme-Léopard, le soir de mon arrivée. Mais, dans les premiers temps de mon séjour, ils n'osaient enfreindre la Loi que furtivement et après le coucher du soleil ; au grand jour, il y avait, latent, un respect général pour les diverses prohibitions.

C'est ici peut-être le moment de donner quelques faits et détails généraux sur l'île et ses habitants. L'île, basse au-dessus de la mer, avait avec ses contours irréguliers une superficie totale d'environ huit ou dix kilomètres carrés. Elle était d'origine volcanique et elle était flanquée de trois côtés par des récifs de corail. Quelques fumerolles, dans la partie nord, et une source chaude étaient les seuls vestiges restants des forces qui avaient été sa cause. De temps à autre une faible secousse de tremblement de terre se faisait sentir, et quelquefois les paisibles spirales de fumées qui montaient vers le ciel devenaient tumultueuses sous des jets violents de vapeurs. Mais c'était tout. Montgomery m'informa que la population s'élevait maintenant à plus de soixante de ces étranges créations de Moreau, sans compter les monstruosités moins considérables qui vivaient cachées dans les fourrés du sous-bois, et n'avaient pas forme humaine. En tout, il en avait fabriqué cent vingt, mais un grand nombre étaient mortes, et d'autres, comme le monstre rampant dont il m'avait parlé, avaient fini tragiquement. En réponse à une question que je lui posai, Montgomery me dit qu'ils donnaient réellement naissance à des rejetons, mais que ceux-ci généralement ne vivaient pas, ou qu'ils ne prouvaient par aucun signe avoir hérité des caractéristiques humaines imposées à leurs parents. Quand ils vivaient, Moreau les prenait pour leur parfaire une forme humaine. Les femelles étaient moins nombreuses que les mâles et exposées à mille persécutions sournoises, malgré la monogamie qu'enjoignait la Loi.

Il me serait impossible de décrire en détail ces animaux-hommes — mes yeux ne sont nullement exercés et malheureusement je ne sais pas dessiner. Ce qu'il y avait, peut-être, de plus frappant dans leur aspect général était une disproportion énorme entre leurs jambes et la longueur de leur buste ; et cependant, notre conception de la grâce est si relative que mon œil s'habitua à leurs formes, et à la fin je fus presque d'accord avec leur propre conviction que mes longues cuisses étaient dégingandées. Un autre point important était le port de la tête en avant et la courbure accentuée et bestiale de la colonne vertébrale. A

l'Homme-Singe lui-même il manquait cette cam-
brure immense du dos, qui rend la forme
humaine si gracieuse. La plupart de ces bipèdes
avaient les épaules gauchement arrondies et leurs
courts avant-bras leur battaient les flancs. Quelques-uns à peine étaient visiblement poilus — du
moins tant que dura mon séjour dans l'île.

Une autre difformité des plus évidentes était
celle de leurs faces, qui, presque toutes, étaient
prognathes, mal formées à l'articulation des
mâchoires, près des oreilles, avec des nez larges et
protubérants, une chevelure très épaisse, hérissée,
et souvent des yeux étrangement colorés ou
étrangement placés. Aucun de ces bipèdes ne
savait rire, bien que l'Homme-Singe ait été capable d'une sorte de ricanement babillard. En
dehors de ces caractères généraux, leurs têtes
avaient peu de chose en commun ; chacune
conservait les qualités de son espèce particulière :
l'empreinte humaine dénaturait, sans le dissimu-
ler, le léopard, le taureau, la truie, l'animal ou les
animaux divers avec lesquels la créature avait été
confectionnée. Les voix, aussi, variaient extrêmement. Les mains étaient toujours mal formées, et
bien que j'aie été surpris parfois de ce qu'elles
avaient d'humanité imprévue, il manquait à la
plupart le nombre normal des doigts, ou bien
elles étaient munies d'ongles bizarres, ou dépour-
vues de toute sensibilité tactile.

Les deux bipèdes les plus formidables étaient
l'Homme-Léopard et une créature mi-hyène et

mi-porc. De dimensions plus grandes étaient les trois Hommes-Taureaux qui ramaient dans la chaloupe. Puis, venaient ensuite l'homme au poil argenté qui était le catéchiste de la Loi, M'ling, et une sorte de satyre fait de singe et de chèvre. Il y avait encore trois Hommes-Porcs et une Femme-Porc, une Femme-Rhinocéros et plusieurs autres femelles dont je ne vérifiai pas les origines, plusieurs Hommes-Loups, un Homme-Ours et Taureau et un Homme-Chien du Saint-Bernard. J'ai déjà décrit l'Homme-Singe, et il y avait aussi une vieille femme particulièrement détestable et puante, faite de femelles d'ours et de renard et que j'eus en horreur dès le début. Elle était, disait-on, une fanatique de la Loi. De plus, il y avait un certain nombre de créatures plus petites.

D'abord, j'éprouvai une répulsion insurmontable pour ces êtres, sentant trop vivement qu'ils étaient encore des brutes, mais insensiblement je m'habituai quelque peu à eux, et, d'ailleurs, je fus influencé par l'attitude de Montgomery à leur égard. Il était depuis si longtemps en leur compagnie qu'il en était venu à les considérer presque comme des êtres humains normaux — le temps de sa jeunesse à Londres lui semblait un passé glorieux qu'il ne retrouverait plus. Une fois par an seulement, il allait à Arica pour trafiquer avec l'agent de Moreau, qui faisait, en cette ville, commerce d'animaux. Ce n'est pas dans ce village maritime de métis espagnols qu'il rencontrait de beaux types d'humanité, et les hommes, à bord du vaisseau, lui semblaient d'abord, me dit-il, tout aussi étranges que les hommes-animaux de l'île l'étaient pour moi — les jambes démesurément longues, la face aplatie, le front proéminent, méfiants, dangereux, insensibles. De fait, il n'aimait pas les hommes, et son cœur s'était ému pour moi, pensait-il, parce qu'il m'avait sauvé la vie.

Je me figurai même qu'il avait une sorte de sournoise bienveillance pour quelques-unes de ces brutes métamorphosées, une sympathie perverse pour certaines de leurs manières de faire, qu'il s'efforça d'abord de me cacher.

M'ling, le bipède à la face noire, son domestique, le premier des monstres que j'avais rencontrés, ne vivait pas avec les autres à l'extrémité de l'île, mais dans une sorte de chenil adossé à l'enclos. Il n'était pas aussi intelligent que l'Homme-Singe, mais beaucoup plus docile, et c'est lui qui, de tous les monstres, avait l'aspect le plus humain. Montgomery lui avait appris à préparer la nourriture et en un mot à s'acquitter de tous les menus soins domestiques qu'on lui demandait. C'était un spécimen complexe de l'horrible habileté de Moreau, un ours mêlé de chien et de bœuf, et l'une des plus laborieusement composées de ses créatures. M'ling traitait Montgomery avec un dévouement et une tendresse étranges ; quelquefois celui-ci le remarquait, le caressait, lui donnant des noms mi-moqueurs et mi-badins, à quoi le pauvre être cabriolait avec une extraordinaire satisfaction ; d'autres fois, quand Montgomery avait absorbé quelques doses de whisky, il le frappait à coups de pied et de poing, lui jetait des pierres et lui lançait des fusées allumées. Mais bien ou mal traité, M'ling n'aimait rien tant que d'être près de lui.

Je m'habituais donc à ces monstres, si bien que mille actions qui m'avaient semblé contre nature et répugnantes devenaient rapidement naturelles et ordinaires. Toute chose dans l'existence emprunte, je suppose, sa couleur à la tonalité moyenne de ce qui nous entoure : Montgomery et Moreau étaient trop individuels et trop particuliers pour que je pusse, d'après eux, garder, bien définies, mes impressions générales d'humanité. Si j'apercevais quelqu'une des créatures bovines — celles de la chaloupe — marchant pesamment à travers les broussailles du sous-bois, il m'arrivait de me demander, d'essayer de voir en quoi elle différait de quelque rustre réellement humain cheminant péniblement vers sa cabane après son labeur mécanique quotidien, ou bien, rencontrant la Femme-Renard et Ours, à la face pointue et mobile, étrangement humaine avec son expression de ruse réfléchie, je m'imaginais l'avoir contre-passée déjà, dans quelque rue mal famée de grande ville.

Cependant, de temps à autre, l'animal m'apparaissait en eux, hors de doute et sans démenti possible. Un homme laid et, selon toute apparence, un sauvage aux épaules contrefaites,

accroupi à l'entrée d'une cabane, étirait soudain
ses membres et bâillait, montrant, avec une
effrayante soudaineté, des incisives aiguisées et
des canines acérées, brillantes et affilées comme
des rasoirs. Dans quelque étroit sentier, si je
regardais, avec une audace passagère, dans les
yeux de quelque agile femelle, j'apercevais soudain, avec un spasme de répulsion, leurs pupilles
fendues, ou, abaissant le regard, je remarquais la
griffe recourbée avec laquelle elle maintenait sur
ses reins son lambeau de vêtement. C'est, d'ailleurs, une chose curieuse et dont je ne saurais
donner de raison, que ces étranges créatures, ces
femelles, eurent, dans les premiers temps de mon
séjour, le sens instinctif de leur répugnante apparence et montrèrent, en conséquence, une attention plus qu'humaine pour la décence et le
décorum extérieur.

Mais mon inexpérience de l'art d'écrire me
trahit et je m'égare hors du sujet de mon récit.
Après que j'eus déjeuné avec Montgomery, nous
partîmes tous deux pour voir, à l'extrémité de
l'île, la fumerolle et la source chaude dans les eaux
brûlantes de laquelle j'avais pataugé le jour précédent. Nous avions chacun un fouet et un revolver
chargé. En traversant un fourré touffu, nous
entendîmes crier un lapin ; nous nous arrêtâmes,
aux écoutes, mais n'entendant plus rien nous
nous remîmes en route et nous eûmes bientôt
oublié cet incident. Montgomery me fit remarquer certains petits animaux rosâtres qui avaient

des pattes de derrière fort longues et couraient par bonds dans les broussailles ; il m'apprit que c'étaient des créatures que Moreau avait inventées et fabriquées avec la progéniture des grands bipèdes. Il avait espéré qu'ils pourraient fournir de la viande pour les repas, mais l'habitude qu'ils avaient, comme parfois les lapins, de dévorer leurs petits avait fait échouer ce projet. J'avais déjà rencontré quelques-unes de ces créatures la nuit où je fus poursuivi par l'Homme-Léopard et, la veille, quand je fuyais devant Moreau. Par hasard, l'un de ces animaux, en courant pour nous éviter, sauta dans le trou qu'avaient fait les racines d'un arbre renversé par le vent. Avant qu'il ait pu se dégager nous réussîmes à l'attraper ; il se mit à cracher, à égratigner comme un chat, en secouant vigoureusement son arrière-train, il essaya même de mordre, mais ses dents étaient trop faibles pour faire davantage que pincer légèrement. La bête me parut être une jolie petite créature et Montgomery m'ayant dit qu'elles ne creusaient jamais de terrier et avaient des habitudes de propreté parfaite, je suggérai que cette espèce d'animal pourrait être, avec avantage, substituée au lapin ordinaire dans les parcs.

Nous vîmes aussi, sur notre route, un tronc rayé de longues égratignures et, par endroits, profondément entamé. Montgomery me le fit remarquer.

« Ne pas griffer l'écorce des arbres, c'est la Loi, dit-il. Ils ont vraiment l'air de s'en soucier. »

C'est après cela, je crois, que nous rencontrâmes

le Satyre et l'Homme-Singe. Le Satyre était un souvenir classique de la part de Moreau, avec sa face d'expression ovine, tel le type sémite accentué, sa voix pareille à un bêlement rude et ses extrémités inférieures sataniques. Il mâchait quelque fruit à cosse au moment où il nous croisa. Les deux bipèdes saluèrent Montgomery.

« Salut à l'Autre avec le fouet, firent-ils.

— Il y en a un troisième avec un fouet, dit Montgomery. Ainsi gare à vous.

— Ne l'a-t-on pas fabriqué ? demanda l'Homme-Singe. Il a dit... Il a dit qu'on l'avait fabriqué. »

Le Satyre m'examina curieusement.

« Le troisième avec le fouet, celui qui marche en pleurant dans la mer, a une pâle figure mince.

— Il a un long fouet mince, dit Montgomery.

— Hier, il saignait et il pleurait, dit le Satyre. Vous ne saignez pas et vous ne pleurez pas. Le Maître ne saigne pas et il ne pleure pas.

— La méthode Ollendorff, par cœur, railla Montgomery. Vous saignerez et vous pleurerez si vous n'êtes pas sur vos gardes.

— Il a cinq doigts — il est un cinq-doigts comme moi, dit l'Homme-Singe.

— Allons ! partons, Prendick ! » fit Montgomery en me prenant le bras, et nous nous remîmes en route.

Le Satyre et l'Homme-Singe continuèrent à nous observer et à se communiquer leurs remarques.

« Il ne dit rien, fit le Satyre. Les hommes ont des voix.

— Hier, il m'a demandé des choses à manger ; il ne savait pas », répliqua l'Homme-Singe.

Puis ils parlèrent encore un instant et j'entendis le Satyre qui ricanait bizarrement.

Ce fut en revenant que nous trouvâmes les restes du lapin mort. Le corps rouge de la pauvre bestiole avait été mis en pièces, la plupart des côtes étaient visibles et la colonne vertébrale évidemment rongée.

A cette vue, Montgomery s'arrêta.

« Bon Dieu ! » fit-il.

Il se baissa pour ramasser quelques vertèbres brisées et les examiner de plus près.

« Bon Dieu ! répéta-t-il, qu'est-ce que cela veut dire ?

— Quelqu'un de vos carnivores s'est souvenu de ses habitudes anciennes, répondis-je, après un moment de réflexion. Ces vertèbres ont été mordues de part en part. »

Il restait là, les yeux fixes, la face pâle et les lèvres tordues.

« Ça ne présage rien de bon, fit-il lentement.

— J'ai vu quelque chose de ce genre, dis-je, le jour même de mon arrivée.

— Le diable s'en mêle, alors ? Qu'est-ce que c'était ?

— Un lapin avec la tête arrachée.

— Le jour de votre arrivée ?

— Le soir même, dans le sous-bois, derrière

l'enclos, quand je suis sorti, avant la tombée de la nuit. La tête était complètement tordue et arrachée. »

Il fit entendre, entre ses dents, un long sifflement.

« Et qui plus est, j'ai l'idée que je connais celle de vos brutes qui a fait le coup. Ce n'est qu'un soupçon pourtant. Avant de trouver le lapin, j'avais vu l'un de vos monstres qui buvait dans le ruisseau.

— En lapant avec sa langue ?

— Oui.

— Ne pas laper pour boire, c'est la Loi. Ils s'en moquent pas mal de la Loi, hein, quand Moreau n'est pas derrière leur dos ?

— C'était la brute qui m'a poursuivi.

— Naturellement, affirma Montgomery. C'est tout juste ce que font les carnivores. Après avoir tué, ils boivent. C'est le goût du sang, vous le savez.

« Comment était-elle, cette brute ? demanda-t-il encore. Pourriez-vous la reconnaître ? »

Il jeta un regard autour de nous, les jambes écartées au-dessus des restes du lapin mort, ses yeux errant parmi les ombres et les écrans de verdure, épiant les pièges et les embûches de la forêt qui nous entourait.

« Le goût du sang », répéta-t-il.

Il prit son revolver, en examina les cartouches et le replaça. Puis il se mit à tirer sur sa lèvre pendante.

« Je crois que je reconnaîtrais parfaitement le monstre.

— Mais alors il nous faudrait *prouver* que c'est lui qui a tué le lapin, dit Montgomery. Je voudrais bien n'avoir jamais amené ici ces pauvres bêtes. »

Je voulais me remettre en chemin, mais il restait là, méditant sur ce lapin mutilé comme sur une profonde énigme. Bientôt, avançant peu à peu, je ne pus plus voir les restes du lapin.

« Allons, venez-vous ? » criai-je.

Il tressaillit et vint me rejoindre.

« Vous voyez, prononça-t-il presque à voix basse, nous leur avons inculqué à tous de ne manger rien de ce qui se meut sur le sol. Si, par accident, quelque brute a goûté du sang... »

Nous avançâmes un moment en silence.

« Je me demande ce qui a bien pu arriver, se dit-il. J'ai fait une rude bêtise l'autre jour, continua-t-il après une pause. Cette espèce de brute qui me sert... Je lui ai montré à dépouiller et à cuire un lapin. C'est bizarre... Je l'ai vu qui se léchait les mains... Cela ne m'était pas venu à l'idée... Il nous faut y mettre un terme. Je vais en parler à Moreau. »

Il ne put penser à rien d'autre pendant le retour.

Moreau prit la chose plus sérieusement encore que Montgomery, et je n'ai pas besoin de dire que leur évidente consternation me gagna aussitôt.

« Il faut faire un exemple, dit Moreau. Je n'ai pas le moindre doute que l'Homme-Léopard ne soit le coupable. Mais comment le prouver ? Je voudrais bien, Montgomery, que vous ayez résisté à votre goût pour la viande et que vous n'ayez pas amené ces nouveautés excitantes. Avec cela, nous pouvons nous trouver maintenant dans une fâcheuse impasse.

— J'ai agi comme un imbécile, dit Montgomery, mais le mal est fait. Et puis, vous n'y aviez pas fait d'objection.

— Il faut nous occuper de la chose sans tarder, dit Moreau. Je suppose, si quelque événement survenait, que M'ling pourrait s'en tirer de lui-même ?

— Je ne suis pas si sûr que cela de M'ling, avoua Montgomery ; j'ai peur d'apprendre à le mieux connaître. »

rel, peu profond, où tous quatre nous fîmes halte.
Alors Moreau souffla dans son cor, dont la voix
retentissante rompit le calme assoupissement de
l'après-midi tropical. Il devait avoir les poumons
solides. Le son large se répercuta d'écho en écho
jusqu'à une intensité assourdissante.

« Ah ! ah ! » fit Moreau, en laissant l'instrument retomber à son côté.

Immédiatement, il y eut parmi les roseaux
jaunes des craquements et des bruits de voix,
venant de l'épaisse jungle verte qui garnissait le
marécage à travers lequel je m'étais aventuré le
jour précédent. Alors, en trois ou quatre endroits,
au bord de l'étendue sulfureuse, parurent les
formes grotesques des bêtes humaines, se hâtant
dans notre direction. Je ne pouvais m'empêcher
de ressentir une horreur croissante à mesure que
j'apercevais, l'un après l'autre, ces monstres sur-
gir des arbres et des roseaux et trotter en traînant
les pattes sur la poussière surchauffée. Mais
Moreau et Montgomery, calmes, restaient là, et,
par force, je demeurai auprès d'eux. Le premier
qui arriva fut le Satyre, étrangement irréel, bien
qu'il projetât une ombre et secouât la poussière
avec ses pieds fourchus ; après lui, des broussailles, vint un monstrueux butor, tenant du
cheval et du rhinocéros et mâchonnant une paille
en s'avançant ; puis apparurent la Femme-Porc et
les deux Femmes-Loups ; ensuite la sorcière
Ours-Renard avec ses yeux rouges dans sa face
pointue et rousse, et d'autres encore — tous

s'empressant et se hâtant. A mesure qu'ils approchaient, ils se mettaient à faire des courbettes devant Moreau et à chanter, sans se soucier les uns des autres, des fragments de la seconde moitié des litanies de la Loi.

« A lui la main qui blesse ; à lui la main qui blesse ; à lui la main qui guérit », et ainsi de suite.

Arrivés à une distance d'environ trente mètres, ils s'arrêtaient et, se prosternant sur les genoux et les coudes, se jetaient de la poussière sur la tête. Imaginez-vous la scène, si vous le pouvez : nous autres trois, vêtus de bleu, avec notre domestique difforme et noir, debout dans un large espace de poussière jaune, étincelant sous le soleil ardent, et entourés par ce cercle rampant et gesticulant de monstruosités, quelques-unes presque humaines dans leur expression et leurs gestes souples, d'autres semblables à des estropiés, ou si étrangement défigurés qu'on eût dit les êtres qui hantent nos rêves les plus sinistres. Au-delà, se trouvaient d'un côté les lignes onduleuses des roseaux, de l'autre, un dense enchevêtrement de palmiers nous séparant du ravin des huttes et, vers le nord, l'horizon brumeux du Pacifique.

« Soixante-deux, soixante-trois, compta Moreau, il en manque quatre.

— Je ne vois pas l'Homme-Léopard », dis-je.

Tout à coup Moreau souffla une seconde fois dans son cor, et à ce son toutes les bêtes humaines se roulèrent et se vautrèrent dans la poussière. Alors se glissant furtivement hors des roseaux, rampant presque et essayant de rejoindre le cercle des autres derrière le dos de Moreau, parut l'Homme-Léopard. Le dernier qui vint fut le petit Homme-Singe. Les autres, échauffés et fatigués par leurs gesticulations, lui lancèrent de mauvais regards.

« Assez ! » cria Moreau, de sa voix sonore et ferme.

Toutes les bêtes s'assirent sur leurs talons et cessèrent leur adoration.

« Où est celui qui enseigne la Loi ? » demanda Moreau.

Le monstre au poil gris s'inclina jusque dans la poussière.

« Dis les paroles », ordonna Moreau.

Aussitôt l'assemblée agenouillée, tous balançant régulièrement leurs torses et lançant la poussière sulfureuse en l'air de la main gauche et de la main droite alternativement, entonnèrent une fois de plus leur étrange litanie.

Quand ils arrivèrent à la phrase : ne pas manger de chair ni de poisson, c'est la Loi, Moreau étendit sa longue main blanche :

« Stop », cria-t-il.

Et un silence absolu tomba.

Je crois que tous savaient et redoutaient ce qui allait venir. Mon regard parcourut le cercle de leurs étranges faces.

Quand je vis leurs attitudes frémissantes et la

terreur furtive de leurs yeux brillants, je m'éton-
nai d'avoir pu les prendre un instant pour des
hommes.

« Cette Loi a été transgressée, dit Moreau.

— Nul n'échappe ! s'exclama le monstre sans
figure au poil argenté.

— Nul n'échappe ! répéta le cercle des bêtes
agenouillées.

— Qui l'a transgressée ? » cria Moreau, et son
regard acéré parcourut leurs figures, tandis qu'il
faisait claquer son fouet.

L'Hyène-Porc, me sembla-t-il, parut fort
craintive et abattue, et j'eus la même impression
pour l'Homme-Léopard. Moreau se tourna vers
ce dernier qui se coucha félinement devant lui,
avec le souvenir et la peur d'infinis tourments.

« Qui est celui-là ? cria Moreau d'une voix de
tonnerre.

— Malheur à celui qui transgresse la Loi »,
commença celui qui enseignait la Loi.

Moreau planta son regard dans les yeux de
l'Homme-Léopard, qui se tordit comme si on lui
extirpait l'âme.

« Celui qui transgresse la Loi... », dit Moreau,
en détournant ses yeux de sa victime et revenant
vers nous. Je crus entendre dans le ton de ces
dernières paroles une sorte d'exaltation.

« ... retourne à la maison de douleur ! s'excla-
mèrent-ils tous... retourne à la maison de douleur, ô Maître !

— ... A la maison de douleur... à la maison de

douleur…, jacassa l'Homme-Singe comme si cette perspective lui eût été douce.

— Entends-tu ? cria Moreau en se tournant vers le coupable. Entends… Eh bien ? »

L'Homme-Léopard, délivré du regard de Moreau, s'était dressé debout et, tout à coup, les yeux enflammés et ses énormes crocs de félin brillant sous ses lèvres retroussées, il bondit sur son bourreau. Je suis convaincu que seul l'affolement d'une excessive terreur put l'inciter à cette attaque. Le cercle entier de cette soixantaine de monstres sembla se dresser autour de nous. Je tirai mon revolver. L'homme et la bête se heurtèrent ; je vis Moreau chanceler sous le choc ; nous étions entourés d'aboiements et de rugissements furieux ; tout était confusion et, un instant, je pensai que c'était une révolte générale.

La face furieuse de l'Homme-Léopard passa tout près de moi, avec M'ling le suivant de près. Je vis les yeux jaunes de l'Hyène-Porc étinceler d'excitation et je crus la bête décidée à m'attaquer. Le Satyre, lui aussi, m'observait par-dessus les épaules voûtées de l'Hyène-Porc. J'entendis le déclic du revolver de Moreau et je vis l'éclair de la flamme darder dans le tumulte. La cohue tout entière sembla se retourner vers la direction qu'indiquait la lueur du coup de feu, et moi-même, je fus entraîné par le magnétisme de ce mouvement. L'instant d'après je courais, au milieu d'une foule hurlante et tumultueuse, à la poursuite de l'Homme-Léopard.

C'est là tout ce que je puis dire nettement. Je vis l'Homme-Léopard frapper Moreau, puis tout tourbillonna autour de moi et je me retrouvai courant à toutes jambes.

M'ling était en tête, sur les talons du fugitif. Derrière, la langue pendante déjà, couraient à grandes enjambées bondissantes les Femmes-Loups. Les Hommes et les Femmes-Porcs suivaient, criant et surexcités, avec les deux Hommes-Taureaux, les reins ceints d'étoffe blanche. Puis venait Moreau dans un groupe de bipèdes divers. Il avait perdu son chapeau de paille à larges bords et il courait le revolver au poing et ses longs cheveux blancs flottant au vent. L'Hyène-Porc bondissait à mes côtés, allant de la même allure que moi et me lançant, de ses yeux félins, des regards furtifs, et les autres suivaient derrière nous, trépignant et hurlant.

L'Homme-Léopard se frayait un chemin à travers les grands roseaux qui se refermaient derrière lui en cinglant la figure de M'ling. Nous autres, à l'arrière, nous trouvions, en atteignant le marais, un sentier foulé. La chasse se continua ainsi pendant peut-être un quart de mille, puis s'enfonça dans un épais fourré qui retarda grandement nos mouvements, bien que nous avancions en troupe — les ramilles nous fouettaient le visage, des lianes nous attrapaient sous le menton et s'emmêlaient dans nos chevilles, des plantes épineuses enfonçaient leurs piquants dans nos vêtements et dans nos chairs et les déchiraient.

« Il a fait tout ce chemin à quatre pattes, dit Moreau, qui était maintenant juste devant moi.

— Nul n'échappe ! » me cria le Loup-Ours surexcité par la poursuite.

Nous débouchâmes de nouveau parmi les roches, et nous aperçûmes la bête courant légèrement à quatre pattes et grognant après nous par-dessus son épaule. A sa vue toute la tribu des Loups hurla de plaisir. La bête était encore vêtue et, dans la distance, sa figure paraissait encore humaine, mais la démarche de ses quatre membres était toute féline et le souple affaissement de ses épaules était distinctement celui d'une bête traquée. Elle bondit par-dessus un groupe de buissons épineux à fleurs jaunes et disparut. M'ling était à mi-chemin entre la proie et nous.

La plupart des poursuivants avaient maintenant perdu la rapidité première de la chasse et avaient fini par prendre une allure plus régulière et plus allongée. En traversant un espace découvert, je vis que la poursuite s'échelonnait maintenant en une longue ligne. L'Hyène-Porc courait toujours à mes côtés, m'épiant sans cesse et faisant de temps à autre grimacer son museau en un ricanement menaçant.

A l'extrémité des rochers, l'Homme-Léopard se rendit compte qu'il allait droit vers le promontoire sur lequel il m'avait pourchassé le soir de mon arrivée, et il fit un détour, dans les broussailles, pour revenir sur ses pas. Mais Montgomery avait vu la manœuvre et l'obligea à tourner de nouveau.

Ainsi, pantelant, trébuchant dans les rochers, déchiré par les ronces, culbutant dans les fougères et les roseaux, j'aidais à poursuivre l'Homme-Léopard, qui avait transgressé la Loi, et l'Hyène-Porc, avec son ricanement sauvage, courait à mes côtés. Je continuais, chancelant, la tête vacillante, le cœur battant à grands coups contre mes côtes, épuisé presque, et n'osant cependant pas perdre de vue la chasse, de peur de rester seul avec cet horrible compagnon. Je courais quand même, en dépit de mon extrême fatigue et de la chaleur dense de l'après-midi tropical.

Enfin, l'ardeur de la chasse se ralentit, nous avions cerné la misérable brute dans un coin de l'île. Moreau, le fouet à la main, nous disposa tous en une ligne irrégulière, et nous avancions, avec précaution maintenant, nous avertissant par des appels et resserrant le cercle autour de notre victime qui se cachait, silencieuse et invisible, dans les buissons à travers lesquels je m'étais précipité pendant une autre poursuite.

« Attention ! Ferme ! » criait Moreau, tandis que les extrémités de la ligne contournaient le massif de buissons pour cerner la bête.

« Gare la charge ! » cria la voix de Montgomery derrière un fourré.

J'étais sur la pente au-dessus des taillis. Montgomery et Moreau battaient le rivage au-dessous. Lentement, nous poussions à travers l'enchevêtrement de branches et de feuilles. La bête ne bougeait pas.

« A la maison de douleur, à la maison de douleur », glapissait la voix de l'Homme-Singe, à une vingtaine de mètres sur la droite.

En entendant ces mots, je pardonnai à la misérable créature toute la peur qu'elle m'avait occasionnée.

A ma droite, j'entendis les pas pesants du Cheval-Rhinocéros qui écartait bruyamment les brindilles et les rameaux. Puis soudain, dans une sorte de bosquet vert et dans la demi-ténèbre de ces végétations luxuriantes, j'aperçus la proie que nous pourchassions. Je fis halte. La bête était blottie ramassée sur elle-même sous le plus petit volume possible, ses yeux verts lumineux tournés vers moi par-dessus son épaule.

Je ne puis expliquer ce fait — qui pourra sembler de ma part une étrange contradiction — mais voyant là cet être, dans une attitude parfaitement animale, avec la lumière reflétée dans ses yeux et sa face imparfaitement humaine grimaçant de terreur, une fois encore j'eus la perception de sa réelle humanité. Dans un instant, quelque autre des poursuivants surviendrait et le pauvre être serait accablé et capturé pour expérimenter de nouveau les horribles tortures de l'enclos. Brusquement, je sortis mon revolver et visant entre ses yeux affolés de terreur, je tirai.

A ce moment, l'Hyène-Porc se jeta, avec un cri, sur le corps et planta dans le cou ses dents acérées. Tout autour de moi les masses vertes du fourré craquaient et s'écartaient pour livrer passage à ces bêtes humanisées, qui apparaissaient une à une.

« Ne le tuez pas, Prendick, cria Moreau, ne le tuez pas ! »

Je le vis s'incliner en se frayant un chemin parmi les tiges des grandes fougères.

L'instant d'après, il avait chassé, avec le manche de son fouet, l'Hyène-Porc, et Montgomery et lui maintenaient en respect les autres bipèdes carnivores, et en particulier M'ling, anxieux de prendre part à la curée. Sous mon bras, le monstre au poil argenté passa la tête et renifla. Les autres, dans leur ardeur bestiale, me poussaient pour mieux voir.

« Le diable soit de vous, Prendick ! s'exclama Moreau. Je le voulais vivant.

— J'en suis fâché, répliquai-je bien qu'au contraire je fusse fort satisfait, je n'ai pu résister à une impulsion irréfléchie. »

Je me sentais malade d'épuisement et de surexcitation. Tournant les talons, je laissai là toute la troupe et remontai seul la pente qui menait vers la partie supérieure du promontoire. Moreau cria des ordres, et j'entendis les trois Hommes-Taureaux traîner la victime vers la mer.

Il m'était aisé maintenant d'être seul. Ces bêtes manifestaient une curiosité tout humaine à l'endroit du cadavre et le suivaient en groupe compact, reniflant et grognant, tandis que les

Hommes-Taureaux le traînaient au long du rivage. Du promontoire, j'apercevais, noirs contre le ciel crépusculaire, les trois porteurs qui avaient maintenant soulevé le corps sur leurs épaules pour le porter dans la mer. Alors comme une vague soudaine, il me vint à l'esprit, inexprimablement, l'infructueuse inutilité et l'évidente aberration de toutes ces choses de l'île. Sur le rivage, parmi les rocs au-dessous de moi, l'Homme-Singe, l'Hyène-Porc et plusieurs autres bipèdes se tenaient aux côtés de Montgomery et de Moreau. Tous étaient encore violemment surexcités et se répandaient en protestations de fidélité à la Loi. Cependant, j'avais l'absolue certitude, en mon esprit, que l'Hyène-Porc était impliquée dans le meurtre du lapin. J'eus l'étrange persuasion que, à part la grossièreté de leurs contours, le grotesque de leurs formes, j'avais ici, sous les yeux, en miniature, tout le commerce de la vie humaine, tous les rapports de l'instinct, de la raison, du destin, sous leur forme la plus simple. L'Homme-Léopard avait eu le dessous, c'était là toute la différence.

Pauvres brutes ! je commençais à voir le revers de la médaille . Je n'avais pas encore pensé aux peines et aux tourments qui assaillaient ces malheureuses victimes quand elles sortaient des mains de Moreau. J'avais frissonné seulement à l'idée des tourments qu'elles enduraient dans l'enclos. Mais cela paraissait être maintenant la moindre part. Auparavant, elles étaient des bêtes, aux instincts adaptés normalement aux conditions extérieures, heureuses comme des êtres vivants peuvent l'être. Maintenant elles trébuchaient dans les entraves de l'humanité, vivaient dans une crainte perpétuelle, gênées par une loi qu'elles ne comprenaient pas ; leur simulacre d'existence humaine, commencée dans une agonie, était une longue lutte intérieure, une longue terreur de Moreau — et pourquoi ? C'était ce capricieux non-sens qui m'irritait.

Si Moreau avait eu quelque but intelligible, j'aurais du moins pu sympathiser quelque peu avec lui. Je ne suis pas tellement vétilleux sur la souffrance. J'aurais pu même lui pardonner si son motif avait été la haine. Mais il n'avait aucune excuse et ne s'en souciait pas. Sa curiosité, ses investigations folles et sans but l'entraînaient et il jetait là de pauvres êtres pour vivre ainsi un an ou deux, pour lutter, pour succomber, et pour mourir enfin douloureusement. Ils étaient misérables en eux-mêmes, la vieille haine animale les excitait à se tourmenter les uns les autres, la Loi les empêchait de se laisser aller à un violent et court conflit qui eût été la fin décisive de leurs animosités naturelles.

Pendant les jours qui suivirent, ma crainte des bêtes animalisées eut le sort qu'avait eu ma terreur personnelle de Moreau. Je tombai dans un état morbide profond et durable, tout l'opposé de la crainte, état qui a laissé sur mon esprit des marques indélébiles. J'avoue que je perdis toute la

foi que j'avais dans l'intelligence et la raison du
monde en voyant le pénible désordre qui régnait
dans cette île. Un destin aveugle, un vaste mécanisme impitoyable semblait tailler et façonner les
existences, et Moreau, avec sa passion pour les
recherches, Montgomery, avec sa passion pour la
boisson, moi-même, les bêtes humanisées avec
leurs instincts et leurs contraintes mentales,
étions déchirés et écrasés, cruellement et inévitablement, dans l'infinie complexité de ses rouages
sans cesse actifs. Mais cet aspect ne m'apparut pas
du premier coup... Je crois même que j'anticipe
un peu en en parlant maintenant.

revêtit d'une apparence entièrement différente l'étrange milieu où je me trouvais.

Ce fut environ sept ou huit semaines après mon arrivée — peut-être plus, car je n'avais pas pris la peine de compter le temps — que se produisit la catastrophe. Elle eut lieu de grand matin — vers six heures, je suppose. Je m'étais levé et j'avais déjeuné tôt, ayant été réveillé par le bruit que faisaient trois bipèdes rentrant des provisions de bois dans l'enclos.

Quand j'eus déjeuné, je m'avançai jusqu'à la barrière ouverte contre laquelle je m'appuyai, fumant une cigarette et jouissant de la fraîcheur du petit matin. Bientôt Moreau parut au tournant de la clôture et nous échangeâmes le bonjour. Il passa sans s'arrêter et je l'entendis, derrière moi, ouvrir puis refermer la porte de son laboratoire. J'étais alors si endurci par les abominations qui m'entouraient que j'entendis, sans la moindre émotion, sa victime, le puma femelle, au début de cette nouvelle journée de torture, accueillir son persécuteur avec un grognement presque tout à fait semblable à celui d'une virago en colère.

Alors quelque chose arriva. J'entendis derrière moi un cri aigu, une chute, et, me tournant, je vis arriver, droit sur moi, une face effrayante, ni humaine ni animale, mais infernale, sombre, couturée de cicatrices entrecroisées, d'où suintaient encore des gouttes rouges, avec des yeux sans paupières et en flammes. Je levai le bras pour parer le coup qui m'envoya rouler de tout mon long avec un avant-bras cassé, et le monstre, enveloppé de lin et de bandages tachés de sang qui flottaient autour de lui, bondit par-dessus moi et s'enfuit. Roulant plusieurs fois sur moi-même, je dégringolai au bas de la grève, essayai de me relever et m'affaissai sur mon bras blessé. Alors Moreau parut, sa figure blême et massive d'apparence plus terrible encore avec le sang qui ruisselait de son front. Le revolver à la main, sans faire attention à moi, il s'élança immédiatement à la poursuite du puma.

Avec mon autre bras, je parvins à me relever. La bête emmaillotée courait à grands bonds dégingandés au long du rivage, et Moreau la suivait. Elle tourna la tête et l'aperçut; alors, et avec un brusque détour, elle s'avança vers le taillis. A chaque bond, elle augmentait son avance et je la vis s'enfoncer dans le sous-bois; Moreau, courant de biais pour lui couper la retraite, tira et la manqua au moment où elle disparut. Puis, lui aussi s'évanouit dans l'amas confus des verdures.

Je restai un instant immobile, les yeux fixes; enfin la douleur de mon bras cassé se fit vivement sentir, et avec un gémissement, je me mis sur pied.

A ce moment, Montgomery parut sur le seuil, le revolver à la main.

« Grand Dieu! Prendick! s'écria-t-il, sans apercevoir que j'étais blessé. La brute est lâchée! Elle a arraché la chaîne qui était scellée dans le mur. Les avez-vous vus?... Qu'est-ce qu'il y a?

ajouta-t-il brusquement, en remarquant que je soutenais mon bras.

— J'étais là, sur la porte... », commençai-je.

Il s'avança et me prit le bras.

« Du sang sur la manche », dit-il en relevant la flanelle.

Il mit son arme dans sa poche, tâta et examina mon bras fort endolori et me ramena dans la chambre.

« C'est une fracture », déclara-t-il ; puis il ajouta : « Dites-moi exactement ce qui s'est produit... »

Je lui racontai ce que j'avais vu, en phrases entrecoupées par des spasmes de douleur, tandis que, très adroitement et rapidement, il me bandait le bras. Quand il eut fini, il me le mit en écharpe, se recula et me considéra.

« Ça va, hein ? demanda-t-il. Et maintenant... »

Il réfléchit un instant, puis il sortit et ferma la barrière de l'enclos. Il resta quelque temps absent.

Je n'avais guère, en ce moment, d'autre inquiétude que ma blessure et le reste ne me semblait qu'un incident parmi toutes ces horribles choses. Je m'allongeai dans le fauteuil pliant, et, je dois l'avouer, je me mis à jurer et à maudire cette île. La souffrance sourde, qu'avait d'abord causée la fracture, s'était transformée en une douleur lancinante. Lorsque Montgomery revint, sa figure était toute pâle et il montrait, plus que de coutume, ses gencives inférieures.

« Je ne vois ni n'entends rien de lui, dit-il. Il

m'est venu à l'idée qu'il pouvait peut-être avoir besoin de mon aide... C'était une brute vigoureuse... Elle a arraché sa chaîne, d'un seul coup... »

Il me regardait, en parlant, avec ses yeux sans expression : il alla à la fenêtre, puis à la porte, et là, il se retourna.

« Je vais aller à sa recherche, conclut-il ; il y a un autre revolver que je vais vous laisser. A vous parler franchement, je me sens quelque peu inquiet. »

Il prit l'arme et la posa à portée de ma main sur la table, puis il sortit, laissant dans l'air une inquiétude contagieuse. Je ne pus rester longtemps assis après qu'il fut parti, et, le revolver à la main, j'allai jusqu'à la porte.

La matinée était aussi calme que la mort. Il n'y avait pas le moindre murmure de vent, la mer luisait comme une glace polie, le ciel était vide et le rivage semblait désolé. Dans mon état de surexcitation et de fièvre, cette tranquillité des choses m'oppressa.

J'essayai de siffler et de chantonner, mais les airs mouraient sur mes lèvres. Je me repris à jurer — la seconde fois ce matin-là. Puis, j'allai jusqu'au coin de l'enclos et demeurai un instant à considérer le taillis vert qui avait englouti Moreau et Montgomery. Quand reviendraient-ils ? Et comment ?

Alors, au loin sur le rivage, un petit bipède gris apparut, descendit en courant jusqu'au flot et se

mit à barboter ; je revins à la porte, puis
retournai au coin de la clôture et commençai
ainsi à aller et venir comme une sentinelle.
Une fois, je m'arrêtai, entendant la voix lointaine de Montgomery qui criait : « Oh-hé !
Mo-reau ! » Mon bras me faisait moins mal,
mais il était encore fort douloureux. Je devins
fébrile, et la soif commença à me tourmenter.
Mon ombre raccourcissait : j'épiai au loin le
bipède jusqu'à ce qu'il eût disparu. Moreau et
Montgomery n'allaient-ils plus revenir ? Trois
oiseaux de mer commencèrent à se disputer
quelque proie échouée.

Alors j'entendis, dans le lointain, derrière
l'enclos, la détonation d'un coup de revolver ;
puis, après un long silence, une seconde ; puis,
plus proche encore, un hurlement suivi d'un
autre lugubre intervalle de silence. Mon imagination se mit à l'œuvre pour me tourmenter.
Puis, tout à coup, une détonation très proche.

Surpris, j'allai jusqu'au coin de l'enclos, et
aperçus Montgomery, la figure rouge, les cheveux en désordre et une jambe de son pantalon
déchirée au genou. Son visage exprimait une
profonde consternation. Derrière lui, marchait
gauchement le bipède M'ling, aux mâchoires
duquel se voyaient quelques taches brunes de
sinistre augure.

« Il est revenu ? demanda-t-il.

— Moreau ? non.

— Mon Dieu ! »

Le malheureux était haletant, prêt à défaillir à chaque respiration.

« Rentrons ! fit-il en me prenant par le bras. Ils sont fous. Ils courent partout, affolés. Qu'a-t-il pu se passer ? Je ne sais pas. Je vais vous conter cela... dès que j'aurai repris haleine... Où est le cognac ? »

Il entra en boitant dans la chambre et s'assit dans le fauteuil. M'ling s'allongea au-dehors sur le seuil de la porte et commença à haleter, comme un chien. Je donnai à Montgomery un verre de cognac étendu d'eau. Il restait assis, regardant de ses yeux mornes droit devant lui et reprenant haleine. Au bout d'un instant, il commença à me raconter ce qui lui était arrivé.

Il avait suivi, pendant une certaine distance, la piste de Moreau et de la bête. Leur trace était d'abord assez nette, à cause des branchages cassés ou écrasés, des lambeaux de bandages arrachés et d'accidentelles traînées de sang sur les feuilles des buissons et des ronces. Pourtant, toutes foulées cessaient sur le sol pierreux qui s'étendait de l'autre côté du ruisseau où j'avais vu un bipède boire, et il avait erré au hasard, vers l'ouest, appelant Moreau. Alors M'ling l'avait rejoint, armé de sa hachette ; M'ling n'avait rien vu de l'affaire du puma, étant au-dehors à abattre du bois, et il avait seulement entendu les appels. Ils avaient marché et appelé ensemble. Deux bipèdes s'étaient avancés en rampant et les avaient épiés à travers les taillis, avec une allure et des gestes furtifs dont la bizarrerie avait alarmé Montgomery. Il les interpella, mais ils s'enfuirent comme s'ils avaient été pris en faute. Il cessa ses appels et, après avoir erré quelque temps d'une manière indécise, il s'était déterminé à visiter les huttes.

Il trouva le ravin désert.

De plus en plus alarmé, il revint sur ses pas. Ce fut alors qu'il rencontra les deux Hommes-Porcs que j'avais vus gambader le soir de mon arrivée ; ils avaient du sang autour de la bouche et paraissaient vivement surexcités. Ils avançaient avec fracas à travers les fougères et s'arrêtèrent avec une expression féroce quand ils le virent. Quelque peu effrayé, il fit claquer son fouet, et, immédiatement, ils se précipitèrent sur lui. Jamais encore une de ces bêtes humanisées n'avait eu cette audace. Il fit sauter la cervelle du premier, et M'ling se jeta sur l'autre ; les deux êtres roulèrent à terre, mais M'ling eut le dessus et enfonça ses dents dans la gorge de l'autre ; Montgomery l'acheva d'un coup de revolver, et il eut quelque difficulté à ramener M'ling avec lui.

De là, ils étaient revenus en hâte vers l'enclos. En route, M'ling s'était tout à coup précipité dans un fourré, d'où il ramena une de ces espèces d'ocelot, tout taché de sang lui aussi et boitant à cause d'une blessure au pied. La bête s'enfuit un instant, puis se retourna sauvagement pour tenir tête, et Montgomery — assez inutilement à mon avis — lui avait envoyé une balle.

« Qu'est-ce que tout cela veut dire ? » demandai-je.

Il secoua la tête et avala une nouvelle rasade de cognac.

Quand je vis Montgomery ingurgiter cette troisième dose, je pris sur moi d'intervenir. Il était déjà à moitié gris. Je lui fis remarquer que quelque chose de sérieux avait certainement dû arriver à Moreau, sans quoi il eût été de retour, et qu'il nous incombait d'aller nous assurer de son sort. Montgomery souleva quelques vagues objections et finit par y consentir. Nous prîmes quelque nourriture et nous partîmes avec M'ling.

C'est sans doute à cause de la tension de mon esprit, à ce moment que, même encore maintenant, ce départ, dans l'ardente tranquillité de l'après-midi tropical, est demeuré pour moi une impression singulièrement vivace. M'ling marchait en tête, les épaules courbées, son étrange tête noire se mouvant avec de rapides tressaillements, tandis qu'il fouillait du regard chacun des côtés de notre chemin. Il était sans armes, car il avait laissé tomber sa hachette dans sa lutte avec l'Homme-Porc. Quand il se battait, ses dents étaient de véritables armes. Montgomery suivait, l'allure trébuchante, les mains dans ses poches et la tête basse. Il était hébété et de méchante humeur avec moi, à cause du cognac. J'avais le bras gauche en écharpe — heureux pour moi que ce fût le bras gauche —, et dans la main droite je serais mon revolver.

Nous suivîmes un sentier étroit à travers la sauvage luxuriance de l'île, nous dirigeant vers le nord-ouest. Soudain M'ling s'arrêta, immobile et aux aguets. Montgomery se heurta contre lui, et s'arrêta aussi. Puis, écoutant tous trois attentivement, nous entendîmes, venant à travers les arbres, un bruit de voix et de pas qui s'approchaient.

« Il est mort, disait une voix profonde et vibrante.

— Il n'est pas mort, il n'est pas mort, jacassait une autre.

— Nous avons vu, nous avons vu, répondaient plusieurs voix.

— Hé !... cria soudain Montgomery, hé !... là-bas !

— Que le diable vous emporte ! » fis-je en armant mon revolver.

Il y eut un silence suivi de craquements parmi les végétations entrelacées, puis, ici et là, apparurent une demi-douzaine de figures, d'étranges faces, éclairées d'une étrange lumière. M'ling fit entendre un rauque grognement. Je reconnus l'Homme-Singe — à vrai dire, j'avais déjà identifé sa voix — et deux des créatures brunes emmaillotées de blanc que j'avais vues dans la chaloupe. Il y avait, avec eux, les deux brutes tachetées et cet être gris et horriblement contrefait qui enseignait la Loi, avec de longs poils gris tombant de ses

joues, ses sourcils épais et les mèches grises
dégringolant en deux flots sur son front fuyant,
être pesant et sans visage, avec d'étranges yeux
rouges qui, du milieu des verdures, nous épiaient
curieusement.

Pendant un instant nul ne parla.

« Qui... a dit... qu'il était mort ? » demanda
Montgomery entre deux hoquets.

L'Homme-Singe jeta un regard furtif au monstre gris.

« Il est mort, affirma le monstre : ils ont vu. »

Il n'y avait en tout cas rien de menaçant dans
cette troupe. Ils paraissaient intrigués et vaguement terrifiés.

« Où est-il ? demanda Montgomery.

— Là-bas, fit le monstre en étendant le bras.

— Est-ce qu'il y a une Loi maintenant ?
demanda le Singe.

— Est-ce qu'il y aura encore ceci et cela ? Est-
ce vrai qu'il est mort ? Y a-t-il une Loi ? répéta le
bipède vêtu de blanc.

— Y a-t-il une Loi, toi, l'Autre avec le fouet ?
Est-il mort ? » questionna le monstre aux poils
gris.

Et tous nous examinaient attentivement.

« Prendick, dit Montgomery en tournant vers
moi ses yeux mornes, il est mort... c'est évident. »

Je m'étais tenu derrière lui pendant tout le
précédent colloque. Je commençai à comprendre
ce qu'il en était réellement, et, me plaçant vivement devant lui, je parlai d'une voix assurée :

« Enfants de la Loi, il n'est pas mort. »

M'ling tourna vers moi ses yeux vifs.

« Il a changé de forme, continuai-je — il a changé de corps. Pendant un certain temps, vous ne le verrez plus. Il est là... là — je levai la main vers le ciel — d'où il vous surveille. Vous ne pouvez le voir, mais lui vous voit. Redoutez la Loi. »

Je les fixais délibérément : ils reculèrent.

« Il est grand ! Il est bon ! dit l'Homme-Singe, en levant craintivement les yeux vers les épais feuillages.

— Et l'autre Chose ? demandai-je.

— La Chose qui saignait et qui courait en hurlant et en pleurant — elle est morte aussi, répondit le monstre gris, qui me suivait du regard.

— Ça, c'est parfait, grommela Montgomery.

— L'Autre avec le fouet... commença le monstre gris.

— Eh bien ? fis-je.

— ... a dit qu'il était mort. »

Mais Montgomery n'était pas assez ivre pour ne pas avoir compris quel mobile m'avait fait nier la mort de Moreau.

« Il n'est pas mort, confirma-t-il lentement. Pas mort du tout. Pas plus mort que moi.

— Il y en a, repris-je, qui ont transgressé la Loi. Ils mourront. Certains sont morts déjà. Montrez-nous maintenant où se trouve son corps, le corps qu'il a rejeté parce qu'il n'en avait plus besoin.

— C'est par ici, Homme qui marches dans la mer », dit le monstre.

Alors, guidés par ces six créatures, nous avançâmes à travers le chaos des fougères, des lianes et des troncs, vers le nord-ouest. Tout à coup, il y eut un hurlement, un craquement parmi les branches, et un petit homoncule rose arriva vers nous en poussant des cris. Immédiatement après parut un monstre tout trempé de sang, le poursuivant à toute vitesse et qui fut sur nous avant d'avoir pu se détourner. Le monstre gris bondit de côté ; M'ling sauta sur l'autre en grondant, et fut renversé, Montgomery tira, manqua son coup, baissa la tête, tendit le bras en avant et fit demi-tour pour s'enfuir. Je tirai alors, et le monstre avança encore ; je tirai, de nouveau, à bout portant dans son horrible face. Je vis ses traits s'évanouir dans un éclair, et sa figure fut comme enfoncée. Pourtant, il passa contre moi, saisit Montgomery et, sans le lâcher, tomba de tout son long, l'entraîna dans sa chute, tandis que le secouaient les derniers spasmes de l'agonie.

Je me retrouvai seul avec M'ling, la brute morte et Montgomery par terre. Enfin, ce dernier se releva lentement et considéra, d'un air hébété, la tête fracassée de la bête auprès de lui. Cela le dégrisa à moitié et il se remit d'aplomb sur ses pieds. Alors j'aperçus le monstre gris qui, avec précaution, revenait vers nous.

« Regarde ! et je montrai du doigt la bête massacrée. Il y a encore une Loi, et celui-ci l'avait transgressée. »

Le monstre examinait le cadavre.

« Il envoie le feu qui tue », dit-il de sa voix profonde, répétant quelque fragment du rituel.

Les autres se rapprochèrent et regardèrent.

Enfin, nous nous mîmes en route dans la direction de l'extrémité occidentale de l'île. Nous trouvâmes le corps rongé et mutilé du puma, l'épaule fracassée par une balle, et, à environ vingt mètres de là, nous découvrîmes celui que nous cherchions. Il gisait la face contre terre, dans un espace trépigné, au milieu d'un fourré de roseaux. Il avait une main presque entièrement séparée du poignet et ses cheveux argentés étaient souillés de sang. Sa tête avait été meurtrie par les chaînes du puma, et les roseaux, écrasés sous lui, étaient tout sanglants. Nous ne pûmes retrouver son revolver. Montgomery retourna le corps.

Après de fréquentes haltes et avec l'aide des sept bipèdes qui nous accompagnaient — car il était grand et lourd — nous rapportâmes son cadavre à l'enclos. La nuit tombait. Par deux fois nous entendîmes d'invisibles créatures hurler et gronder, au passage de notre petite troupe, et une fois l'homoncule rose vint nous épier, puis disparut. Mais nous ne fûmes pas attaqués. A l'entrée de l'enclos, la troupe des bipèdes nous laissa — et M'ling s'en alla avec eux. Nous nous enfermâmes soigneusement et nous transportâmes dans la cour, sur un tas de fagots, le cadavre mutilé de Moreau.

Après quoi, pénétrant dans le laboratoire, nous achevâmes tout ce qui s'y trouvait de vivant.

CHAPITRE XII

UN PEU DE BON TEMPS

Quand cette corvée fut achevée, et que nous nous fûmes nettoyés et restaurés. Montgomery et moi nous installâmes dans ma petite chambre pour examiner sérieusement et pour la première fois notre situation. Il était alors près de minuit. Montgomery était presque dégrisé, mais son esprit était encore grandement bouleversé. Il avait singulièrement subi l'influence de l'impérieuse personnalité de Moreau, et je ne crois pas qu'il eût jamais envisagé que celui-ci pût mourir. Ce désastre était le renversement inattendu d'habitudes qui étaient arrivées à faire partie de sa nature, pendant les quelque dix monotones années qu'il avait passées dans l'île. Il débita des choses vagues, répondit de travers à mes questions et s'égara dans des considérations d'ordre général.

« Quelle stupide invention que ce monde ! dit-il. Quel gâchis que tout cela ! Je n'ai jamais vécu. Je me demande quand ça doit commencer. Seize ans tyrannisé, opprimé, embêté par des nourrices et des pions ; cinq ans à Londres, à piocher la médecine — cinq années de nourriture exécrable, de logis sordide, d'habits sordides, de vices sordides ; une bêtise que je commets — je n'ai jamais connu mieux — et expédié dans cette île maudite. Dix ans ici ! Et pour quoi tout cela, Prendick ? Quelle duperie ! »

Il était difficile de tirer quelque chose de pareilles extravagances.

« Ce dont il faut nous occuper maintenant, c'est du moyen de quitter cette île.

— A quoi servirait de s'en aller ? Je suis un proscrit, un réprouvé. Où dois-je rejoindre ? Tout cela, c'est très bien pour *vous*, Prendick ! Pauvre vieux Moreau ! Nous ne pouvons l'abandonner ici, pour que les bêtes épluchent ses os. Et puis... Mais d'ailleurs, qu'adviendra-t-il de celles de ces créatures qui n'ont pas mal tourné ?

— Eh bien, nous verrons cela demain. J'ai pensé que nous pourrions faire un bûcher avec le tas de fagots et ainsi brûler son corps — avec les autres choses... Qu'adviendra-t-il des monstres après cela ?

— Je n'en sais rien. Je suppose que ceux qui ont été faits avec des bêtes féroces finiront tôt ou tard par tourner mal. Nous ne pouvons les massacrer tous, n'est-ce pas ? Je suppose que c'est ce que votre humanité pouvait suggérer ?... Mais ils changeront, ils changeront sûrement. »

Il parla ainsi à tort et à travers jusqu'à ce que je sentisse la patience me manquer.

« Mille diables ! s'écria-t-il à une remarque un peu vive de ma part, ne voyez-vous pas que la passe où nous nous trouvons est pire pour moi que pour vous ? »

Il se leva et alla chercher le cognac.

« Boire ! fit-il en revenant. Vous, discuteur, gobeur d'arguments, espèce de saint athée blanchi à la chaux, buvez un coup aussi.

— Non », dis-je et je m'assis, observant d'un œil sévère, sous la clarté jaune du pétrole, sa figure s'allumer à mesure qu'il buvait et qu'il tombait dans une loquacité dégradante. Je me souviens d'une impression d'ennui infini. Il pataugea dans une larmoyante défense des bêtes humanisées et de M'ling. M'ling, prétendait-il, était le seul être qui lui eût jamais témoigné quelque affection. Soudain, une idée lui vint.

« Et puis après... que le diable m'emporte ! » fit-il.

Il se leva en titubant, et saisit la bouteille de cognac. Par une soudaine intuition, je devinai ce qu'il allait faire.

« Vous n'allez pas donner à boire à cette bête ! m'exclamai-je en me levant pour lui barrer le passage.

— Cette bête !... C'est vous qui êtes une bête. Il peut prendre son petit verre comme un chrétien... Débarrassez le passage, Prendick.

— Pour l'amour de Dieu..., commençai-je.

— Otez-vous de là ! rugit-il en sortant brusquement son revolver.

— C'est bien », concédai-je, et je m'écartai, presque décidé à me jeter sur lui au moment où il mettrait la main sur le loquet ; mais la pensée de mon bras hors d'usage m'en détourna. « Vous êtes tombé au rang des bêtes, et c'est avec les bêtes qu'est votre place. »

Il ouvrit la porte toute grande, et, à demi tourné vers moi, debout entre la lumière jaunâtre de la lampe et la clarté blême de la lune, ses yeux semblables, dans leurs orbites, à des pustules noires sous les épais et rudes sourcils, il débita :

« Vous êtes un stupide faquin, Prendick, un âne bâté, qui se forge des craintes fantastiques. Nous sommes au bord du trou. Il ne me reste plus qu'à me couper la gorge demain, mais, ce soir, je m'en vais d'abord me donner un peu de bon temps. »

Il sortit dans le clair de lune.

« M'ling ! M'ling ! mon vieux camarade ! » appela-t-il.

Dans la clarté blanche, trois créatures imprécises se montrèrent à l'orée des taillis, l'une, enveloppée de toile blanche, les deux autres, des taches sombres, suivant la première. Elles s'arrêtèrent, attentives. J'aperçus alors les épaules voûtées de M'ling s'avançant au long de la clôture.

« Buvez ! cria Montgomery, buvez ! vous autres espèces de brutes ! Buvez et soyez des hommes ! Mille diables, j'ai du génie, moi ! Moreau n'y avait pas pensé ! C'est le dernier coup de pouce. Allons ! buvez, vous dis-je ! »

Brandissant la bouteille, il se mit à courir dans la direction de l'ouest, M'ling le suivant et précédant les trois indécises créatures qui les accompagnaient.

Je m'avançai sur le seuil. Bientôt la troupe, à peine distincte dans la vaporeuse clarté lunaire, s'arrêta. Je vis Montgomery administrer une dose de cognac pur à M'ling, et l'instant d'après, les cinq personnages de cette scène confuse n'étaient plus qu'une tache confuse. Tout à coup, j'entendis la voix de Montgomery qui criait :

« Chantez !... Chantons tous ensemble : conspuez Prendick... C'est parfait. Maintenant, encore : Conspuez Prendick ! conspuez Prendick ! »

Le groupe noir se rompit en cinq ombres séparées et recula lentement dans la distance au long de la bande éclairée du rivage. Chacun de ces malheureux hurlait à son gré, aboyant des insultes à mon intention, et donnant libre cours à toutes les fantaisies que suggérait cette inspiration nouvelle de l'ivresse.

« Par file à droite ! » commanda la voix lointaine de Montgomery, et ils s'enfoncèrent avec leurs cris et leurs hurlements dans les ténèbres des arbres. Lentement, très lentement, ils s'éloignèrent dans le silence.

La paisible splendeur de la nuit m'enveloppa de nouveau. La lune avait maintenant passé le méridien et faisait route vers l'ouest. Elle était à son plein et, très brillante, semblait voguer dans un

ciel d'azur vide. L'ombre du mur, large d'un
mètre à peine et absolument noire, se projetait à
mes pieds. La mer, vers l'est, était d'un gris
uniforme, sombre et mystérieuse, et, entre les
flots et l'ombre, les sables gris, provenant de
cristallisations volcaniques, étincelaient et brillaient comme une plage de diamants. Derrière
moi, la lampe à pétrole brûlait, chaude et rougeâtre.

Alors je rentrai et fermai la porte à clef. J'allai
dans la cour où le cadavre de Moreau reposait
auprès de ses dernières victimes — les chiens, le
lama et quelques autres misérables bêtes ; sa face
massive, calme même après cette mort terrible,
ses yeux durs grands ouverts semblaient contempler dans le ciel la lune morte et blême. Je m'assis
sur le rebord du puits et, mes regards fixant ce
sinistre amas de lumière argentée et d'ombre
lugubre, je cherchai quelque moyen de fuir.

Au jour, je rassemblerais quelques provisions
dans la chaloupe, et, après avoir mis le feu au
bûcher que j'avais devant moi, je m'aventurerais
une fois de plus dans la désolation de l'océan. Je
me rendais compte que pour Montgomery il n'y
avait rien à faire, car il était, à vrai dire, presque de
la même nature que ces bêtes humanisées, et
incapable d'aucun commerce humain. Je ne me
rappelle pas combien de temps je restai assis là à
faire des projets ; peut-être une heure ou deux.
Mes réflexions furent interrompues par le retour
de Montgomery dans le voisinage. J'entendis de

rauques hurlements, un tumulte de cris exultants, qui passa au long du rivage ; des clameurs, des vociférations, des cris perçants qui parurent cesser en approchant des flots. Le vacarme monta et décrut soudain ; j'entendis des coups sourds, un fracas de bois que l'on casse, mais je ne m'en inquiétai pas. Une sorte de chant discordant commença.

Mes pensées revinrent à mes projets de fuite. Je me levai, pris la lampe, et allai dans un hangar examiner quelques petits barils que j'avais déjà remarqués. Mon attention fut attirée par diverses caisses de biscuits et j'en ouvris une. A ce moment, j'aperçus du coin de l'œil un reflet rouge et je me retournai brusquement.

Derrière moi, la cour s'étendait, nettement coupée d'ombre et de clarté avec le tas de bois et de fagots sur lequel gisaient Moreau et ses victimes mutilées. Ils semblaient s'agripper les uns les autres dans une dernière étreinte vengeresse. Les blessures de Moreau étaient béantes et noires comme la nuit, et le sang qui s'en était échappé s'étalait en mare noirâtre sur le sable. Alors je vis, sans en comprendre la cause, le reflet rougeâtre et fantomatique qui dansait, allait et venait sur le mur opposé. Je l'interprétai mal, me figurant que ce n'était autre chose qu'un reflet de ma lampe falote, et je me retournai vers les provisions du hangar. Je continuai à fouiller partout, autant que je pouvais le faire avec un seul bras, mettant de côté, pour l'embarquer le lendemain dans la chaloupe, tout ce qui me semblait convenable et utile. Mes mouvements étaient maladroits et lents, et le temps passait rapidement ; bientôt le petit jour me surprit.

Le chant discordant se tut pour donner place à des clameurs, puis il reprit et éclata soudain en tumulte. J'entendis des cris de : Encore, Encore ! un bruit de querelle et tout à coup un coup terrible. Le ton de ces cris divers changeait si vivement que mon attention fut attirée. Je sortis dans la cour pour écouter. Alors, tranchant net sur la confusion et le tumulte, un coup de revolver fut tiré.

Je me précipitai immédiatement à travers ma chambre jusqu'à la petite porte extérieure. A ce moment, derrière moi, quelques-unes des caisses et des boîtes de provisions glissèrent et dégringolèrent sur le sol les unes sur les autres avec un fracas de verre cassé. Mais sans y faire la moindre attention, j'ouvris vivement la porte et regardai ce qui se passait au-dehors.

Sur la grève, près de l'abri de la chaloupe, un feu de joie brûlait, lançant des étincelles dans la demi-clarté de l'aurore : autour, luttait une masse de figures noires. J'entendis Montgomery m'appeler par mon nom. Le revolver en main, je courus en toute hâte vers les flammes.

Je vis la langue de feu du revolver de Montgomery jaillir une fois tout près du sol. Il était à terre. Je me mis à crier de toutes mes forces et tirai en l'air.

J'entendis un cri : « Le Maître ! » La masse confuse et grouillante se sépara en diverses unités qui se dispersèrent, le feu flamba et s'éteignit. La cohue des bipèdes s'enfuit devant moi, en une panique soudaine. Dans ma surexcitation, je tirai sur eux avant qu'ils ne fussent disparus parmi les taillis. Alors, je revins vers la masse noire qui gisait sur le sol.

Montgomery était étendu sur le dos, et le monstre gris pesait sur lui de tout son poids. La brute était morte, mais tenait encore dans ses griffes recourbées la gorge de Montgomery. Auprès M'ling était couché, la face contre terre, immobile, le cou ouvert et tenant la partie supérieure d'une bouteille de cognac brisée. Deux autres êtres gisaient près du feu, l'un sans mouvement, l'autre gémissant par intervalles, et soulevant la tête, de temps à autre, lentement, puis la laissant retomber.

J'empoignai, d'une main, le monstre gris et l'arrachai de sur le corps de Montgomery ; ses griffes mirent les vêtements en lambeaux tandis que je le traînais.

Montgomery avait la face à peine noircie. Je lui jetai de l'eau de mer sur la figure, et installai sous sa tête ma vareuse roulée. M'ling était mort. La créature blessée qui gémissait près du feu — c'était un des Hommes-Loups à la figure garnie de poils grisâtres — gisait, comme je m'en aperçus, la partie supérieure de son corps tombée sur les charbons encore ardents. La misérable

bête était en si piteux état que, par pitié, je lui fis
sauter le crâne. L'autre monstre — mort aussi —
était l'un des Hommes-Taureaux vêtus de blanc.

Le reste des bipèdes avait disparu dans le bois.
Je revins vers Montgomery et m'agenouillai près
de lui, maudissant mon ignorance de la médecine.

A mon côté, le feu s'éteignait et, seuls, restaient
quelques tisons carbonisés ou se consumant
encore au milieu des cendres grises. Je me demandais où Montgomery pouvait bien avoir trouvé
tout ce bois, et je vis alors que l'aurore avait
envahi le ciel, brillant maintenant à mesure que la
lune déclinante devenait plus pâle et plus opaque
dans la lumineuse clarté bleue. Vers l'est, l'horizon était bordé de rouge.

A ce moment, j'entendis derrière moi des
bruits sourds accompagnés de sifflements, et
m'étant retourné, d'un bond je me relevai, en
poussant un cri d'horreur. Contre l'aube ardente,
de grandes masses tumultueuses de fumée noire
tourbillonnaient au-dessus de l'enclos, et à travers
leur orageuse obscurité jaillissaient de longs et
tremblants fuseaux de flamme rouge sang. Le toit
de roseaux s'embrasa ; je vis les flammes souples
monter à l'assaut des appentis, et un grand jet
soudain s'élança par la fenêtre de ma chambre.

Je compris immédiatement ce qui était arrivé,
en me rappelant le fracas que j'avais entendu.
Lorsque je m'étais précipité au secours de Montgomery, j'avais renversé la lampe.

L'impossibilité évidente de sauver quoi que ce

soit de ce que contenaient les pièces de l'enclos m'apparut aussitôt. Mon esprit revint à mon projet de fuite, et, brusquement, je me retournai vers l'endroit du rivage où étaient abritées les deux embarcations. Elles n'étaient plus là ! Sur le sable, non loin de moi, j'aperçus deux haches ; des éclats de bois et de copeaux étaient partout épars, et les cendres du feu fumaient et noircissaient sous la clarté de l'aube. Pour se venger et empêcher notre retour vers l'humanité, Montgomery avait brûlé les barques.

Un soudain accès de rage me secoua. Je fus sur le point de me laisser aller à frapper à coups redoublés sur son crâne stupide, tandis qu'il était là, sans défense à mes pieds. Mais soudain il remua sa main si faiblement, si pitoyablement que ma rage disparut. Il eut un gémissement et souleva un instant ses paupières.

Je m'agenouillai près de lui et lui soulevai la tête. Il rouvrit les yeux, contemplant silencieusement l'aurore, puis son regard rencontra le mien : ses paupières alourdies retombèrent.

« Fâché », articula-t-il avec effort.

Il semblait essayer de penser.

« C'est le bout, murmura-t-il, la fin de cet univers idiot. Quel gâchis… »

J'écoutais. Sa tête s'inclina, inerte. Je pensai que quelque liquide pouvait le ranimer. Mais je n'avais là ni boisson ni vase pour le faire boire. Tout à coup, il me parut plus lourd, et mon cœur se serra.

Je me penchai sur son visage et posai ma main sur sa poitrine à travers une déchirure de sa blouse. Il était mort, et au moment où il expirait, une ligne de feu, blanche et ardente, le limbe du soleil, monta, à l'orient, par-delà le promontoire, éclaboussant le ciel de ses rayons, et changeant la mer sombre en un tumulte bouillonnant de lumière éblouissante qui se posa, comme une gloire, sur la face contractée du mort.

Doucement, je laissai sa tête retomber sur le rude oreiller que je lui avais fait, et je me relevai. Devant moi, j'avais la scintillante désolation de la mer, l'effroyable solitude où j'avais tant souffert déjà ; en arrière, l'île assoupie sous l'aurore, et ses bêtes invisibles. L'enclos avec ses provisions et ses munitions brûlait dans un vacarme confus, avec de soudaines rafales de flammes, avec de violentes crépitations, et de temps à autre un écroulement. L'épaisse et lourde fumée s'éloignait en suivant la grève, roulant au ras des cimes des arbres vers les huttes du ravin.

CHAPITRE XIII

SEUL AVEC LES MONSTRES

Alors, des buissons, sortirent trois monstres bipèdes, les épaules voûtées, la tête en avant, les mains informes gauchement balancées, les yeux questionneurs et hostiles, s'avançant vers moi avec des gestes hésitants. Je leur fis face, affrontant en eux mon destin, seul maintenant, n'ayant plus qu'un bras valide, et dans ma poche un revolver chargé encore de quatre balles. Parmi les fragments et les éclats de bois épars sur le rivage, se trouvaient les deux haches qui avaient servi à démolir les barques. Derrière moi, la marée montait.

Il ne restait plus rien à faire, sinon à prendre courage. Je regardai délibérément, en pleine figure, les monstres qui s'approchaient. Ils évitèrent mon regard, et leurs narines frémissantes flairaient les cadavres qui gisaient auprès de moi. Je fis quelques pas, ramassai le fouet taché de sang qui était resté sous le cadavre de l'Homme-Loup et le fis claquer.

Ils s'arrêtèrent et me regardèrent avec étonnement.

« Saluez ! commandai-je. Rendez le salut ! »

Ils hésitèrent. L'un d'eux ploya le genou. Je répétai mon commandement, la gorge affreusement serrée et en faisant un pas vers eux. L'un s'agenouilla, puis les deux autres.

Je me retournai à demi, pour revenir vers les cadavres, sans quitter du regard les trois bipèdes agenouillés, à la façon dont un acteur remonte au fond de la scène en faisant face au public.

« Ils ont enfreint la Loi, expliquai-je en posant mon pied sur le monstre aux poils gris. Ils ont été tués. Même celui qui enseignait la Loi. Même l'Autre avec le fouet. Puissante est la Loi ! Venez et voyez.

— Nul n'échappe ! dit l'un d'entre eux, en avançant pour voir.

— Nul n'échappe, répétai-je. Aussi écoutez et faites ce que je vous commande. »

Ils se relevèrent, s'interrogeant les uns les autres du regard.

« Restez là », ordonnai-je.

Je ramassai les deux hachettes et les suspendis à l'écharpe qui soutenait mon bras ; puis je retournai Montgomery, lui pris son revolver encore chargé de deux coups, et trouvai dans une poche en le fouillant une demi-douzaine de cartouches.

M'étant relevé, j'indiquai le cadavre du bout de mon fouet.

« Avancez, prenez-le et jetez-le dans la mer. »

Encore effrayés, ils s'approchèrent de Montgomery, ayant surtout peur du fouet dont je faisais
claquer la lanière toute tachée de sang ; puis, après
quelques gauches hésitations, quelques menaces
et des coups de fouet, ils le soulevèrent avec
précaution, descendirent la grève et entrèrent en
barbotant dans les vagues éblouissantes.

« Allez ! allez ! criai-je. Plus loin encore. »

Ils s'éloignèrent jusqu'à ce qu'ils eussent de
l'eau aux aisselles ; ils s'arrêtèrent alors et me
regardèrent.

« Lâchez tout », commandai-je.

Le cadavre de Montgomery disparut dans un
remous et je sentis quelque chose me poigner le
cœur.

« Bon ! » fis-je, avec une sorte de sanglot dans
la voix. Et, craintifs, les monstres revinrent
précipitamment jusqu'au rivage, laissant après
eux, dans l'argent des flots, de longs sillages
sombres. Arrivés au bord des vagues, ils se
retournèrent, inquiets, vers la mer, comme s'ils se
fussent attendus à voir Montgomery resurgir
pour exercer quelque vengeance.

« A ceux-ci, maintenant », fis-je, en indiquant
les autres cadavres.

Ils prirent soin de ne pas approcher de l'endroit
où ils avaient jeté Montgomery et portèrent les
quatre bêtes mortes, avant de les immerger, à cent
mètres de là en avançant en biais.

Comme je les observais pendant qu'ils empor-
taient les restes mutilés de M'ling, j'entendis,

derrière moi, un bruit de pas légers et, me retournant vivement, j'aperçus, à une douzaine de mètres, la grande Hyène-Porc. Le monstre avait la tête baissée, ses yeux brillants étaient fixés sur moi, et il tenait ses tronçons de mains serrés contre lui. Quand je me retournai, il s'arrêta dans cette attitude courbée, les yeux regardant de côté.

Un instant, nous restâmes face à face. Je laissai tomber le fouet et je sortis le revolver de ma poche, car je me proposais, au premier prétexte, de tuer cette brute, la plus redoutable de celles qui restaient maintenant dans l'île. Cela peut paraître déloyal, mais telle était ma résolution. Je redoutais ce monstre plus que n'importe quelle autre des bêtes humanisées. Son existence était, je le savais, une menace pour la mienne.

Pendant une dizaine de secondes, je rassemblai mes esprits.

« Saluez ! A genoux ! » ordonnai-je.

Elle eut un grognement qui découvrit ses dents.

« Qui êtes-vous pour ?... »

Un peu trop nerveusement peut-être, je levai mon revolver, visai et fis feu. Je l'entendis glapir et la vis courant de côté pour s'enfuir ; je compris que je l'avais manquée et, avec mon pouce, je relevai le chien pour tirer de nouveau. Mais la bête s'enfuyait à toute vitesse, sautant de côté et d'autre, et je n'osai pas risquer de la manquer une fois de plus. De temps en temps, elle regardait de mon côté, par-dessus son épaule ; elle suivit, de biais, le rivage, et disparut dans les masses de

fumée rampante qui s'échappaient encore de
l'enclos incendié. Je restai un instant, les yeux
fixés sur l'endroit où le monstre avait disparu,
puis je me retournai vers mes trois bipèdes
obéissants et leur fis signe de laisser choir dans les
flots le cadavre qu'ils soutenaient encore. Je
revins alors auprès du tas de cendres à l'endroit
où les corps étaient tombés, et, du pied, je remuai
le sable, jusqu'à ce que les traces de sang eussent
disparu.

Je renvoyai mes trois serfs d'un geste de la
main, et, montant la grève, j'entrai dans les
fourrés. Je tenais mon revolver, et mon fouet était
suspendu, avec les hachettes, à l'écharpe de mon
bras. J'avais envie d'être seul pour réfléchir à la
position dans laquelle je me trouvais.

Une chose terrible, dont je commençais seulement à me rendre compte, était que, dans toute
cette île, il n'y avait aucun endroit sûr où je pusse
me trouver isolé et en sécurité pour me reposer
ou dormir. Depuis mon arrivée, j'avais recouvré
mes forces d'une façon surprenante, mais j'étais
encore fort enclin à des nervosités et à des
affaissements en cas de véritable détresse. J'avais
l'impression qu'il me fallait traverser l'île et
m'établir au milieu des bipèdes humanisés pour
trouver, en me confiant à eux, quelque sécurité.
Le cœur me manqua. Je revins vers le rivage, et,
tournant vers l'est, du côté de l'enclos incendié, je
me dirigeai vers un point où une langue basse de
sable et de corail s'avançait vers les récifs. Là, je

pourrais m'asseoir et réfléchir, tournant le dos à
la mer et faisant face à toute surprise. Et j'allai
m'y asseoir, le menton dans les genoux, le soleil
tombant d'aplomb sur ma tête, une crainte croissante m'envahissant l'esprit et cherchant le
moyen de vivre jusqu'au moment de ma délivrance — si jamais la délivrance devait venir.
J'essayai de considérer toute la situation aussi
calmement que je pouvais, mais il me fut impossible de me débarrasser de mon émotion.

Je me mis à retourner dans mon esprit les
raisons du désespoir de Montgomery... Ils changeront, avait-il dit, ils sont sûrs de changer... Et
Moreau ? Qu'avait dit Moreau ? Leur opiniâtre
bestialité reparaît jour après jour... Puis, ma
pensée revint à l'Hyène-Porc. J'avais la certitude
que si je ne tuais pas cette brute, ce serait elle qui
me tuerait... Celui qui enseignait la Loi était
mort... Malchance !... Ils savaient maintenant que
les porteurs de fouet pouvaient être tués, aussi
bien qu'eux...

M'épiaient-ils déjà, de là-bas, d'entre les masses
vertes de fougères et de palmiers ? Peut-être me
guetteraient-ils jusqu'à ce que je vinsse à passer à
leur portée ? Que complotaient-ils contre moi ?
Que leur disait l'Hyène-Porc ? Mon imagination
m'échappait pour vagabonder dans un marécage
de craintes irréelles.

Je fus distrait de mes pensées par des cris
d'oiseaux de mer, qui se précipitaient vers un
objet noir que les vagues avaient échoué sur le

sable, près de l'enclos. Je savais trop ce qu'était
cet objet, mais je n'eus pas le cœur d'aller les
chasser. Je me mis à marcher au long du rivage
dans la direction opposée, avec l'intention de
contourner l'extrémité est de l'île et de me
rapprocher ainsi du ravin des huttes, sans
m'exposer aux embûches possibles des fourrés.

Après avoir fait environ un demi-mille sur la
grève, j'aperçus l'un de mes trois bipèdes obéissants qui sortait de sous-bois et s'avançait vers
moi. Les fantaisies de mon imagination m'avaient
rendu tellement nerveux que je tirai immédiatement mon revolver. Même le geste suppliant de la
bête ne parvint pas à me désarmer.

Il continua d'avancer en hésitant.

« Allez-vous-en », criai-je.

Il y avait dans l'attitude craintive de cet être
beaucoup de la soumission canine. Il recula
quelque peu, comme un chien que l'on chasse,
s'arrêta, et tourna vers moi ses yeux bruns et
implorants.

« Allez-vous-en ! répétai-je. Ne m'approchez
pas.

— Je ne peux pas venir près de vous ?
demanda-t-il.

— Non ! allez-vous-en », insistai-je en faisant
claquer mon fouet ; puis en prenant le manche
entre mes dents, je me baissai pour ramasser une
pierre, et cette menace fit fuir la bête.

Ainsi, seul, je contournai le ravin des animaux
humanisés, et, caché parmi les herbes et les

roseaux qui séparaient la crevasse de la mer, j'épiai ceux d'entre eux qui parurent, essayant de juger, d'après leurs gestes et leur attitude, de quelle façon les avait affectés la mort de Moreau et de Montgomery et la destruction de la maison de douleur. Je compris maintenant la folie de ma couardise. Si j'avais conservé mon courage au même niveau qu'à l'aurore, si je ne l'avais pas laissé décliner et s'annihiler dans mes réflexions solitaires, j'aurais pu saisir le sceptre de Moreau et gouverner les monstres. Maintenant j'en avais perdu l'occasion et j'étais tombé au rang de simple chef parmi des semblables.

Vers midi, certains bipèdes vinrent s'étendre sur le sable chaud. La voix impérieuse de la soif eut raison de mes craintes. Je sortis du fourré, et, le revolver à la main, je descendis vers eux. L'un de ces monstres — une Femme-Loup — tourna la tête et me regarda avec étonnement. Puis ce fut le tour des autres, sans qu'aucun fît mine de se lever et de me saluer. Je me sentais trop faible et trop las pour insister devant leur nombre, et je laissai passer le moment.

« Je veux manger, prononçai-je, presque sur un ton d'excuse et en continuant d'approcher.

— Il y a à manger dans les huttes », répondit un Bœuf-Verrat, à demi endormi, en détournant la tête.

Je les côtoyai et m'enfonçai dans l'ombre et les odeurs du ravin presque désert. Dans une hutte vide, je me régalai de fruits, et après avoir disposé

quelques branchages à demi séchés pour en
boucher l'ouverture, je m'étendis, la figure tournée vers l'entrée, la main sur mon revolver. La
fatigue des trente dernières heures réclama son dû
et je me laissai aller à un léger assoupissement,
certain que ma légère barricade pouvait faire un
bruit suffisant pour me réveiller en cas de surprise.

Ainsi, je devenais un être quelconque parmi les
animaux humanisés dans cette île du docteur
Moreau. Quand je m'éveillai, tout était encore
sombre autour de moi ; mon bras, dans ses
bandages, me faisait mal ; je me dressai sur mon
séant, me demandant tout d'abord où je pouvais
bien être. J'entendis des voix rauques qui parlaient au-dehors et je m'aperçus alors que ma
barricade n'existait plus et que l'ouverture de la
hutte était libre. Mon revolver était encore à
portée de ma main.

Je perçus le bruit d'une respiration et distinguai
quelque être blotti tout contre moi. Je retins mon
souffle, essayant de voir ce que c'était. Cela se mit
à remuer lentement, interminablement, puis une
chose douce, tiède et moite passa sur ma main.

Tous mes muscles se contractèrent et je retirai
vivement mon bras. Un cri d'alarme s'arrêta dans
ma gorge et je me rendis suffisamment compte de
ce qui était arrivé pour mettre la main sur mon
revolver.

« Qui est là ? demandai-je en un rauque murmure, et l'arme pointée.

— Moi, maître.

— Qui êtes-vous ?

— Ils me disent qu'il n'y a pas de maître maintenant. Mais moi, je sais, je sais. J'ai porté les corps dans les flots, ô toi qui marches dans la mer, les corps de ceux que tu as tués. Je suis ton esclave, maître.

— Es-tu celui que j'ai rencontré sur le rivage ? questionnai-je.

— Le même, maître. »

Je pouvais évidemment me fier à la bête, car elle aurait pu m'attaquer tandis que je dormais.

« C'est bien », dis-je, en lui laissant lécher ma main.

Je commençais à mieux comprendre ce que sa présence signifiait et tout mon courage me revint.

« Où sont les autres ? demandai-je.

— Ils sont fous, ils sont insensés, affirma l'Homme-Chien. Maintenant ils causent ensemble là-bas. Ils disent : le Maître est mort, l'Autre avec le Fouet est mort ; l'Autre qui marchait dans la mer est... comme nous sommes. Nous n'avons plus ni Maître, ni Fouets, ni Maison de Douleur. C'est la fin. Nous aimons la Loi et nous l'observerons ; mais il n'y aura plus jamais, ni Maître, ni Fouets, jamais. Voilà ce qu'ils disent. Mais moi, maître, je sais, je sais. »

J'étendis la main dans l'obscurité et caressai la tête de l'Homme-Chien.

« C'est bien, acquiesçai-je encore.

— Bientôt, tu les tueras tous, dit l'Homme-Chien.

— Bientôt, répondis-je, je les tuerai tous, après qu'un certain temps et que certaines choses seront arrivées ; tous, sauf ceux que tu épargneras, tous, jusqu'au dernier, seront tués.

— Ceux que le Maître veut tuer, le Maître les tue, déclara l'Homme-Chien avec une certaine satisfaction dans la voix.

— Et afin que le nombre de leurs fautes augmente, ordonnai-je, qu'ils vivent dans leur folie jusqu'à ce que le temps soit venu. Qu'ils ne sachent pas que je suis le Maître.

— La volonté du Maître est bonne, répondit l'Homme-Chien, avec le rapide tact de son hérédité canine.

— Mais il en est un qui a commis une grave offense. Celui-là, je le tuerai où que je le rencontre. Quand je te dirai : c'est lui, tu sauteras dessus sans hésiter. Et maintenant, je vais aller vers ceux qui sont assemblés. »

Un instant l'ouverture de la hutte fut obstruée par l'Homme-Chien qui sortait. Ensuite, je le suivis et me trouvai debout presque à l'endroit exact où j'étais lorsque j'avais entendu Moreau et son chien me poursuivre. Mais il faisait nuit maintenant et ce ravin aux miasmes infects était obscur autour de moi, et plus loin, au lieu d'une verte pente ensoleillée, je vis les flammes rougeâtres d'un feu devant lequel s'agitaient de grotesques personnages aux épaules arrondies. Plus loin encore s'élevaient les troncs serrés des arbres, formant une bande ténébreuse frangée par les sombres dentelles des branches supérieures. La lune apparaissait au bord du talus du ravin, et, comme une barre au travers de sa face, montait la colonne de vapeur qui, sans cesse, jaillissait des fumerolles de l'île.

« Marche près de moi », commandai-je, rassemblant tout mon courage ; et côte à côte nous descendîmes l'étroit passage sans faire attention aux vagues ombres qui nous épiaient par les ouvertures de huttes.

Aucun de ceux qui étaient autour du feu ne fit mine de me saluer. La plupart, ostensiblement, affectèrent l'indifférence. Mon regard chercha l'Hyène-Porc, mais elle n'était pas là. Ils étaient bien en tout une vingtaine, accroupis, contemplant le feu ou causant entre eux.

« Il est mort, il est mort, le Maître est mort, dit la voix de l'Homme-Singe, sur ma droite. La Maison de Souffrance, il n'y a pas de Maison de Souffrance.

— Il n'est pas mort, assurai-je d'une voix forte. Maintenant même, il vous voit. »

Cela les surprit. Vingt paires d'yeux me regardèrent.

« La Maison de Souffrance n'existe plus, continuai-je, mais elle reviendra. Vous ne pouvez pas voir le Maître, et cependant, en ce moment même, il écoute au-dessus de vous.

— C'est vrai, c'est vrai », confirma l'Homme-Chien.

Mon assurance les frappa de stupeur. Un animal peut être féroce et rusé, mais seul un homme peut mentir.

« L'Homme au bras lié dit une chose étrange, proféra l'un des animaux.

— Je vous dis qu'il en est ainsi ! affirmai-je. Le Maître de la Maison de Douleur reparaîtra bientôt. Malheur à celui qui transgresse la Loi ! »

Ils se regardèrent les uns les autres curieusement. Avec une indifférence affectée, je me mis à enfoncer négligemment ma hachette dans le sol devant moi, et je remarquai qu'ils examinaient les profondes entailles que je faisais dans le gazon.

Puis le Satyre émit un doute auquel je répondis ; après quoi l'un des êtres tachetés fit une objection, et une discussion animée s'éleva autour du feu. De moment en moment je me sentais plus assuré de ma sécurité présente. Je causais maintenant sans ces saccades dans la voix, dues à l'intensité de ma surexcitation et qui m'avaient tout d'abord troublé. En une heure de ce bavardage, j'eus réellement convaincu plusieurs de ces monstres de la vérité de mes assertions et jeté les autres dans un état de doute troublant. J'avais l'œil aux aguets pour mon ennemie l'Hyène-Porc, mais elle ne se montra pas. De temps en temps, un mouvement suspect me faisait tressaillir, mais je reprenais rapidement confiance. Enfin, quand la lune commença à descendre du zénith, un à un, les discuteurs se mirent à bâiller, montrant à la lueur du feu qui s'éteignait de bizarres rangées de dents, et ils se retirèrent vers les tanières du ravin. Et moi, redoutant le silence et les ténèbres, je les suivis, me sachant plus en sécurité avec plusieurs d'entre eux qu'avec un seul.

De cette façon commença la partie la plus longue de mon séjour dans cette île du Docteur Moreau. Mais, depuis cette nuit jusqu'à ce qu'en vînt la fin, il ne m'arriva qu'une seule chose importante en dehors d'une série d'innombrables petits détails désagréables et de l'irritation d'une perpétuelle inquiétude. De sorte que je préfère ne pas faire de chronique de cet intervalle de temps, et raconter seulement l'unique incident survenu au cours des dix mois que j'ai passés dans l'intimité de ces brutes à demi humanisées. J'ai gardé mémoire de beaucoup de choses que je pourrais écrire, encore que je donnerais volontiers ma main droite pour les oublier. Mais elles n'ajouteraient aucun intérêt à mon récit. Rétrospectivement, il est étrange pour moi de me rappeler combien je m'accordai vite avec ces monstres, m'accommodai de leurs mœurs et repris toute ma confiance. Il y eut bien quelques querelles, et je pourrais montrer encore des traces de crocs, mais ils acquièrent bientôt un salutaire respect pour moi, grâce à mon habileté à lancer des pierres — talent qu'ils n'avaient pas — et grâce encore aux entailles de ma hachette. Le fidèle attachement de mon Homme-Chien Saint-Bernard me fut aussi d'un infini service. Je constatai que leur conception très simple du respect était fondée surtout sur la capacité d'infliger des blessures tranchantes. Je puis bien dire même — sans vanité, j'espère — que j'eus sur eux une sorte de prééminence. Un ou deux de ces monstres, que, dans diverses disputes, j'avais balafrés sérieusement, me gardaient rancune, mais leur ressentiment se manifestait par des grimaces faites derrière mon dos et à une distance suffisante, hors de la portée de mes projectiles.

L'Hyène-Porc m'évitait, et j'étais toujours en alerte à cause d'elle. Mon inséparable Homme-Chien la haïssait et la redoutait excessivement. Je crois réellement que c'était là le fond de l'attachement de cette brute pour moi. Il me fut bientôt évident que le féroce monstre avait goûté du sang et avait suivi les traces de l'Homme-Léopard. Il se fit une tanière quelque part dans la forêt et devint solitaire. Une fois je tentai de persuader les brutes mi-humaines de le traquer, mais je n'eus pas l'autorité nécessaire pour les obliger à coopérer à une effort commun. Maintes fois j'essayai d'approcher de son repaire et de le surprendre à l'improviste, mais ses sens étaient trop subtils, et toujours il me vit ou me flaira à temps pour fuir. D'ailleurs, lui aussi, avec ses embuscades, rendait dangereux les sentiers de la forêt pour mes alliés et moi, et l'Homme-Chien osait à peine s'écarter.

Dans le premier mois, les monstres, relativement à leur subséquente condition, restèrent assez humains, et même envers un ou deux autres, à part mon Homme-Chien, je réussis à avoir une amicale tolérance. Le petit être rosâtre me montrait une bizarre affection et se mit aussi à me suivre. Pourtant, l'Homme-Singe m'était infiniment désagréable. Il prétendait, à cause de ses cinq doigts, qu'il était mon égal et ne cessait, dès qu'il me voyait, de jacasser perpétuellement les plus sottes niaiseries. Une seule chose en lui me distrayait un peu : son fantastique talent pour fabriquer de nouveaux mots. Il avait l'idée, je crois, qu'en baragouiner qui ne signifiaient rien était l'usage naturel à faire de la parole. Il appelait cela « grand penser » pour le distinguer du « petit penser » — lequel concernait les choses utiles de l'existence journalière. Si par hasard je faisais quelque remarque qu'il ne comprenait pas, il se répandait en louanges, me demandait de la répéter, l'apprenait pas cœur, et s'en allait la dire, en écorchant une syllabe ici où là, à tous ses compagnons. Il ne faisait aucun cas de ce qui était simple et compréhensible, et j'inventai pour son usage personnel quelques curieux « grands pensers ». Je suis persuadé maintenant qu'il était la créature la plus stupide que j'aie jamais vue de ma vie. Il avait développé chez lui, de la façon la plus surprenante, la sottise distinctive de l'homme sans rien perdre de la niaiserie naturelle du singe.

Tout ceci, comme je l'ai dit, se rapporte aux premières semaines que je passai seul parmi les

brutes. Pendant cette période, ils respectèrent
l'usage établi par la Loi et conservèrent dans leur
conduite un décorum extérieur. Une fois, je
trouvai un autre lapin déchiqueté, par l'Hyène-
Porc certainement — mais ce fut tout. Vers le
mois de mai, seulement, je commençai à percevoir
d'une façon distincte une différence croissante
dans leurs discours et leurs allures, une rudesse
plus marquée d'articulation, et une tendance de
plus en plus accentuée à perdre l'habitude du
langage. Le bavardage de mon Homme-Singe
multiplia de volume, mais devint de moins en
moins compréhensible, de plus en plus simiesque.
Certains autres semblaient laisser complètement
s'échapper leur faculté d'expression, bien qu'ils
fussent encore capables, à cette époque, de comprendre ce que je leur disais. Imaginez-vous un
langage que vous avez connu exact et défini, qui
s'amollit et se désagrège, perd forme et signification et redevient de simples fragments de son.
D'ailleurs, maintenant, ils ne marchaient debout
qu'avec une difficulté croissante, et malgré la
honte qu'ils en éprouvaient évidemment, de
temps en temps je surprenais l'un ou l'autre
d'entre eux courant sur les pieds et les mains et
parfaitement incapable de reprendre l'attitude
verticale. Leurs mains saisissaient plus gauchement les objets. Chaque jour ils se laissaient de
plus en plus aller à boire en lapant ou en aspirant,
et à ronger et déchirer au lieu de mâcher. Plus
vivement que jamais, je me rendais compte de ce

que Moreau m'avait dit de leur rétive et tenace bestialité. Ils retournaient à l'animal, et ils y retournaient très rapidement.

Quelques-uns — et ce furent tout d'abord à ma grande surprise les femelles — commencèrent à négliger les nécessités de la décence, et presque toujours délibérément. D'autres tentèrent même d'enfreindre publiquement l'institution de la monogamie. La tradition imposée de la Loi perdait clairement de sa force, et je n'ose guère poursuivre sur ce désagréable sujet. Mon Homme-Chien retombait peu à peu dans ses mœurs canines ; jour après jour il devenait muet, quadrupède, et se couvrait de poils, sans que je pusse remarquer de transition entre le compagnon qui marchait à mes côtés et le chien flaireur et sans cesse aux aguets qui me précédait ou me suivait. Comme la négligence et la désorganisation augmentaient de jour en jour, le ravin des huttes, qui n'avait jamais été un séjour agréable, devint si infect et nauséabond que je dus le quitter, et, traversant l'île, je me construisis une sorte d'abri avec des branches au milieu des ruines incendiées de la demeure de Moreau. De vagues souvenirs de souffrances, chez les brutes, faisaient de cet endroit le coin le plus sûr.

Il serait impossible de noter chaque détail du retour graduel de ces monstres vers l'animalité, de dire comment, chaque jour, leur apparence humaine s'affaiblissait ; comment ils négligèrent de se couvrir ou de s'envelopper et rejetèrent enfin tout vestige de vêtement ; comment le poil commença à croître sur ceux de leurs membres exposés à l'air ; comment leurs fronts s'aplatirent et leurs mâchoires s'avancèrent. Le changement se faisait, lent et inévitable ; pour eux comme pour moi, il s'accomplissait sans secousse ni impression pénible. J'allais encore au milieu d'eux en toute sécurité, car aucun choc, dans cette descente vers leur ancien état, n'avait pu les délivrer du joug plus lourd de leur animalisme, éliminant peu à peu ce qu'on leur avait imposé d'humain.

Mais je commençai à redouter que bientôt ce choc ne vînt à se produire. Ma brute de Saint-Bernard me suivit à mon nouveau campement, et sa vigilance me permit parfois de dormir d'une manière à peu près paisible. Le petit monstre rose, l'aï, devint fort timide et m'abandonna pour retourner à ses habitudes naturelles parmi les branches des arbres. Nous étions exactement en cet état d'équilibre où se trouverait une de ces cages peuplées d'animaux divers qu'exhibent certains dompteurs, après que le dompteur l'aurait quittée pour toujours.

Néanmoins ces créatures ne redevinrent pas exactement des animaux tels que le lecteur peut en voir dans les jardins zoologiques — d'ordinaires loups, ours, tigres, bœufs, porcs ou singes. Ils conservaient quelque chose d'étrange dans leur conformation ; en chacun d'eux, Moreau avait mêlé cet animal avec celui-ci : l'un était

peut-être surtout ours, l'autre surtout félin ;
celui-là bœuf, mais chacun d'eux avait quelque
chose provenant d'une autre créature, et une sorte
d'animalisme généralisé apparaissait sous des
caractères spécifiques. De vagues lambeaux d'humanité me surprenaient encore de temps en temps
chez eux, une recrudescence passagère de paroles,
une dextérité inattendue des membres antérieurs,
ou une pitoyable tentative pour prendre une
position verticale.

Je dus, sans doute, subir aussi d'étranges changements. Mes habits pendaient sur moi en loques
jaunâtres sous lesquelles apparaissait la peau
tannée. Mes cheveux, qui avaient crû fort longs,
étaient tout emmêlés, et l'on me dit souvent que,
maintenant encore, mes yeux ont un étrange éclat
et une vivacité surprenante.

D'abord, je passai les heures de jour sur la
grève du sud explorant l'horizon, espérant et
priant pour qu'un navire parût. Je comptais sur le
retour annuel de la *Chance-Rouge,* mais elle ne
revint pas. Cinq fois, j'aperçus des voiles et trois
fois une traînée de fumée, mais jamais aucune
embarcation n'aborda l'île. J'avais toujours un
grand feu prêt que j'allumais ; seulement, sans
aucun doute, la réputation volcanique de
l'endroit suppléait à toute explication.

Ce ne fut guère que vers septembre ou octobre
que je commençai à penser sérieusement à construire un radeau. A cette époque, mon bras se
trouva entièrement guéri, et de nouveau j'avais

mes deux mains à mon service. Tout d'abord, je
fus effrayé de mon impuissance. Je ne m'étais,
jamais de ma vie, livré à aucun travail de char-
pente, ni d'aucun genre manuel d'ailleurs, et je
passais mon temps, dans le bois, jour après jour, à
essayer de fendre des troncs et tenter de les lier
entre eux. Je n'avais aucune espèce de cordages et
je ne sus rien trouver qui pût me servir de liens ;
aucune des abondantes espèces de lianes ne
semblait suffisamment souple ni solide, et, avec
tout l'amas de mes connaissances scientifiques, je
ne savais pas le moyen de les rendre résistantes et
souples. Je passai plus de quinze jours à fouiller
dans les ruines de l'enclos ainsi qu'à l'endroit du
rivage où les barques avaient été brûlées, cherchant des clous ou d'autres fragments de métal
qui puissent m'être de quelque utilité. De temps à
autre, quelqu'une des brutes venait m'épier et
s'enfuyait à grands bonds quand je criais après
elle. Puis vint une saison d'orages, de tempêtes et
de pluies violentes, qui retardèrent grandement
mon travail ; pourtant je parvins enfin à terminer
le radeau.

J'étais ravi de mon œuvre. Mais avec ce manque de sens pratique qui a toujours fait mon
malheur, je l'avais construite à une distance de
plus d'un mille de la mer, et avant que je l'eusse
traînée jusqu'au rivage, elle était en morceaux. Ce
fut peut-être un bonheur pour moi de ne pas
m'être embarqué dessus ; mais, à ce moment-là, le
désespoir que j'eus de cet échec fut si grand que,

pendant quelques jours, je ne sus faire autre chose qu'errer sur le rivage en contemplant les flots et songeant à la mort.

Mais je ne voulais certes pas mourir, et un incident se produisit qui me démontra, sans que je pusse m'y méprendre, quelle folie c'était de laisser ainsi passer les jours, car chaque matin nouveau était gros des dangers croissants du voisinage des monstres.

J'étais étendu à l'ombre d'un pan de mur encore debout, le regard errant sur la mer, quand je tressaillis au contact de quelque chose de froid à mon talon, et, me retournant, j'aperçus l'aï qui clignait des yeux devant moi. Il avait depuis longtemps perdu l'usage de la parole et toute activité d'allures ; sa longue fourrure devenait chaque jour plus épaisse, et ses griffes solides plus tordues. Quand il vit qu'il avait attiré mon attention, il fit entendre une sorte de grognement, s'éloigna de quelques pas vers les buissons et se détourna vers moi.

D'abord je ne compris pas, mais bientôt il me vint à l'esprit qu'il désirait sans doute me voir le suivre et c'est ce que je fis enfin, lentement — car il faisait très chaud. Quand il fut parvenu sous les arbres, il grimpa dans les branches, car il pouvait plus facilement avancer parmi leurs lianes pendantes que sur le sol.

Soudain, dans un espace piétiné, je me trouvai devant un groupe horrible. Mon Saint-Bernard gisait à terre, mort, et près de lui était accroupie l'Hyène-Porc, étreignant dans ses griffes informes la chair pantelante, grognant et reniflant avec délices. Comme j'approchais, le monstre leva vers les miens ses yeux étincelants, il retroussa sur ses dents sanguinolentes ses babines frémissantes et gronda d'un air menaçant. Il n'était ni effrayé ni honteux ; le dernier vestige d'humanité s'était effacé en lui. Je fis un pas en avant, m'arrêtai et sortis mon revolver. Enfin, nous étions face à face.

La brute ne fit nullement mine de fuir. Son poil se hérissa, ses oreilles se rabattirent et tout son corps se replia. Je visai entre les yeux et fis feu. Au même moment le monstre se dressait d'un bond, s'élançait sur moi et me renversait, comme une quille. Il essaya de me saisir dans ses informes griffes et m'atteignit au visage ; mais son élan l'emporta trop loin et je me trouvai étendu sous la partie postérieure de son corps. Heureusement, je l'avais atteint à l'endroit visé et il était mort en sautant. Je me dégageai de sous son corps pesant, et, tremblant, je me relevai, examinant la bête secouée encore de faibles spasmes. C'était toujours un danger de moins, mais, seulement, la première d'une série de rechutes dans la bestialité qui, j'en étais sûr, allaient se produire.

Je brûlai les deux cadavres sur un bûcher de broussailles. Alors, je vis clairement qu'à moins de quitter l'île, sans tarder, ma mort n'était plus qu'une question de jours. Sauf une ou deux exceptions, les monstres avaient, à ce moment, laissé le ravin pour se faire des repaires, suivant leurs goûts, parmi les fourrés de l'île. Ils rôdaient rarement de jour et la plupart d'entre eux dormaient de l'aube au soir, et l'île eût pu sembler déserte à quelque nouveau venu. Mais, la nuit, l'air s'emplissait de leurs appels et de leurs hurlements. L'idée me vint d'en faire un massacre — d'établir des trappes et de les attaquer à coups de couteau. Si j'avais eu assez de cartouches, je n'aurais pas hésité un instant à commencer leur extermination, car il ne devait guère rester qu'une vingtaine de carnivores dangereux, les plus féroces ayant déjà été tués. Après la mort du malheureux Homme-Chien, mon dernier ami, j'adoptai aussi, dans une certaine mesure, l'habitude de dormir dans le jour, afin d'être sur mes gardes pendant la nuit. Je reconstruisis ma cabane, entre les ruines des murs de l'enclos, avec une ouverture si étroite qu'on ne pouvait tenter d'entrer sans faire un vacarme considérable. Les monstres d'ailleurs avaient désappris l'art de faire du feu, et la crainte des flammes leur était venue. Une fois encore, je me remis avec passion à rassembler et à lier des pieux et des branches pour former un radeau sur lequel je pourrais m'enfuir.

Je rencontrai mille difficultés. A l'époque où je fis mes études, on n'avait pas encore adopté les méthodes de Slojd, et j'étais par conséquent fort malhabile de mes mains ; mais cependant d'une façon ou d'une autre, et par des moyens fort compliqués, je vins à bout de toutes les exigences de mon ouvrage, et cette fois je me préoccupai particulièrement de la solidité. Le seul obstacle insurmontable fut que je flotterais sur ces mers peu fréquentées. J'aurais bien essayé de fabriquer quelque poterie, mais le sol ne contenait pas d'argile. J'arpentais l'île en tous sens, essayant, avec toutes les ressources de mes facultés, de résoudre ce dernier problème. Parfois, je me laissais aller à de farouches accès de rage, et, dans ces moments d'intolérable agitation, je tailladais à coups de hachette le tronc de quelques malheureux arbres sans parvenir pour cela à trouver une solution.

Alors, vint un jour, un jour prodigieux que je passai dans l'extase. Vers le sud-ouest, j'aperçus une voile, une voile minuscule comme celle d'un petit schooner, et aussitôt j'allumai une grande pile de broussailles et je restai là en observation, sans me soucier de la chaleur du brasier ni de l'ardeur du soleil de midi. Tout le jour, j'épiai cette voile, ne pensant ni à manger, ni à boire, si bien que la tête me tourna ; les bêtes venaient, me regardaient avec des yeux surpris et s'en allaient. L'embarcation était encore fort éloignée quand l'obscurité descendit et l'engloutit ; toute la nuit je m'exténuai à entretenir mon feu, et les flammes s'élevaient hautes et brillantes, tandis que, dans les ténèbres, les yeux curieux des bêtes étincelaient. Quand l'aube revint, l'embarcation était plus proche et je pus distinguer la voile à bourcet d'une petite barque Mes yeux étaient fatigués de ma longue observation et malgré mes efforts pour voir distinctement je ne pouvais les croire. Deux hommes étaient dans la barque, assis très bas, l'un à l'avant, l'autre près de la barre. Mais le bateau gouvernait étrangement, sans rester sous le vent et tirant des embardées.

Quand le jour devint plus clair, je me mis à agiter, comme signal, les derniers vestiges de ma vareuse. Mais ils ne semblèrent pas le remarquer et demeurèrent assis l'un en face de l'autre. J'allai jusqu'à l'extrême pointe du promontoire bas, gesticulant et hurlant, sans obtenir de réponse, tandis que la barque continuait sa course apparemment sans but, mais qui la rapprochait presque insensiblement de la baie. Soudain, sans qu'aucun des deux hommes ne fasse le plus petit mouvement, un grand oiseau blanc s'envola hors du bateau, tournoya un instant et s'envola dans les airs sur ses énormes ailes étendues.

Alors, je cessai mes cris et m'asseyant, le menton dans ma main, je suivis du regard l'étrange bateau. Lentement, lentement la barque dérivait vers l'ouest. J'aurais pu la rejoindre à la nage, mais quelque chose comme une vague crainte me retint. Dans l'après-midi, la marée vint l'échouer sur le sable et la laissa à environ une centaine de mètres à l'ouest des ruines de l'enclos.

Les hommes qui l'occupaient étaient morts ; ils étaient morts depuis si longtemps qu'ils tombèrent par morceaux lorsque je voulus les en sortir. L'un d'eux avait une épaisse chevelure rousse comme le capitaine de la *Chance-Rouge* et, au fond du bateau, se trouvait un béret blanc tout sale. Tandis que j'étais ainsi occupé auprès de l'embarcation, trois des monstres se glissèrent furtivement hors des buissons et s'avancèrent vers moi en reniflant. Je fus pris à leur vue d'un de mes spasmes de dégoût. Je poussai le petit bateau de toutes mes forces pour le remettre à flot et sautai dedans. Deux des brutes étaient des loups qui venaient, les narines frémissantes et les yeux brillants ; la troisième était cette indescriptible horreur faite d'ours et de taureau.

Quand je les vis s'approcher de ces misérables restes, que je les entendis grogner en se menaçant et que j'aperçus le reflet de leurs dents blanches, une terreur frénétique succéda à ma répulsion. Je leur tournai le dos, amenai la voile et me mis à pagayer vers la pleine mer, sans oser me retourner.

Cette nuit-là, je me tins entre les récifs et l'île ; au matin, j'allai jusqu'au cours d'eau pour remplir le petit baril que je trouvai dans la barque. Alors, avec toute la patience dont je fus capable, je recueillis une certaine quantité de fruits, guettai et tuai deux lapins avec mes trois dernières cartouches ; pendant ce temps, j'avais laissé ma barque amarrée à une saillie avancée du récif, par crainte des monstres.

CHAPITRE XIV

L'HOMME SEUL

Dans la soirée, je partis, poussé par une petite brise du sud-ouest, et m'avançai lentement et constamment vers la pleine mer, tandis que l'île diminuait de plus en plus dans la distance et que la mince spirale des fumées de solfatares n'était plus, contre le couchant ardent, qu'une ligne de plus en plus ténue. L'océan s'élevait autour de moi, cachant à mes yeux cette tache basse et sombre. La traînée de gloire du soleil semblait crouler du ciel en cascade rutilante, puis la clarté du jour s'éloigna comme si l'on eût laissé tomber quelque lumineux rideau, et enfin mes yeux explorèrent ce gouffre d'immensité bleue qu'emplit et dissimule le soleil, et j'aperçus les flottantes multitudes des étoiles. Sur la mer et jusqu'aux profondeurs du ciel régnait le silence, et j'étais seul avec la nuit et ce silence.

J'errai ainsi pendant trois jours, mangeant et buvant parcimonieusement, méditant les choses qui m'étaient arrivées, sans réellement désirer beaucoup revoir la race des hommes. Je n'avais autour du corps qu'un lambeau d'étoffe fort sale, ma chevelure n'était plus qu'un enchevêtrement noir, et il n'y a rien d'étonnant à ce que ceux qui me trouvèrent m'aient pris pour un fou. Cela peut paraître étrange, mais je n'éprouvais aucun désir de réintégrer l'humanité, satisfait seulement d'avoir quitté l'odieuse société des monstres.

Le troisième jour, je fus recueilli par un brick qui allait d'Apia à San Francisco ; ni le capitaine ni le second ne voulurent croire mon histoire, présumant qu'une longue solitude et de constants dangers m'avaient fait perdre la raison. Aussi, redoutant que leur opinion soit celle des autres, j'évitai de conter mon aventure, et prétendis ne plus rien me rappeler de ce qui m'était arrivé depuis le naufrage de la *Dame Altière*, jusqu'au moment où j'avais été rencontré, c'est-à-dire en l'espace d'une année.

Il me fallut agir avec la plus extrême circonspection pour éviter qu'on ne me crût atteint d'aliénation mentale. J'étais hanté par des souvenirs de la Loi, des deux marins morts, des embuscades dans les ténèbres, du cadavre dans le fourré de roseaux. Enfin, si peu naturel que cela puisse paraître, avec mon retour à l'humanité, je retrouvai, au lieu de cette confiance et de cette sympathie que je m'attendais à éprouver de nouveau, une aggravation de l'incertitude et de la crainte que j'avais sans cesse ressenties pendant mon séjour dans l'île. Personne ne voulait me croire, et j'apparaissais aussi étrange aux hommes que je l'avais été aux hommes-animaux, ayant sans doute gardé quelque chose de la sauvagerie naturelle de mes compagnons.

On prétend que la peur est une maladie ; quoi qu'il en soit, je peux certifier que, depuis plusieurs années maintenant, une inquiétude perpétuelle habite mon esprit, pareille à celle qu'un lionceau à demi dompté pourrait ressentir. Mon trouble prend une forme des plus étranges. Je ne pouvais me persuader que les hommes et les femmes que je rencontrais n'étaient pas aussi un autre genre, passablement humain, de monstres, d'animaux à demi formés selon l'apparence extérieure d'une âme humaine, et que bientôt ils allaient revenir à l'animalité première, et laisser voir tour à tour telle ou telle marque de bestialité atavique. Mais j'ai confié mon cas à un homme étrangement intelligent, un spécialiste des maladies mentales, qui avait connu Moreau et qui parut, à demi, ajouter foi à mes récits — et cela me fut un grand soulagement.

Je n'ose espérer que la terreur de cette île me quittera jamais entièrement, encore que la plupart du temps elle ne soit, tout au fond de mon esprit, rien qu'un nuage éloigné, un souvenir, un timide soupçon ; mais il est des moments où ce petit nuage s'étend et grandit jusqu'à obscurcir tout le ciel. Si, alors, je regarde mes semblables autour de moi, mes craintes me reprennent. Je vois des faces âpres et animées, d'autres ternes et dangereuses, d'autres fuyantes et menteuses, sans qu'aucune possède la calme autorité d'une âme raisonnable. J'ai l'impression que l'animal va reparaître tout à coup sous ces visages, que bientôt la dégradation des monstres de l'île va se manifester de nouveau sur une plus grande échelle. Je sais que c'est là une illusion, que ces apparences d'hommes et de femmes qui m'entourent sont en réalité de véritables humains, qu'ils restent jusqu'au bout des créatures parfaitement raisonnables, pleines de désirs bienveillants et de tendre sollicitude, émancipées de la tyrannie de l'instinct et nullement soumises à quelque fantastique Loi — en un mot, des êtres absolument différents de monstres humanisés. Et pourtant, je ne puis m'empêcher de les fuir, de fuir leurs regards curieux, leurs questions et leur aide, et il me tarde de me retrouver loin d'eux et seul.

Pour cette raison, je vis maintenant près de la large plaine libre, où je puis me réfugier quand cette ombre descend sur mon âme. Alors, très douce est la grande place déserte sous le ciel que balaie le vent. Quand je vivais à Londres, cette horreur était intolérable. Je ne pouvais échapper aux hommes ; leurs voix entraient par les fenêtres, et les portes closes n'étaient qu'une insuffisante sauvegarde, je sortais par les rues pour lutter avec mon illusion et des femmes qui rôdaient miaulaient après moi, des hommes faméliques et furtifs me jetaient des regards envieux, des ouvriers pâles et exténués passaient auprès de moi en toussant, les yeux las et l'allure pressée comme des bêtes blessées perdant leur sang ; de vieilles gens courbés et mornes cheminaient en marmottant, indifférents à la marmaille loqueteuse qui les raillait. Alors j'entrais dans quelque chapelle, et là même, tel était mon trouble, il me semblait que le prêtre bredouillait de « grands pensers » comme l'avait fait l'Homme-Singe ; ou bien je pénétrais dans quelque bibliothèque et les visages attentifs inclinés sur les livres semblaient ceux de patientes créatures épiant leur proie. Mais les figures mornes et sans expression des gens rencontrés dans les trains et les omnibus m'étaient particulièrement nauséeuses. Ils ne paraissaient pas plus être mes semblables que l'eussent été des cadavres, si bien que je n'osai plus voyager à moins d'être assuré de rester seul. Et il me semblait même que, moi aussi, je n'étais pas une créature raisonnable, mais seulement un animal tourmenté par quelque étrange désordre cérébral qui m'envoyait errer seul comme un mouton frappé de vertige.

Mais ces accès — Dieu merci — ne me prennent maintenant que très rarement. Je me suis éloigné de la confusion des cités et des multitudes, et je passe mes jours entouré de sages livres, claires fenêtres sur cette vie que nous vivons, reflétant les âmes lumineuses des hommes. Je ne vois que peu d'étrangers et n'ai qu'un train de maison fort restreint. Je consacre mon temps à la lecture et à des expériences de chimie, et je passe la plupart des nuits, quand l'atmosphère est pure, à étudier l'astronomie. Car, bien que je ne sache ni comment ni pourquoi, il me vient des scintillantes multitudes des cieux le sentiment d'une protection et d'une paix infinies. C'est là, je le crois, dans les éternelles et vastes lois de la matière, et non dans les soucis, les crimes et les tourments quotidiens des hommes, que ce qu'il y a de plus qu'animal en nous doit trouver sa consolation et son espoir. J'espère, ou je ne pourrais pas vivre. Et ainsi se termine mon histoire, dans l'espérance et la solitude.

DU MÊME AUTEUR

COLLECTION FOLIO

Impression Bussière à Saint-Amand (Cher),
le 10 mai 1990.
Dépôt légal : mai 1990.
1er dépôt légal dans la collection : octobre 1975.
Numéro d'imprimeur : 1344.

ISBN 2-07-036587-5./Imprimé en France.
Précédemment publié par Le Mercure de France
ISBN 2-7152-0099-4